I0527428

بنات ليانسون

بنـات اليانسـون
حسـين ورور
عدد الصفحات: 208
تاريخ النشر: 2023
الإصدار: الثاني
الناشر: دار خيّاط

إخلاء مسؤولية

إن جميـع الآراء والأفكار والتحليـلات والمضاميـن الـواردة في هـذا العمل تعبّر عـن وجهة نظر المؤلف حصراً، ولا تعبّر بالضـرورة عـن موقـف دار خيّاط للنشـر أو تبنّيها لأي منهـا. وفي الأعمـال الروائيـة والخياليـة، فإن جميع الشـخصيات والأحداث إما من وحي الخيال أو جرى توظيفها لأغراض أدبية بحتة، وأي تشـابه مع أشـخاص أو وقائع حقيقية هو من قبيل المصادفة البحتة. وفي الأعمال التي تسـتلهم وقائع تاريخية، يبذل المؤلف والدار جهدهما لضمـان سـلامة المعلومـات عنـد النشـر، إلا أن الـدار لا تقـدّم أي ضمانـات صريحـة أو ضمنية بشـأن اكتمال هذه المعلومات أو خلوّها من الأخطاء، ولا تتحمّل أي مسـؤولية عن أي ضرر أو خسـارة قد تنشـأ عن اسـتخدام القارئ للمحتوى خارج سـياقه الأدبي المقصود. وتحتفظ دار خيّاط للنشـر بحقها في رفض أو سـحب أي إصدار يتبيّن لاحقاً مخالفته للقوانين أو انتهاكه لحقوق الغير، دون أن يعد ذلك تبنّياً أو مصادقة على الأفكار أو المواقف الواردة فيه.

ISBN 978-1-96-142049-6

First published in 2023– Khayat Publishing House
Copyright © Hsain Warour

Washington, DC
United States
+17712221001
info@khayatpublishing.com
www.khayapublishing.com

حسين ورور

بنات اليانسون

روايـة

فصول الرواية

أوركسترا بكامل عازفيها 7

الأرض الواطئة تشرب ماءها، وماء غيرها 17

ما هو بهيّ في الإنسان محكوم بالموت 25

سحبت ظلّها معها وغابت 33

كم صدر الهاوية رحب 45

"قد تغرق.. فليكن رأسك فوق الماء 51

لا تنتظر الشمعة حتّى تذوب 59

لأنّه لا ينتمي للفرقة الناجية 73

أرضٌ قديمة أنجبتني 83

الجنس في المجتمعات البائسة 89

ليس من السهل 97

في الليل تفضحنا أخيلتنا 105

كم من الحالات 113

كما أنّ المحبّة أسلوب حياة 125

لا تضع الماضي كلّه أمامك 135

الريح التي تمرّ من مكان 143

أقدامك لا تبالي 149

إنّها عتمة آخر الليل 157

القيامة، ونهاية العالم! 165

المحبّة المشروطة 169

سنوات الجمر 177

هناك لا يمنعك شيء 189

سيسرقك اثنان 197

لن يتسامح الحاضر مع الماضي

لن يكون اليوم ابن الماضي

ما هو حديث يمارس قطيعة مع الماضي

وينكره بشكل كامل

أغرانا الجديد ليس بجدّته

بل بسبب اختلافه

ــ أكتافيو باث ــ

1

أوركسترا بكامل عازفيها
1946م

بنات اليانسون. الريّسة. المناجل الصغيرة، ورنينها. رائحة العشب، والتراب البكر، ورائحة حوّاء.

الطبيعة، ومفرداتها: نسائم فصولها. موسيقا الماء. غناء الطير، على الشجر القريب، والبعيد. هدير محرّكات المياه الجوفيّة. همهمات الفلّاحين، والفلّاحات البعيدة، والقريبة. سيمفونيّة وجوديّة لنيازك بشريّة لا يعني انطفاؤها إلاّ أنّ الحياة مرّت من هنا ذات يوم.

يقطع المشهد، ويوقف العزف نداء الريّسة لأمّي، من بين البنات اللواتي يعشّبن نبات اليانسون، من الأعشاب الضارّة:

— هاتي زوّادتك وتعالي. نحن هنا، تحت شجرة اللوز الغربيّة بانتظارك!

كنتُ لعبة الريّسة يومها، ودميتها. طلبت منّي مازحة أن أختار عروساً، من بنات اليانسون. قلت لها بكلّ ما ترغبه الطفولة من التملّك:

— أريدهن كلّهنّ!

تضاحكن على إجابتي البريئة طويلاً.

— "انتبهي له. ابني كان مثله، وخسرته!" تقول الريّسة لأمّي.

أنتبـه لفراشـة تحـوم بالقرب منّـا. قفزتُ مثل قرد، ورحـتُ أطاردها. تختفي بين النباتات، كما يختفي كلّ ما يثير رغباتنا من جمال.

يأتي الليل، ولم أستطع أن أعدّ من النجوم إلاّ المنتشرات منها حول القمر، ولا يفارقن أمكنتهنّ الأبديّة. أشدهنّ عذاباً، وحيرة، حسبما تقول الأساطير، نجم سـهيل. تلتفّ أمّي بعباءة أبي. أغفو على يدها المفعمة بعبير اليانسون، وأنهض صباحاً على صوت أبي القادم من أين لا أدري، ليبدأ عندي يوم جديد، وبراري. وشيطنة دون حدود.

.....

أعـود إلـى أحشـاء أمّـي قليلاً. إلـى اللحظـات، التي ولـدت فيها من رحمها. ألثغ ذات يوم بعيد، لتجيبني عن السؤال الصعب:

— من أين جئتُ إلى الدنيا؟

— من رأس ملفوف! قالت على استحياء.

— ومن أتى بي؟

— البنات اللواتي يشتغلن معنا، في تعشيب، وحصاد اليانسون.

.. وإلـى المـكان، الذي لم أختره جئت إلى الدنيا، وحملت اسـماً لم أُستشـر بـه، وأُطلـق عليّ ـ كمعظم الـولادات الذكور في بيئاتنا ـ اسـم الجدّ، تيمّناً به كحالة روحيّة، ونزوعاً إلى الامتداد كحالة إرثيّة، وتجذيراً وجودياً كحالة حفاظ على الأصل. كلّها لا تعني للطفل، الآتي إلى الحياة بصرخة بكاء، لا تساوي شيئاً أمام إشباع رغباته، وتلبية حاجاته.

إدراكاتـي الأوّليّـة ـ في الطفولة التي لم أعشـها ـ أغرقتني في قلق كان مـن الصعـب عليّ تفسيره. جعلت المكان تحتـي هلامياً. تيقّن لي فيما بعد أنّ الأمر ليس كذلك، بل على العكس تماماً، والعلّة تكمن بي، وليست بالمكان، وكأنّي وُلدت، وبساط الريح في داخلي، وليس تحتي،

أو أنّ أبي زرع بذرة هذا البساط، في أحشاء أمّي. في التربة ذاتها، التي زرعني بها، وهي تستقبل ماء الحياة الذي أساله في عروقها.

يكبر معي هذا البساط ملوّناً، ومزخرفاً، كي يساهم بإغرائي، في الانتقال من مكان إلى آخر.

يسبح بي مع أشيائي الخفيفة، ولا يميل إلاّ حيث تميل رأسي عن قسر، وإكراه، أو رغبة، وهوى، أو هوسٍ بما لم أعرف تفسيره؛ أهو لذّة الاكتشاف، ومعرفة ما هو أبعد من الدائرة الضيّقة، التي عشت فيها سنوات عمري الأولى، قريتي، كمكان ــ حتّى تاريخه ــ لم تستطع أن تؤسّس لنفسها هويّة محدّدة؛ ففي عهد المماليك، وتحديداً، في عهد الأشرف الأيّوبي، أُشيدت القرية، على أنقاض مدينة بائدة، من مدن حوضة دمشق، التي كانت هي الأخرى مغمورة بالمياه، في عصور موغلة في القدم. مرّت عليها دورة انحسار المياه، فتحوّلت إلى طمي جفّ مع الزمن، ليصبح أخصب تراب لزراعة الشجر، والحبوب، وتُبنى أوّل مدينة على ضفة نهر بردى، الذي لا تزال الحياة تدبّ فيها إلى يومنا هذا. دمشق. أمّ الدنيا.

مسقط رأسي ــ كان يا ما كان ـ كانت فيه معالم، وآثار للإنسان القديم. أنفاق. أساسات مساكن. غدران حفرتها الأيدي لدرء السيول، وأسماء مواقع تشير إلى هذه الحقائق الماثلة، ولم تستطع كوارث الطبيعة أن تخفي، أو تزيل رائحة الحياة، التي كانت على هذه الأرض قبل آلاف السنين، أو أن تهدم ذلك السدّ، الذي يقف منيعاً أمام الزيف، الذي يتشكّل سيولاً جارفة ضدّ الحقائق الأبديّة، بين زمن، وآخر.

في ذلك المكان، الذي لا يشكّل أكثر من ذرّة غبار، في هذا الكون، قطعت (الداية) أمّ برجس سرّتي. ألقتني في حضن أمّ لم

يستطع نحولها مقاومة قسوة العيش، في قرية تصل الليل بالنهار، وهي تعمل في الحقول، والبساتين، ورعاية الماشية، من أجل لقمة خبز يسرق أكثر من نصفها المرفّهون، والمرابون. قضت بالربو مودّعة عالمها عن خمسة وثلاثين ــ مجازاً أقول ــ ربيعاً. فرّخت فيه بكراً ميّتاً، ثمّ أنا.

كرّت السلسلة، لتلد أختي، التي انطفأت بعد عام تماماً، من رحيل أمّي، عن ثلاثة عشر بالتيفوئيد. كانت طبيبتها بدويّة، تركت خيامها، والبراري، والنجوم، لتشارك زوجها الرعي بماعز بعض فلاّحي القرية. زوجها هذا آثر ظلال البساتين، ومياه السواقي، والاستقرار، كبديل عن العراء، والتنقّل؛ وكم كان هذا البديل ضرورة لروحي، وغربتها، وقلقها.

كان حلم أمّي أيضاً أن تراني بعيداً، عن القحط الموسميّ. عن دوّامة التآكل. عن شقاء العمل في الأرض، وقد سرق عمرها، وعطّل بقسوته التوجّه الطبيعيّ، لتنامي حياة الناس من حولها. أن تراني مستقرّاً كخيّاط، وهي تتابعني بعينيها الذابلتين، أركب درّاجتي الهوائيّة، وأقصد المدينة، لأتعلّم مهنة الخياطة، دون أن أقطع علاقتي بالأرض نهائيّاً، ومساعدة أبي في كلّ الأوقات المتبقّية من النهار، وبعض المساء في الحقول.

الصغار يكبرون.

كما في أحلام النوم، كانت أحلامنا في اليقظة. نَهبُ الخيال من الواقع، أكثر ممّا يهبنا. كم فسّرت لي أمّي الكثير من أحلام الطفولة، وكوابيسها، كما ترغب هي أن تكون، وهي تنظر إليّ، وتخفي الانكسارات، التي تتحوّل إلى دموع تمسحها بطرف منديل تعصب به رأسها، حين يستبدّ الصداع بها.

أكبر وأكتشف أنّ الليل يخفي الظلال، التي تتشكّل نهاراً. وأنّ السراب ليس فقط ما يراه أهل الخيام، في الصحراء، ويرى قلبي ما لا تراه عيوني. سأدع اسم قريتي الأشرفيّة، كما دوّنته في دفتر الذكريات، وكما هو على آرمة مائلة بفعل الريح، عند مفترق طرق كلّها تدلّ على أقدم مدن الدنيا دمشق.

كنت أصفى من الماء الزلال، حين قلت لحمزة، في لحظة أشتهيها أن تعود:

مخلوقات طارئة. أنا، وأنت، وكلّ هؤلاء الذين يسكنون هذا المكان، سيأتي يوم، ونكون ذكرى في دفتر الزمن. سبقنا كثيرون عاشوا هنا، ربّما منذ آلاف السنين. لا أحد يذكر لنا حقيقة الماضي تماماً بوجهها الناصع. لو طلبت الآن من ألف شخص، أن يصفوا كيف شاهدوا الشمس، وهي تشرق عليهم، في اللحظة ذاتها، لرأيت العجب ممّا تسمع. كلّ شخص سيصف لك شمسه. هنا تكمن الحقيقة. عقولنا هنا، يتحكّم بها التعب، وانتظار المواسم، والوعود الزائفة، بأسعار أفضل لإنتاج القرية من اليانسون، من قبل تجّار لا تراهم العين. لا نرى إلاّ اثنين يدّعيان أنّهما يتنافسان على رفع سعره؛ والحقيقة أنّهما حلقتين في سلسلة واحدة، أوّلها عند برج بابل، وآخرها عند أبراج حظوظنا المائلة هنا، أو العكس؛ ماذا تنتظر ممّن يعمل هنا ليل نهار؟ كلّ الكلمات التي يتحدّثون بها، ويتشاتمون، ويتقاتلون، ويتصالحون، ويتناسلون، من اللغة، لا تزيد عن مائة كلمة، وبلهجة هي مزيج من لهجات لبنان، وفلسطين، وجبل السمّاق، واليمن، والعراق، ومصر، والحجاز، وبلاد المغرب. تستطيع أن تعرف جذور كلّ عائلة فيها، لو سمعت من أحد أفرادها القليل من الكلام. أيّ كلام. الكلّ فيها أمّيون. عدا شخص واحد تتّكئ عليه القرية

كلّها، في قراءة الرسائل، أو الردّ عليها، علماً أنّ الرسائل تنحصر بخمسة مهاجرين، فرّوا منها، إلى الأرجنتين، خوفاً من سوقهم إلى جيش تركيا الانكشاريّ؛ حتى الرجل الذي عيّنته حكومة الانتداب الفرنسي، من رجال القرية كقائمقام، لا يعرف القراءة، ولا الكتابة. زوّدته بختم، وبه يوقّع أيّة أوراق تحتاج إلى توقيعه.

مخلوقات طارئة. نعم.

أمّي في الدار الكبيرة، الدار لأكثر من عائلة. أمّي كريشة سقطت من طائر جريح، تترك ساحة الدار التي يلعب بها الخيّال، وتتشبّث بحديد نافذة عرسها. الربو يمتصّ ما بقي فيها من رمق، وهي بكلّ عنادها تضرب رأسها بهذا الحديد؛ ولو كان له قلب لذوّبه ألمها الذي لا يُحتمل. توسّلاتها للربّ، وأنبيائه، وأوليائه، كانت تسرّع خطواتها، إلى الخلاص من هذه الدنيا، التي لم تحصل منها، إلاّ على زوج، ليس لديه إلاّ ما يستطيع أن يسرقه، من الوقت المخصّص للتعب، كي يطارحها الغرام، في بيت طينيّ، على أرض موقوفة للسلطان العثماني. ككلّ ملكيّات المزارعين، في القرية. غالباً ما يكون هذا الوقت بعد عيد الصليب في أيلول، مع ذبول أوراق الشجر. لم تترك لنا غير ثوب كانت تلبسه في كلّ الفصول، معلّق بمسمار في جدار كانت تلد في ظلّه مخلوقات لزمن غير زمانها. طينه الجافّ شغله الشاغل، امتصاص رائحة الأمومة، وشذى اليانسون العالقين بثوبها.

دار كبيرة بالمعنى المجازي. هي في الحقيقة ليست أكثر من مبيت للنوم، وخان للغرباء الوافدين، من قرى بعيدة كضيوف، أو منقطعين في دروب الحياة، أو مأوى لمن لا مأوى لهم كغيرها، من دور الكبيرة في القرى.

هذه الدار، ودار آل بدران، استضافتا ستّ أُسر من الناجين الأرمن أيّام تعرّضوا للإبادة من قبل العثمانيين. كان خالي يحدّثني عمّن عاش من الأرمن، في دارنا: عن موسى، وأزنيف. وأرتين. عن أخلاقهم العالية. مهارتهم، في إصلاح عدّة الفلاحة. أمانتهم. ثمّ عن رحيلهم إلى الشام، وحلب، وبيروت، للعمل، أو للمّ الشمل، مع أقارب، أو أبناء منطقة أرمينيّة واحدة.

بعد أن كرّت الأيّام، وكبرت.

ظلّ هذا الموّال الأرمنيّ الحزين في رأسي، فاستقرّ تعليمي مهنة الخياطة لدى الأرمنيّ البالغ الطيب وهرام شهبندريان، في الشام، ولا يزال ابنه آرو ــ إلى الآن ــ صديقي، وأزوره في محلّه بدمشق. هو الآن أشهر خيّاط قبّعات في المدينة. دائماً يذكّرني بقصّتي القصيرة (حرائق صغيرة) التي كتبتها أواخر القرن الماضي عن أبيه، وكانت تربيته لابنه آرو، ولي، لا يستطيع أحد في الكون أن يرى انحيازه لولده أكثر منّي. ذلك بعد أن تعلّمت، لدى شاميّ من أصل تركيّ، ولدى فلسطيني، وثالث دمشقي، ورابع من حمص، وخامس من صيدا بلبنان، ثمّ مارست العمل لدى أكثر من جهة. ربّما أتحدّث عن بعضهم فيما بعد، لأنّ الجراح تترك ندوباً، حتى ولو اندملت. بعضهم كانت طعناتهم لي مؤلمة!

أعود إلى ما قبل نصف قرن من رؤيتي الدنيا، وصرخة احتجاجي الأولى عند ولادتي. كان أبي، وأختاه، يتامى، وأمّي في طور الرضاعة، وأخيها خالي لمّا يزل طفلاً. ينحني على هذه الكومة، من المخلوقات الفائضة عن الحاجة، عمّي، وجدّي لوالدتي، والوقت آخر الليل، والكلّ نيام. ويغرقانها بقبل وداع تغرقها دموع حفرت مجرى عميقاً لحزن

أبديّ، وفقد قاتل. حين تنجيك الحياة من كارثة لا تصدّقها. فالكارثة قد تجرّ مأساة لا سبيل لتجنّبها، أو دفعها عنك!

البحث عـن الجـذور مـن طبيعـة الريفيّين، لأسباب لـم يعجز علم النفس عن تفسيرها، ويعطيها اسماً أجنبيّاً، هو في الحقيقة ترجمة لكلمة حنين (نوستالجيا). كان رجال عائلات القرية الكبار حين يجتمعون في بيت مضيف أحدهم، سرعان ما يشدّهم الماضي بخيوطه الذهبيّة، إلى جـذور كـلّ منهـم. أراهن أنّ لا أحد منهم يعرف جـذره الأصليّ، وامتداد سلالته، بنقائها الذي يتبجّح به؛ مع أنّ لا جذر لسلالة بشريّة على كوكب الأرض فيه النقاء كاملاً.

الحـروب، والغـزوات، والفتوحـات، ومـا رافقهـا من السـبي، والأسـر، والاغتصاب، والترحال بمختلف أشكاله، والمصاهرة بين مجتمع، وآخر. كلّ ذلك أعطى للبشـر صفات من التعديل الوراثيّ، لم تخطر على بال. أحـد شـيوخ القريـة يرفض أن يُقال أنّ عائلته ينطبق عليها هذا الشـيء، حتى ابتُليت بما لم يكن بالحسـبان. إحدى بناتها تحمل سـرّاً، من شـابّ ينتمي لعائلة أخرى، وتسري هذه الفضيحة على ألسنة النسوة أوّلاً، إلى أن تصل إلى شيخ عائلة البنت الحامل. أختصر، وأقول: الزانية.

تشتعل نار هذه الحكاية، وتترك جمرها تحت رماد أيّام معدودات، لتشـبّ مـن جديـد. يعثر حـارس مزرعة بلاس القريبة، على جثّة شـابّ مشـوّه الوجه، وبفمه قضيبه المقطوع. تقوم قيامة القرية، بعد التعرّف علـى القتيـل. إنّه الزاني بالبنت الحامل. تنقسـم القرية إلى مهاجمين، ومدافعيـن. بـدت لـو كمـا كانت في حـرب داحس والغبراء. تسفر عن عدد من الجرحى، ما بين الفريقين. تسفر أيضاً عن انقسام حقيقيّ، قد استمر إلى عقود من الزمن، وهذا ما حدث.

يُقتل شابّ آخر بعد سنوات، من عائلة تأتي بالدرجة الثالثة من حيث العدد، ربّما استضعافها، كان السبب بالنيل منها. كما تُرتكب جريمة ثالثة، بمقتل فتاة، من أصغر عائلة وفدت إلى القرية، في نهاية القرن الثامن عشر، لسبب غامض، ثم قُتلت فتاة من عائلة، وشابّ من عائلة درجة ثانية من حيث العدد، ثم تُخطف عروس في ليلة دخلتها، والعريس ابن عمّها، من قبل شابّ يُقال أنّه يعشقها، وقصّة عشقها يعرفها كثيرون. ثم تليها حوادث خطف فتيات بقصد الزواج، أو مقتل فتاة بسبب العشق. لم تهدأ نيران الثأر، ونيران العشق غير المتكافئ، إلاّ بحصاد مرّ من دم بريء.

كان من بين الفاريّن إلى الأرجنتين أخ القتيل الأوّل. وكان من الصعوبة إبلاغه عن مقتل أخيه، بسبب عدم وجود عنوانه في المهجر، وبسبب عدم وجود من يكتب رسالة؛ فالقرية ليس فيها من يقرأ، ويكتب سوى رجل واحد.

كلّ عائلة فيها أكثر من شخص يحمل الاسم ذاته كامتداد أصوليّ. يعود أحد حاملي الاسم الواحد من الأرجنتين. يُفاجأ بمقتل أخيه. يتلبّسه الندم أنّه لم يبعث بأيّة رسالة منذ فراره من الإنكشاريّة. يرى أنّ مصالحة عائلة القاتل هي الأجدى، لأنّ المعتدي على أعراض الآخرين مُدان. تخالفه الأكثريّة في عائلته، وحلفائها من العائلات الأخرى. أجواء ضبابيّة تكتنف القرية، والثارات سيّدة الموقف. كم من موسم يانسون ذهب ديّة لقتيل في قرية يعرف الواحد منها الكلّ ، لأنّها في أيّام الصفاء كبيت واحد، وأهلها كأسرة واحدة.

من يدفع الثأر في مثل هذه الأجواء. من يتجرّأ أن يمسك العصا من الوسط!؟

يذهب ذاك المغترب ليلاً دون أن يبالي بآراء الآخرين، إلى كبير عائلة حيّاديّة لا تقف في صفّ أيّ عائلة حين يقع الشـرّ، لتأخذ دورها في المصالحة إذا لزم الأمر. يستشيره بما يمكن فعله، مع عائلته المصرّة على الأخذ بالثأر. ينتهي الحوار ما بينهما إلى لا قرار.

كلّ ما قلته عن الناس. الأرض. النبع. محكوم لمواسم اليانسون، التي ينتظرهـا الجميع دون استثناء، حتّى الأطفال الصغار، الذين يقايضونها بالطيّارات الورقيّة، وغزل البنات، والسكاكر. قال لي أحد النازحين من لبنان إثر مواسم قحط، إلى قريتنا ذات يوم:

— بعد أن عشـت في قريتكم لفتـرة مـن الزمـن تنتهـي الآن بعد أن فقدتُ الحبيبة، التي أتيتُ لأجلها. لا حياة لي بعد الآن هنا. سأرحل مرغماً. كـم هي الحياة قاسية بينكم. لا يغرّنك ما فيها من اخضرار، أو قربها مـن المدينة. أنا لا أزهّدك بها. لولا حـبّ الأوطان لكانت الدنيا خرابا!

2

الأرض الواطئة تشرب ماءها، وماء غيرها

لم نعش طفولتنا كما يجب. كان للمسافة أثر. وللطرق أثر. وللانتظار أثر، وكم كانت طفولتنا تنشد الهرب، ولو إلى المجهول، أو لاكتشافه، أو تنشد المغامرة المحسوبة، والمكتوبة في صفحة الخوف من الأب. من رجل الدين. من الآخرة. من الجنّ. من أشباح الليل، ومن كوابيس النوم. أحلام يقظتنا لا تتعدّى طاحونتي القرية، وقناة أبو لويز، ومقبرتها، وقنوات مياهها، وأنفاقها الرومانيّة، وما قبلها.

الصغار يكبرون.

تتّسع دائرة المكان، ويغدو للمسافة بعداً آخر، وقبل هذا البعد نادراً ما كنت أتّفق مع أولاد الحارة، على المغامرة، والانطلاق إلى أبعد من تلك المسافات، المسوّرة، بالمقبرة، والجنّ، والذئاب، والكلاب الشاردة، والأولاد الأشقياء الأكبر منّا سنّاً. غالباً ما كنت أقرّر الذهاب وحدي، وأعود مجترّاً ما تختزنه ذاكرتي، وخيالي من مشاهدات مرعبة سابقة.

نكبر في فراغ ممتلئ بوهم العيش الرغيد. نكبر حفاة إلاّ من بقايا ما تجود به الأعياد علينا من صنادل. أو قمصان طويلة (صايات)

مقلّمة خفيفة تشبه جلاّبيّات الكبار، تستر عرينا. نلبسها على الزلط. في كلّ الفصول.

خالي عليّ، يأخذني معه إلى مزرعة البيك. ندخل من بابها الغربيّ. ندخل معاً إلى كراج مكشوف فيه جرّار زراعيّ بلون أحمر. يحملني خالي، ويجلسني فوق غطاء الدولاب، بين عارضتين لحماية الجالس من السقوط. ويصعد خلف المقود. يهدر الجرّار. أضحك دون سبب. قد أكون أوّل طفل في القرية يحظى بهذا الشرف العظيم، وسأستمرّ لسنوات، أتباهى، بهذا التميّز على أقراني الأطفال.

لم يطل بنا الأمر على هذه الحال. وعدني خالي بأن يصوّرني، في مرّة قادمة، وأنا خلف المقود كمن يمارس قيادة جرّار. وهذه نافلة ثانية مضافة للتباهي، وتمّ ذلك فعلاً بعد أقلّ من أسبوع بكاميرا كوداك سوداء اللون أقرب لأن تكون مربّعة الشكل. احتفظت بصورتي أكثر من ثلاث سنوات، وبليت من تكرار تداولها، مع الأطفال، وحتى الكبار أحياناً. الصورة الثانية، وهو يعدّ حقل البيك لزراعته باليانسون. الصورة الثالثة، وأنا أطارد الفراشات، في ذلك الحقل، بعد أن أزهر اليانسون. الصورة الرابعة، بين بنات اليانسون، وهنّ يحصدن المحصول، وغناؤهنّ تحمله نسائم الصيف، إلى قناة ماء بعيدة، يقيل عند ضفّتيها الرعاة، ويعزفون الحزن على نايات من قصبهم الجريح.

كان أوّل مبلغ أدّخره من عملي في الخياطة كمبتدئ، لشراء كاميرا من الماركة ذاتها، والشكل ذاته. لتبدأ هواية التصوير الفوتوغرافيّ لديّ، والتي لم تستمر طويلاً؛ لقد حلّت مكانها هواية التصوير بالذاكرة. كم كان لعين الذاكرة من شبق، في التقاط ملايين الصور، ممّا كانت العين تفتن به، من الطبيعة، والوجوه، والعمران، والانكسارات.

أشاهد صاحب الفيلاّ المقابلة للمكان، الذي نقف فيه، وبيده آلة تصوير مقدّمتها تشبه منفاخ جلدي مصغّر لكور حدّاد. يحيّينا، ويتابع طريقه باتّجاه مدخل القرية. عرفنا فيما بعد، أنّه صوّر بعض معالمها، كالطريق المؤدّي إلى بناء مجلسها الدينيّ، الذي كان يستخدم قسم منه في أشهر الصيف، كمدرسة شعبيّة، علّم فيها تباعاً، وعلى مدار سنوات. كانت هذه المدرسة أشبه بمدرسة لمحو الأميّة أكثر منها مدرسة لتخريج جيل يستفاد منه في مجال التعليم، أو في وظائف الدولة، عدا الحرّاس الليليّين، في مدينة دمشق، بالإضافة لشخص واحد تطوّع في سلك الدرك الخيّالة، هو خالي ذاته الذي صوّرني، وأنا أقود الجرّار افتراضيّاً.

هو ذاته، الذي رأيت وإيّاه الدكتور شريف الشريف يخرج من الفيلاّ التي يملكها، ويذهب باتّجاه القرية، ويصوّر بعض معالمها، ويصوّر أهمّ ما تفخر به الشعوب، وهي تترك أثراً، وتراثاً لأجيالها القادمة: اللباس الشعبيّ، والبيوت الطينيّة؛ فقد صوّر مجموعة من النسوة بزيّهن التقليديّ، المحمول تاريخيّاً من مزيج أزياء متعدّدة الهويّات. تميّزها فوطة الرأس البيضاء، وسروال داخلي واسع يساعد على الحركة، في الأعمال الزراعيّة المختلفة. صوّر أيضاً بعض الرجال ذوي الوجوه القاسية. كلّ ما نعرفه عن هذا النشاط الفنيّ، أنّ بعض الصور الأصل، يحتفظ بها صديقي معلّقة ضمن براويز على جدران غرفة المضيف، في منزله المبنيّ في قطعة أرض، من عقار ملحق بقصر الأمير عبد القادر الجزائري، الذي كان أهمّ بناء في القرية يُشار له بالبنان.

يلاحقني الشغف بالتصوير الضوئيّ إلى اليوم، ولو أنّه يجمّد الحياة، في لحظة، وفي موقف محدّد تماماً. لا يفيد البشر إلاّ بإيقاظ

الحنين الغافي، أو المتواري خلف طيّات من زمن، أو أزمنة مضت، ليكون له من يهتمّ به علميّاً، ويدخله مختبرات الأدب، والفلسفة، والفنّ، ويخرج به جثّة هامدة، أو قل يصبح كما الماء لا لون له، ولا طعم، ولا رائحة.

تشتري لي أمّي ماكينة خياطة منزليّة، بما ادّخرته من قروش، خلال تعلّمي المهنة، لتشبع عينيها من النظر إليّ، وتراني خلفها كخيّال، كما كانت تقول. الأصحّ، أنّها أحبّت أن تطمئن عليّ، قبل أن ترحل، بعد أن هدّها المرض. كانت وصيّتها الأخيرة: "حين تكبر في المهنة، وتصبح لديك ماكينة أكبر، ستكون ال(سنجر) هديّة لأختك في عرسها"!

أكبر وتكبر معي فعاليّة التفريق بين الجيّد والرديء. بين الجمال والقبح. بين الخير والشر في البشر.

صار من طبعي عدم الاهتمام بالطبقة الأخطبوطيّة منهم. أشعر دائماً أنّها كنبات الهالوك، أو كاللبلاب، العدوانيّين للاخضرار، أو كالقراد الذي يمتص دماء الماشية، أو كذكور النحل؛ وأكثر ما ينطبق عليهم من كلّ هذه التوصيفات، أو سواها: الذباب. مهمّة هذا الكائن الضعيف، أكبر منه؛ فهو ينقل الجراثيم من مكان إلى آخر، ويكون السبب بالكثير من الأمراض، والعصيّة على الشفاء.

سيأتي اهتمامي بهذه الفئة هنا، لما لها من آثار كارثيّة، ليس على أشخاص، أو حتى على فئة من الناس، أو حتى على قرية بكاملها، أو مدينة بعينها؛ بل لأنّ فعلها الكارثيّ، يلحق الأذى بشعوب كاملة، وخرائط دول، وتغيير ديموغرافيّ في مناطق عاش أهلوها باستقرار، وهدوء، مئات السنين.

سيأتي اهتمامي بها لا عطفاً عليها، ولا تعاطفاً معها، بل لأضعها أمام الزمن يحكم عليها، وعلى ما سبّبته من جراح، ما تزال تنزف بعد عقود، على الطعنات التي سبّبتها.

سيأتي اهتمامي بها، لا لإدانتها التي لم تعد ذات نفع أبداً. فالميت لا تعود له الحياة.

هذا هو زمنها، الذي يجعل من سواها مخلوقات طارئة، وكائنات للعبوديّة، والاستهلاك المرحليّ. مع هذا فإنّك تكاد تقرّر أحياناً أنْ ليس كلّ ما يُعرف يقال!

ليس أقسى على النفس، من معرفة ما هو مجهول بعد فوات الأوان. كمن يبحث عن الذهب، ثم يعلم أنّ المغارة التي كان فيها الكنز خاوية.

ما الذي يجعل شخصاً ليس له أقارب، أو أصدقاء في مكان، يسكنه دون سابق تمهيد؟

أكثر من شخص، وفدوا إلى القرية، وكأنّها فريسة. أو كأنّها بقرة هوت، فكثرت السكاكين فوقها. انتشرت في أطرافها القريبة مزارع لملاّكين كبار. بعد أن كانت في الأصل، ووفق الظلم التاريخيّ، وقفاً لسلطان عثمانيّ احتلّها، كما احتلّ سواها، وطوّبها باسمه كوقف له مع عديد من القرى... وحين يُنفى المجاهد عبد القادر الجزائري، يمنح نصف القرية، ويُعطى ربعها لرجل من أسرة شاميّة عريقة، مع حصص من مياه القناة المخصّصة للقرية، منذ عهد الرومان، والتي يضخّ لها الماء نبعها، الواقع ما بين قرى مجاورة لها.

ما أقسى أن يضيق مكان بسكّانه.

لمّا كان التكاثر سمة مجتمعاتنا، على الرغم من التحذير المقدّس، القائل: "ألهاكم التكاثر حتى زرتم المقابر" يقف في وجهه تشجيع

مقدّس يباهي بهم في يوم القيامة. كان على عدد سكّان القرية ـ
وبشكل طبيعيّ ـ أن يزداد، وتلك سنّة الكون. يقابل هذه الزيادة،
عدا عن تفتّت الملكيّة، هجوماً ناعماً لشراء أراضٍ بغية إنشاء مشاريع
زراعيّة، ومشاريع صناعيّة، فتقلّصت مساحة أراضي أهلها، إلى الحدّ
الذي لا يجعلهم فلّاحين، أو مزارعين.

.. "الأرض الواطئة تشرب ماءها، وماء غيرها" مثل شعبيّ
تتداوله القرى!

بوتائر عالية، وسريعة راحت الزيادة بعدد السكّان تظهر بوضوح،
بسبب النزوح إليها، للعمل في المدينة، أو للالتحاق بوظائف حكوميّة،
في العاصمة. أضف لهذه الزيادة ما لم يكن بالحسبان أبداً.

كنت أخاف أن أقطع الطريق الذي يصلني بدار عمّتي، بسبب
كلب أسود شرس. فكّرت أن أتودّد إليه، فغدر بي. تلقّم راحة يدي
اليمنى، وغرز نابه في ظهر كفّي. ولولتُ. تجمّعوا حولي. أتى زوجها
العمّ كنج، بحزام جلديّ قديم، وبرش منه بسكّين حادّة، ودمل بما
برشه من الحزام مكان الناب. وضمّد كفّي بقطعة قماش قطنيّة. أعتقد
أنّها من طرف وسادة. عرفت فيما بعد أنّ تضميد الجرح الذي تفعله
الكلاب، طبّه الشعبيّ، برش جلد حيوان. أيّ حيوان، على أن يكون
الجلد قديماً، حتى لا يصاب الشخص المجروح من كلب، بداء الكلب.
بعد فترة من الزمن شفي الجرح، لكنه ترك ندبة سترافقني حتى أودّع
هذه الدنيا. نظرت في هذه اللحظة إلى قفا كفّي، لأتأكّد من صدق ما
أقول. الأمر الذي جعلني أتذكّر حكايات كثيرة عن الكلاب. أوّلها وفاء
الكلاب، والغدر الذي يقابله عند بني البشر، وآخرها الكلاب البوليسيّة
المختصّة بالكشف عن الجرائم.

لم أستطع أن أوقف ذاكرتي عند هذين الحدّين حول عالم الكلاب. حكايات كثيرة تتوافد معاً، أو تباعاً حولها: الرفق بها كحيوانات أليفة. أشكالها. تسمياتها. اهتمام الغربيّين بها، أكثر من اهتمام الشرقيّين. ربّما كانت الحياة الفرديّة التي باتت من أسّ ثقافتهم، والغربة الروحيّة التي سبّبتها هذه الثقافة، هي واحدة من الأسباب، التي جعلت البحث عن الألفة، من خارج الدائرة البشريّة، إلى ما هو مخالف حتّى للطبيعة البشريّة. على أيّ حال؛ فهم يجدون سعادتهم بطريقة العيش التي اختارتهم أكثر من اختيارهم لها.

ما أصاب مجتمعاتنا بعد عقود ممّا أصاب الغربيّين، تفشّى كما بقعة زيت. وصل إلى كلّ مكان عندنا. ربّما كان أوّل من وصل إليهم هذا الشيء قريتنا، التي لم تعد قرية، إنّما بلدة بعد أن أصبح فيها بلديّة، ومدارس إعداديّة، وثانويّة، وطرقات معبّدة، وساحات، وأرصفة شوارع، وحدائق عامّة يرتادها الناس حتى منتصف الليل. ثمّ تصبح البلدة مدينة، يزيد عدد سكّانها عن ثلاثة أرباع المليون نسمة، وليلها كما النهار.

كانت القرية، ومازالت كأرض واطئة.

الأصحّ، كامرأة سهلة المنال لأيّ طالب متعة. يصح بها أيّ توصيف يليق بقرية يتكالب عليها من يريد الثراء السريع. الاتجار بالعقارات أهمّ ميّزة فيها. عشرات المكاتب العقاريّة المزدهرة، والمنتشرة في كلّ زواياها، عدا السماسرة، الذين مكاتبهم بيوتهم. لا رقيب، ولا حسيب، على هذه المهنة الطفيليّة، التي لم تنشأ من فراغ. لقد بدأت في النصف الأوّل من خمسينات القرن العشرين المنصرم. انطلقت هذه المكاتب، وأشباهها، في بداياتها على استحياء، وبحذر شديد.

بدأت مموّهة بمصنّف، وحقيبة كالتي يحملها المحامي تحت إبطه. بدأت على قاعدة إجراء معاملات تثبيت ملكيّة، أو تقسيمها بين ورثة، أو نقلها من بائع إلى شارٍ. كلّ هذا أشبه برماد ساكن يتّقد تحته جمر حارق. لعبة الزمن كان فيها من القوّة ما يسهل عمليّة سحب البساط من تحت مالكي الأراضي الصغار بسهولة. انتظار مواسم القحط، والمحل، والذهاب إلى مطحنة القرية، والعودة بطحين شعير، أو بطحين خليط من البرّ، والشعير، أو خليط مع الذرة، فيغدو من السهل السقوط في مثلّث السمسار، والتاجر الشاري العريق، والعوز. أضف لذلك الترغيب، بما قد يحلّ مشكلات مزارع مأزوم، حتى لا يقع تحت سطوة ذلّ الطلب من لئيم، والترهيب المبطّن بواقع الأرض الوقفيّ لسلطان عثمانيّ، عفا عليه الزمن.

لم يمنح القدر لهذه القرية فرصة كي تكون لها هويّة. وتكون لها بصمة، وسيرة في سفر الزمان. شأنها شأن الجذور التي تفرّعت عنها ذات ليل شديد الظلام. أطول ليل يمرّ على بشر، ليس لهم من الوجود سوى اسمه. من الحريّة، سوى النفق المؤدّي إليها. من الفرح، سوى النظر إليه من بعيد.

* * *

3

ما هو بهيّ في الإنسان محكوم بالموت

عام 1947مع أمّ خلاخيل.

قبل ليلة عيد الصليب بأسبوع. كان همّنا كأطفال أن نستيقظ صباحاً، لنغسل عيوننا بما هو جديد من ثياب، وأحذية.

خرجت من الزقاق، إلى بيدر يفصل بين داريّ برجس وشحاذة؛ وإذْ بمجموعة من الغجر تنصب خيامها. كان بعض المارّة يتوقّفون قليلاً، ويتابعون السير. تعوّدت القرية، على رؤية الغجر، وهم يحطّون رحالهم على بيادر القرية، قبل جني المواسم، وبعد انتهائها. يختلف نشاطهم بين الماقبل، والمابعد. في الأوّل يحملون الغرابيل، والكرابيل، والمناخل. وواقيات الجلد، التي تحمي من أشعة شمس الصيف، ومسلّات، وخيطان (مصّيص) قنّب لها، وإبر وكشاتبين، وأمشاط بيضاء من عظم، غالباً ما تُستخدم لمعالجة القمل، والصئبان، وكحل لعيون النساء؛ وفي النشاط الثاني يأتون لتركيب أسنان الذهب، والشحاذة، التي هي الغالبة في هذا النشاط، بسبب بحبوحة الناس بعد جني المواسم.

رأيت فتاة غجريّة داخل خيمة كانت قد نصُبت قبل مجيئي، من شقّ بابها الافتراضي تطعم قردة. خطف المشهد اهتمامي. رحت أتملّى

حركات القردة داخل الخيمة. انتبهت فيما بعد، إلى أنّ رجلين غجريّين كانا قد شدّا ما بين داريّ برجس، وشحاذة حبلاً ثخيناً. استغربت للوهلة الأولى ذلك، إلى أن جاء جارنا برجس، ووقف إلى جانبي. سألته عمّا سيفعلان بهذا الحبل المشدود. قال لي:

— الحجيّة زينة ستمشي عليه!

انكفأت على نفسي أتصوّر امرأة تمشي على حبل. سرق منّي شرودي بما أفكّر متابعة ما يفعلون. كانوا قد أنهوا نصب خيام ثلاث. شاهدت غجريّاً شاباً يحمل طبلاً، ويخرج من خيمة إلى أخرى. نظر إليّ، وحيّاني بطريقة أفرحتني: كوّر قبضة يده، وقرع الطبل بقوّة، ولمرّتين. كانتا إيذاناً بدعوة أطفال الحارة، فالحارات، التي بلغها صوت الطبل. دخل الطبّال الخيمة الوسطى، وأغلق عليه. حوّلت ناظري إلى خيمة الفتاة، والقردة. كانت هي الأخرى أيضاً مغلقة. كان قد وقف بجانبي أقراني أطفال الحارة: أيّوب، وعبدو، وفرحان، وحسين، وإبراهيم، ونعيم، وجاء من حارات أبعد حمزة. وقفنا جميعاً متلاصقين، على كتف ساقية جافّة حينها، ولم يكن موعد (عدّان) السقاية لبساتين، وكرم الدار، وكرم النصب، وكرم المالكي، هذا العدّان المحدّد كلّ اثني عشر يوماً.

يتعلّق بصري مع فتاة القردة، وهي تخرج من خيمة لأخرى. لم أشاهد القردة هذه المرّة حين شقّت باب الخيمة، وخرجت. انتبهت لفستانها فاقع الألوان. يغلب عليه اللون البرتقالي، ويكاد يلامس الأرض. بدا لي حين ظهرت بعكس الشمس أنّه شفّاف. رأيت خريطة رجليها كاملة حتى أعلى الفخذين. كانت تربط شعرها بمنديل أصفر. ينتقل بصري إلى صبيّة أكبر منها خرجت من الخيمة الثالثة، وفي

يدها إبريق شاي. صنعت خارج الخيمة موقداً على عجل من حجرين حملتهما من خلف الخيمة تباعاً. وأتت بقبضة قشّ يابس، جمعتها من جانب جدار برجس، وكان شابٌ قد خرج من الخيمة الثالثة أيضاً، وبين يديه بعض الحطب. أُشعلت النار في الموقد. تخرج القردة من الخيمة. يبدو أنّها انتهزت فرصة غيابهم عنها، وخرجت متّجهة نحونا، فهربنا خوفاً منها. اتّفقنا أن نصعد أقرب سطح في دورنا المطلّة على البيدر، لنتابع ما يجري. ما سيحدث. كان كلّ شيء بالنسبة لنا كأحجية، والانتظار سيّد ذلك النهار.

تحت شمس حارقة، وعلى سطح زريبة الدواب، الملحقة بدارنا، والمطلّة على البيدر، جلسنا ننظر، وننتظر.

بعد الظهيرة خرج الطبّال من الخيمة الوسطى بلباس غير لباسه الأوّل. كان لباسه كلّه من حرير: القميص المقصّب. الشروال الأحمر. وعلى رأسه حطّة حريرية بيضاء بشرّابات طويلة، لم أشاهد مثلها من قبل في القرية، إلاّ على رأس القائمقام. راح يقرع الطبل بقوّة، لا شكّ صوت دويّه القويّ كان يصل إلى أبعد بيت في القرية، بل إلى كلّ من في الحقول الواقعة في أطرافها. بدأ يتوافد الناس كباراً، وصغاراً إلى المكان، وتحلّق الجميع حول المساحة التي خصّصها الغجر لأداء عروضهم، عدا النسوة، فقد كنّ يفدن إلى الدور المحيطة بالبيدر، ودارنا إحداها؛ فقد جاءت الأكثريّة من نساء العائلة، ولذن على السطح، في مكان لا يراهنّ فيه أحد.

يبدأ الاحتفال بخروج فتاة صغيرة تلبس ثياب الرقص الغجريّ، وتشرع بالرقص على ألحان غجريّ، كان لحن مزماره (المنجيرة) ساحراً. تنبئ رقصة هذه الفتاة أنّها ستكون راقصة من طراز رفيع.

كان تتلـوّى، وتهتزّ مـع الإيقاع، بحركات مثيرة، تضمّنها ملمحاً جنسـيّاً، لا يخفى على الشباب المراهق.

كانـت النمـرة الثانيّـة لشـابّ غجريّ، خـرج من خيمتـه، وهو يحمل بعض صرّة فيها أشياء لم نرها. فردها، فأخرج منها محرمة قماشيّة بيضاء حركّها قليلاً في الهواء، فتحوّلت إلى حمامة بيضاء، وطارت فوق رؤوس المتفرّجيـن. ثـمّ قـدّم ألعـاب خفّة، أدهشـتنا جميعاً، وحظـي بأكثر من عاصفة تصفيق، وعاد إلى خيمته.

النمـرة الثالثـة كان فيهـا من الغرابة، ما اسـتأثرت بنا، وشـدّتنا إليها، بحيث ساد صمت، وسكون، كأنّما على رؤوسنا الطير:

.... خرج شابّ من الخيمة الأولى، يلبس الحرير، الذي يلبسه الطبّال، الذي راح يقرع الطبل، وهو يقود قردة الحفلة، خطف نظري، ما بأرجل القردة من خلاخيل. لم تكن طفولتي تدرك أنّ هناك ذهباً صناعيّاً مزيّفاً. قلـت لأمّـي بعـد انتهاء هـذا المهرجـان، أنّ القـردة تلبس مـن خلاخيل الذهب، يعادل كلّ ما تلبسه نساء القرية.

بـدأ الراقـص، والقردة يؤدّيان حركات راقصة باسـتعراض جميل أمام المتفرجين. استغربت يومها، أنّ الناس في قريتنا، لا يرقصون مثل هؤلاء. كان الغجريّ يرقص بطريقة عجيبة، وأحياناً يقلّد حركات القردة، التي لا تخلـو من حركات توحي بالسـخرية من بعـض الواقفين الذين يتفرّجون عليها، كأنْ تحاول العبث بثيابه، أو حتى بشعر رأسه.

تبـدأ النمـرة الأخيرة في الاسـتعراض، بعد أن يقـف الراقص وقردته، مع المتفرّجين.

يدخـل الطبّـال، وعـازف المزمـار السـاحة. كان صـوت الطبـل يـرجّ المكان، ويكاد من شدّته يخفي اللحن الذي يعزفه الزمّار. تخرج الحجيّة

الغجريّة زينة من خيمتها، وتُشقّ لها الصفوف. تتّجه نحو بداية الحبل المشدود من جهة دار شحاذة. عاصفة من التصفيق تحيّيها. لم تكن تلتفت إلى أحد. كانت الخلاخيل في قدميّها ترنّ جليّة.

يتوقّف قارع الطبل عن الأداء، بينما يستمر الزمّار بتغليب لحن راقص، على كلّ ما كان يعزفه من ألحان. يلحق بها، وهو يتمايل برقصة هادئة، كأنّما يقول للمتفرّجين انتظروا السحر. يقف تحت أوّل الحبل المشدود. ينحني. ويتقدّم غجريّ شابّ، لم أكن قد رأيته من قبل. يشبك أصابع كفيّه أمام الشابّ المنحني. ترفع الراقصة زينة ذيل ثوبها الحريريّ المشمشيّ اللون هذه المرّة، والهفهاف كغيمة سكرّ. تصعد من كفيّ شابّ، إلى ظهر آخر، فإلى الحبل المشدود. يهتز الحبل حين وقفت عليه كنخلة. حيّت بيديها المتفرّجين جميعاً.

يأتي غجريّ عجوز ـــ أراه لأوّل مرّة منذ بداية الاحتفال ـــ حاملاً رمحاً، ويرفعه نحو زينة. تأخذه منه. ترفعه إلى الأعلى، ثمّ تمسكه من الوسط بشكل أفقيّ، وتشرع بالسير على الحبل، وموجة أخرى من تصفيق المتفرّجين، كتحيّة لها. راحت تنقل قدميها على الحبل.

ينقبض صدري مع خطواتها خوفاً عليها من السقوط. الحبل على ارتفاع أربعة أمتار تقريباً، وسقوطها يعني كارثة. انتبهت إلى أنّها تلبس سروالاً حريريّاً ذهبيّ اللون تحت فستانها. ليس كسراويل نسائنا، المتميّزة بكشكش الرجلين. لم يعد لخلاخيلها ورنين هذه الخلاخيل الأهميّة التي لخطواتها، المرافقة للخوف. للحذر.

أعرف من شابّ فسح المجال لي ولأيوب ابن عمّتي أمامه، لنبصر المشهد كاملاً. رفعني بين يديه إلى أعلى. انتبهت لنا الغجريّة زينة، وربّما اعتقدت أنّ الشابّ الذي رفعني يحيّيها، فحيّته بهزّة قويّة من

رأسـها تبعتهـا بغمـزة جعلتـه يرفعنـي أكثـر، وأكثـر، حتى شـعرت أنّي سـأفلت من بين يديه.

عرفت أنّ كلّ ما فعلته زينة، في تلك اللحظات من أجله. تصل زينة إلـى آخـر الحبل. تتوقّف عليه في جهة دار برجس للحظات، وعينها مع الشـابّ الذي يرفعني. كانت تبتسـم، وكنت أعتقد أنّها تبتسـم لي أيضاً. تمنحنـي ابتسـامتها غبطـة مضافـة. تجعل لقلبـي الصغير بيـن ضلوعي أجنحـة تـرفّ إعجاباً بها، وخوفاً عليها. كنت أتخيّل ماذا سـيحدث لها لو سقطت عن الحبل، وماذا سيكون ردّ فعلي لو حدث ذلك فعلاً. تمتمتُ بدعـاء صامـت لها ألاّ يحدث ذلك. نظراتها نحونا، جعلتني أظنّ أنّ ذلك لي. لي وحدي.

كانـت القـردة عند أسـفل منتصف الحبل تتأهب لتنـطّ إليه. عدلت عن ذلك حين أشارت لها زينة بيدها بألاّ تفعل ذلك. انكفأت عائدة نحو مدرّبهـا. راحـت زينة تؤدّي حركات خطرة تجعلني أغطّي عيوني بكفيّ، خوفاً من مفاجأة مؤلمة تحيق بزينة.

يد أبي تلكزني من الخلف أن أتبعه. لم أستجب له. يعود بعد قليل، وكانـت القـردة قـد نطّـت إلى الحبـل، وبدأت تنـط منه إلـى الأرض، أو العكـس، أو إلـى كتف الراقصة زينة، أو تقف بمواجهة أحد المتفرّجين، وتـؤدّي حركـة اسـتفزازيّة له وتعـود إلى الحبـل. تنزل زينة عـن الحبل، ويدنو منها الزمّار، والطبّال، وهما يوقعّان لحنا راقصاً لزينة.

يـد أبـي تلكزني هذه المرّة بقوّة، ثم تشـدّ على عنقي. يقودني أبي خارج الاحتفال. ويظلّ صوت ذلك الفرح يدوّي في رأسي. مررنا بجانب حميـر الغجـر المربوطـة خلف دار عبـد المجيد ف. وتابعنا السـير إلى بيدرنا الشمالي.

هناك كان عليّ أن أساعد أبي بأن أفتح له كيس الخيش، وهو بدوره يعبّئ فيه (القصليّة)، وهي بقايا الحبّ المختلط بالتراب، وغالباً، ما تنثر هذه البقايا لدجاج بيّاض تعنى به أمّي، وعمّتي في حوش الدار.

كلّ ما قد رأيته من النهار الغجريّ، الذي عشته ذلك اليوم رافقني في حلم اليقظة، وحلم النوم بعد أن أويت إلى النوم. كم لا عبت القردة، ولا عبتني. حملتني زينة معها إلى الحبل، وعلمّتني كيف أمشي عليه متوازناً، وكم أنقذتني من سقوط.

دعوتها لتأتي معي إلى الدار، كي تراها أمّي، وعمّتي. لبّت دعوتي. لحق بنا الطبّال، والزمّار. امتلأت ساحة دارنا بالناس.

يأتي أبي من خارج الدار.

يمسكني هذه المرّة من أذني، ويفركها.

أصرخ. أستيقظ من نومي مرعوباً.

يد أمّي تمسح العرق الذي يسيل على جبيني.

تُزرع في ذاكرتي أفراح الغجر.

دويّ طبولهم. صوت مزاميرهم. رقصهم. دخان نيرانهم المتصاعد من أمام خيامهم. ترحالهم، وتأخذني إلى عالمهم. إلى فضاءاتهم المفتوحة على أسرار حياتهم، وخبراتهم المختزنة من مئات، بل من آلاف السنين.

لم تهدأ ذاكرتي إلاّ لماماً، من تكرار ذاك الشريط، الذي نُقشت فيه صورة زينة، والقردة، والطبّال، والزمّار، والطفلة التي افتتحت احتفال الفرح في قريتنا ذات يوم. كان لا يعني لأبي فيه سوى (قصليّة) الموسم.

* * *

ـ 4 ـ

سحبت ظلّها معها وغابت
تمنّيت أن يبقى ولو ظلّها على الأرض.

يقترب العيد، ولم يكن الموسم على ما يُرام. هواجس كثيرة تنام
في رأسي. أو تكمن، لتخلد في حالة سبات، أقاربه للسبات الذي
تمنحه الطبيعة لأشجارها، ولم يكن سباتاً مرضيّاً تختلط فيه الأشكال،
والألوان؛ فلا تستطيع بعد استيقاظك منه التمييز بين الضوء، والظلام.
بين السائل، والصلب. بين الإيمان، والظلاميّة، وسوى ذلك من مفارقات،
ومتناقضات، ومتضادّات.

منذ طفولتي المبكرة، ووعيي بها، لا أذكر أنّ الشمس استيقظت
قبلي. أنهض دائماً قبل غبش الفجر؛ فأرى أشكال الطير المقيمة،
والمهاجرة في فضاء الله، تبحث عن رزقها، وأمانها. يعايش الأهليّ
منها الناس. يساكنهم. يبني أعشاشه في سقوف دورهم. في أشجار
بساتينهم. يعرف بحدسه العالي أصدقاءه. أعداءه. يعرف البخيل من
الكريم. يميّز بين الأمكنة. بين العصا وبندقيّة الصيد.

ينهض أبي ــ وقد ودّع الحياة غير آسف عليها لأنّها أدارت له
ظهرها بلؤم ــ ينهض من النوم بعدي. يقصد مربط الشقراء (فرسه)
كما كان يدلّعها. كان يلامسها بحنوّ. يناغيها كمعشوقة. ينظف جسمها

مـن العـرف إلى الحافر. معلفها أيضاً. يدخـل المتبن غير آبه بما ينثره هـزّ التبـن لهـا مـن العـور. يدعم التبـن لها بما فـي بيـت المؤونة من حبّ. يكرمها أحياناً بقمح العيش. يأتي لها بماء لتشرب. يشـرب بعده مـن ذات الآنيـة. كلّ هـذا الطقـس اليومي، يتمّ قبل أن يغسـل وجهه؛ كأنّما ذلـك فريضة عليه كما العبادة.

أحببتُ الشـقراء، ربّما أكثر من أبي. سـقطت عن ظهرها، وأنا أتعلّم ركـوب الخيـل خفية عنه. كانت أمّي تحذّرني من امتطائها بسـبب صغر سـنّي. تعتبـر تعلّمـي هذا شيطنة. تهدّدني بأبي لأكفّ عـن ذلك. كنت أضطـر ركوبهـا عاريـة دون سـرج، لأنّـي لا أسـتطيع رفعـه علـى ظهرها، وطليقة دون لجام، لخوفي من أن تنالني أسنانها.

فـي البريّة سـقطت عنها حين كرّت بي تسـبح، فـي فضائها الخاص، باعتقادها الجازم أنّي خيّالها. ابتعدت لأكثر من مائة متر. توقّفت تنظر نحـوي؛ فيمـا أنـا أتلـوّى مـن الألم. راحـت تصهـل بجنون، وعـادت إليّ بلحظة خاطفة. بحنان أمّ قبّلتني بخطمها، لتتأكّد من سلامتي.

دموعها ــ ربّما لشعورها بذنب ــ تنهمر فوق وجهي.

اسـتعدت عزيمتـي. نهضـت. عـاودت امتطاءهـا لأعـود إلـى الـدار، وهـي ترفـض رغبتي الحثيثة بالطـراد مجدّداً، وأنا ألكزهـا بكعب قدميّ الصغيرتيـن. سـارت بـي بهدوء. صهلت عند وصولها الـدار، ذلك الصهيل الفرح، الذي لن أنساه؛ كأنّما كانت تزفّ عريساً.

عـرف أبـي هـذا السـرّ، فأخفاه تواطـؤاً مع ذاتـه، مضمراً إصراره أن أحفظ درساً من دروس الحياة بالتجربة.

خلسـة ذات مـرّة قـدت الفـرس مـن المربـط. خرجـت بهـا إلى شوط أبعد.

الخيـول تشـقّ دروباً لم تكن من قبـل. دروباً خاصة بها، ولا تلجأ لها مرّة أخرى. توقّفتْ عند رجم من الحجارة. راحت تعفر الأرض بقائمتيها الأماميّتين، وتصهل صهيلاً لم أسمع إيقاعه من قبل. لم يزحزحها ضرب يديّ، ورجليّ، ولسعها بطرف الرسن.

غـادرت المـكان دون أن يسـاورني شـكّ بحرنهـا المفاجـئ؛ إلاّ أنّهـا يمكن أن تكون عطشى، أو جائعة، لأعرف من أحد الكبار بعد مدّة، وأنا أحدّثه عن مهارتي بالسيطرة على زمامها، والطراد عليها دون اسـتخدام السرج، والاستقواء باللجام.

اسـتعرضت له سقوطي عنها. وفاءها. جمودها في مكان سقوطي. صهيلهـا الحـادّ عنـد ذلـك الرجم. بـدا الرجل سـاهماً، قال بين الشـكّ، واليقيـن: " الخيـول لا تفعـل ذلـك الحرن إلاّ في حالة كـذا وكذا. وعند دم القتيل!".

ظلّـت تلـك الصـورة ماثلة أمامي. كلمات الرجل ترنّ في رأسـي، إلى يوم لم يكن ببعيد بوحه بسرّ الرجم الحجريّ. عدت إلى ذاك المكان ـ لأقطـع الشـكّ باليقين ـ أمتطي الفرس. مستكشـفاً هـذه المرّة لا خيّالاً. حدث معي فعلاً كما حدث في المرّة الأولى تماماً.

يعلـو صهيـل الفـرس أكثر فـي كياني، كلّمـا تداعى حـرن الفرس، أو أيّ حـرن (أخـصّ حـرن النسـاء هنـا)، أو تداعـى تذكّر الفرس فـي تذكّر، أو حديـث يتنـاول الفروسـيّة، وركـوب الخيـل، الذي اسـتبدلته الحضارة بالعربـات، والمجنـزرات في الكرّ، والفرّ. وبقي إرثاً لأولئك الهواة، الذين تمطر عليهم ذهباً. للمغامرين الميسورين. للمقامرين. لم يبق لنا نحن الأولى بالخيول، إلاّ ذاك الصهيل، الذي لا يزال صداه يتردّد في رؤوسـنا، وفي دورتنا الدمويّة.

ينحبس المطر ذاك العام.

يهبط مستوى مياه الآبار؛ فلا تستعيد الأرض كميّة بذارها من القمح، والشعير. اليانسون يحتاج إلى كميّات أكبر من الماء، فلم نزرعه. يذبل الشجر. لا غناء للعشّابات، والحصّادين على الدروب، وفي الحقول. يفرغ بيت مؤونتنا من الحبوب. يصبح خبزنا الشعير المخلوط بقليل من القمح، أو الذرة. تغدو الفرس عبئاً لا يمكن تحمّله. يمسي البحث عن حلّ لهذه المعضلة مشكلة. تنفجر الحوارات العقيمة بسببها بين أبي، وأمّي. تتراكم على كراهية مبطّنة، تقود إلى نزاعات كادت في أكثر من مواجهة، أن تؤدّي إلى أبغض الحلال!

بقيا على طرفي نقيض، حين طُرح موضوع الخلاص من الفرس ببيعها، مع تشبّث أمّي بهذا الرأي، وممانعة أبي.

عند ذروة نزاعهما الأوّل حول الفرس، صرخ بوجه أمّي:

— لن أدع أحداً يعتليها بعدي!

لم تستسلم أمّي لغروره. أجابته ساخرة:

— لكنّها يا عنترة تحتاج إلى شعير نحن إليه أحوج!؟

تفاقمت الأمور. تدخّلت عمّتي بينهما. تقتنع أمّي بالرأي الذي تمترس عنده أبي، فتصبح أكثر دفاعاً، وأشرس، حين فوجئت به ذات فجر ينهض متوتّراً. يقصد المربط في الحوش. يجهّز الفرس. تلقي أمّي غطاء النوم عنها بعصبيّة. تخرج إليه:

— خير !؟ أراك جهّزت الفرس. إلى أين يا ميسّر!؟

قبل أن تكمل سؤالها، ودون أن يلتفت نحوها، أجابها بصوت منكسر:

— إلى السوق!

— أيّ سوق!؟ (سألته متوجّسة).

– سوق الخيل! (قالها بصوت خفيض بالكاد سمعته).

– ماذا تقول؟ سوق الخيل!؟ حاولت أن تخطف رسن الفرس عنوة من قبضته المحكمة عليه. لم تستطع أصابعها النحيلة فكاكها.

– العيد بعد أيّام (بعد لحظات من صمت مريب. قال بصوت مختنق): وإلاّ كيف سنعيّد؟!

تراخت أصابعها. بدأت ترتسم على وجهه روح انتصار آنيّ، سرعان ما أعقبه انبجاس دموع مكتومة بعينيّ أمّي. أجابته بصوت مليء بالحزن. وبالثقة:

– لكنّك ستندم!

... عيد الجائع. الفقير. المحروم. ليس هكذا عيد!

وليس هو العيد المدوّن بورقة روزنامة!

كانا يتحاوران دائماً.

كلّ حواراتهما دائماً على عقم. كنت أسمع كلّ شيء. ترتخي يدي مع العيد. مع ثياب زاهية، وحذاء يلمع، وصوت مآذن يأتي من بعيد، في صباح يستعيده الزمن، مرّة واحدة كلّ عام. له النكهة ذاتها، وإيقاع مهباج القهوة المرّة، ورائحة هال تفوح على يديّ أبي حين يهرسها.

فجأة ينتفض القرد الذي فيّ. يغافل كلّ أهل الدار. يفكّ رسن الفرس من مربطها، ويخرج بها إلى البراري. يسابق خيول الريح.

يشدّ الحلم رسن الفرس بقوّة. تصرخ الروح: لا. لا. لا أريد جديد الثياب. لا أريد تقبيل يد أحد، حتّى يد أبي من أجل عيديّة؛ بل أريد الذهاب في المسافات. في رائحة الأرض، والشجر. في الأسرار، كالسرّ المخبّأ في الرجم، أو أبعد، أو أيّ سرّ يخبّئه الزمن، في مكان ما.

لم أتردّد هذه المرّة.

قتل العيد حيرتي. بكيت. بكيت طول الطريق، من الدار إلى سوق الخيل، في ذلك الفجر، الذي يباعده الزمن، حين أقلّني أبي خلفه، على ظهر شقرائه، وسارت بنا ـ وهي لا تعرف أنّنا سنعود دونها ـ سارت تحت صفّ من شجر الجوز يسوّر (كرم الدار)، الذي ظلّ قبل أكثر من قرن، ونصف القرن من الزمن "عمود الضوء" الأمير الثائر عبد القادر الجزائري (أبو محي الدين) بعد أن حمله النفي، من أرض المليون شهيد، إلى هذا المكان. كنت أرى ظلّ الأمير فيه، وصرت أرى ـ فيما بعد ـ صورة المالك الجديد بعد أن آلت ملكيّة كرم الدار إليه. الصورة التي رسمها خيالي عن خلاط هذا، لأنّني لم أره قط. لم يستطع خيالي أن يرسم له إلاّ صورة رجل جاء من الشام، وعلى رأسه قبّعة إفرنجيّة تكسبه هيئة الآمر الناهي. يستطيع أن يملي الأوامر على أجرائه، ومرابعيه، من أبناء القرية، فيُطاع.

لا نزال في بداية الطريق، إلى سوق الخيل في الشام. على يسارنا تمتدّ فسحة من الأرض جرداء من الشجر، يُرى منها جبل قاسيون كاملاً بكلّ وقاره. نقطع فيلاً من حجر أبيض للدكتور المغربي" ش. ش" جدّه رافق الأمير عبد القادر في رحلة النفي، وأقطعه هذه الأرض. كان مصوّراً ضوئيّاً بارعاً. لا تزال بعض الصور، التي التقطها لمعالم قريتي، وتراثها، لدى بعض أبناء القرية. كان له خادمه (سليّم)، الذي ظلّ يتكلّم لهجته المغربيّة، إلى أن توفّي. مفردات كثيرة من لهجته لم نكن نفهم معانيها.

على يميننا (فيلاّ) أخرى لشخص مهمّ يشغل صفة مستشاراً لملك، وكان قد اشترى من ورثة الأمير عبد القادر ربع أراضي القرية، مع حصّتها من مياه نبع القرية، الذي يروي كلّ أراضي قريتنا.

تعبر الفرس بنا صفّاً طويلاً من شجر اللوز كسور لكرم عنب للشاميّ العريق إسماعيل المالكي. يكفي أن تقول: (الأفندي)، ليكون المعنيّ ذاك الرجل، الذي لا يزال يتوهّج في ذاكرة القرية، لا لأنّه إقطاعيّ شمله قانون الإصلاح الزراعيّ، ولا لأنّه كان رئيساً لغرفة زراعة دمشق، بل لأياديه البيضاء التي مسحت الكثير من الألم عن القرية، وكان قد اشترى هو الآخر ربع أراضي القرية، مع حصّتها من مياه النبع المذكور آنفاً من ورثة الأمير.

تقطع الفرس بنا كرم العنب، وتعبر ممتلكات باعها ورثة الأمير أيضاً، إلى لبنانيّين من دير القمر. أحدهما قُتل على يد شخص من القرية، كان يعمل لديه، بسبب مماطلة في دفع أجره. الكلّ يعرف أن القاتل لم يكن يملك قوت يومه. هو أفقر أهل القرية، وأشدّهم عوزاً، وفاقة.

قطعنا مزرعة أخرى على يسارها لشخص فلسطينيّ، صار ابنه حكماً دوليّاً للعبة كرة القدم في فرنسا. كان قبل رحيل أسرته عاشقاً لهذه اللعبة، وعلّمها للكثيرين من أبناء جيله في القرية، وهؤلاء يكبروننا بقليل.

ثمة مزرعة أيضاً لعضو بارز في مجمع اللغة العربيّة بدمشق. أدين لهذا الرجل بمتابعتي الدراسة حرّاً، وعشقي للّغة العربيّة، في لقاءات قصيرة لا تتعدّى سفرة الطريق إلى دمشق، في الحافلة العتيقة الوحيدة، التي كانت تقلّنا في فترة تعلّمي المهنة.

نخرج من الدرب الترابيّة، ونسلك طريق دمشق ــ درعا. نمرّ من أمام معمل الزجاج. حوش بلاس. أراضي القدم الشريف. نصل بوّابة الميدان، وكان يُطلق عليها (بوّابة الله). عبرنا حيّ الميدان، ولا أنسى

وقع حوافر الفرس على حجارته المرصوفة، وحديد سكّة الترامواي فيه. أخيراً ندخل سوق الخيل في باب المصلّى.

أطلت في الحديث عن طريقنا إلى الشام، لأنّ أحداً لم تستهوه الكتابة للذاكرة، وما ستخلّفه الأيّام من زبد.

كان أبي في السوق يشدّ قبضته على رسن الفرس، وقبضتي الصغيرة تشدّ على إصبع في كفّه الأخرى. برد الصباح المبكر يلسع وجهي. الدموع التي يسبّبها البرد تخالط الدموع، التي تنساب حزناً على فراق الفرس.

ألمح يد أبي ترتفع مع الرسن، وهو يمسح خلسة ـ بين الحين والحين ـ دموعاً تنساب على خدّه.

يأتي رجال بهيئات مختلفة تباعاً يعاينون الفرس، عن قرب، وعن بعد. يقترب أحدهم منها. يضع يمناه على كفلها. تجفل. تنظر إليه شزراً، وارتياباً. تلتفت نحو أبي كأنّما تعاتبه على فعلة الرجل. تمدّ رأسها نحوي، ثم نحو أبي. تتمسّح بي حيناً، وحيناً بأبي. يقترب شخص آخر. يربت على صدرها. تنتفض. تصهل. يتراجع إلى الخلف مذعوراً. يتعثّر. يفقد توازنه، ويكاد يسقط.

أنتبه إلى شخص ينظر نحونا، من بين أشخاص يعاينون حصاناً. يأخذ هذا الشخص رسن الحصان، من يد صاحبه، ويجرّه نحونا. يمرّره من أمام الفرس. يعيد الكرّة، والفرس لا تبالي به. لم يشغلها سوى التحسّس بنا.

بعد لحظات. تحلّق حولنا ثلاثة أشخاص. تبعهما اثنان، ثم واحد. وقف هؤلاء قبالتنا. حضر للتوّ شخص، يبدو أنّهم يعملون لصالحه. كان أكبرهم سنّاً، وأناقة. يرتدي قمبازاً حريريّاً مقلّماً، وعلى وسطه شال

حريريّ ذهبيّ عريض. شراشيبه تتدلّى على يساره. يعتمر طربوشاً أحمر اللون تفصله عن رأسه محرمة بيضاء. يغمز لشخص بينهم يرتدي صدريّة، فوق قميص أبيض متّسخ الأساور، وشروالاً أسود. يعصب رأسه بحطّة، نقول بها، وهي على وضعها هذا (شاذليّة) يقترب من أبي. يسأله بصوت هامس:

— هل كوشانها معها؟ (يقصد هويّة الفرس).

— وحسبها، ونسبها أيضاً! (قال له أبي).

والتفت نحو الفرس المتشاغلة بطرد ذبابة تحوم حول عرفها، ثم التفت نحوي. وضع كفّه على رأسي، كأنّما يستجدي منه عزاء يمنحه الصبر، على ما فيه من ضيق. يسأله الشخص:

— كم تريد ثمنها؟

أجابه أبي بكلّ هدوء:

— هي ليست للبيع!

... قفز قلبي الصغير من بين أضلعي فرحاً. نبتت له أجنحة. رحت أطوف بها في بريّة القرية، والفرس تعدو في فضاء لا نهائيّ، كبراق آخر. أنظر إلى أبي، وأنا أمسح دموع الفرح هذه المرّة بأصابعي، وطرف كمّي.

— ولماذا تقف بها في السوق إذاً؟! (يسأله كبيرهم).

— هل الوقوف ممنوع في السوق ؟! (يسأله أبي).

قال شخص آخر:

— في السوق، إمّا تبيع، أو تشتري!؟

أضاف أبي جادّاً:

— وإمّا أن أتفرّج!

تطلّع الأشخاص بوجوه بعضهم، وقد ارتسمت عليها الدهشة، والتساؤلات، والخيبة. انسحبوا من المكان؛ بينما أنا أشدّ على يد أبي، وأشبعها تقبيلاً:

— يعني أنّك لن تبيع الفرس؟!

سألته فرحاً. ظلّ أبي ساكتاً. لم يجبني. عاد خيالي بي من البراري، إلى صورة العيد في القرية، وإلى صخب الأطفال، في ساحة مقام أحد الصوفيّين.

أصحو على يد أبي تشدّ على يدي، كي نخرج من السوق؛ بينما الفلاّحون، والتجّار، مازالوا يتقاطرون إليه.

توقّفت عربة سوداء عند أوّل السوق من الجهة الجنوبيّة. نزل منها سائقها بلباسه الإفرنجيّ. سارع يفتح بابها الخلفيّ، لينزل رجل بدشداشة فاقعة البياض. على رأسه شماخ أحمر... توقّفا قليلاً عند العربة. وجّه السائق إشارة من يده نحونا. شدّ أبي قبضته على رسن الفرس يهمّ بالمغادرة. نظر إليّ نظرة طويلة. قرأت فيها الكثير من تحدّي الذات. قال:

— اتبعني!

تقدّم الرجل، وسائقه لملاقاتنا. وقفا قبالتنا تماماً. استوقف الرجل أبي، وحيّاه. توقّفت الفرس. (زنخرتْ)، وراحت تتحسّس بأبي.

— أهذه المبروكة لك؟!

هزّ أبي رأسه بالإيجاب،

— أتبيعها؟ (سأله الرجل).

كانت لهجته تختلف عن كلّ ما سمعته من لهجات عربيّة. عرفت فيما بعد أنّه خليجيّ من الكويت.

— هذه الفرس ليست للبيع! (أجابه أبي، وفي صوته شيء من المرارة، وغصّة في الحنجرة).

ابتسم الرجل مقدّراً ما لمسه في رنّة صوت أبي الشجيّ من شجن، وما ارتسم في وجهه من حزن. قال لأبي بلهجة دافئة، وخطاب كأنّه من أخ لأخ:

— إذن. أريدها منك هديّة. ها. ماذا قلت؟!

عيناه راحتا ترصدان ردّ فعل أبي، لما أعرفه مسبقاً عـن يد أبي السمحة، في مثل هذا الموقف.

نظرت إلى وجه أبي، وقد سرى الدم فيه، والبشر. يسأل الرجل؟

— وماذا ستفعل بالفرس؟! (سأله أبي وقد داخلته الشكوك).

— ماذا تقصد؟ (سأل الرجل).

— أقصد. إذا كنت تنوي أن تتاجر بها؛ فلن تفرح بها!

— ما يعنيك من ذلك؟

— هذه الفرس أريدها أن تعيش هنا، وتنجب هنا، وتموت هنا!

أجابه الرجل متودّداً:

— لو كنت من هؤلاء لما طلبتها منك هديّة. اطمئن. أنا لست منهم! لقد اشتريت قطعة أرض، في ضاحية مـن ضواحي الشام. حوّلتها إلى مزرعة؛ أمّا الفرس، فأبغي اقتناءها كي تكون خاصّتي. أعدك، أنّ أحداً سواي لن يمسّها!

سأله أبي كي يقطع آخر خيوط الشك:

— أين تقع مزرعتك؟

— إلى الجنـوب مـن موقـع البـاردة، في الأشرفيّة؛ وتمامـاً، عنـد مطلّة الكسوة.

– أنـت بيـن أهلك! (قال له أبي، وهو يرخي قبضته، عن رسـن الفرس.

ناوله طرف الرسن قائلاً له):

– مباركة عليك!

تصافحا. عانق الرجل أبي. قبّله في جبينه. قال:

– هـي أجمـل هديّـة أتلقّاها فـي حياتي. (وضع يده علـى كتف أبي). إنّهـا غالية الثمن. فليقدّرني الله على السـداد. قال مسـتدركاً): لكن لن تكون لي فعلاً قبل أن أتعرّف إليك!؟

– خذ فرسك؛ هذا ليس مهمّاً الآن. اعتبرها من أخ لأخيه. (قال أبي).

(تأبّط الرجل أبي من ذراعه. شدّه إليه. سارا معاً عدّة خطوات بعيداً عنّا. كان رسن الفرس قد أُفلت. تناولته. أحكمت قبضتي الصغيرة عليه.

جـرى حـوار سـاخن بينهما، لـم يصل واضحـاً إليّ. انتبهـت إلى أنّ الرجل دسّ خفية عنّي، وعن السـائق شـيئاً ما، في جيب سـترة أبي.

فُضح السـرّ بممانعـة أبـي لهـذا التصـرّف. تعانقا مـن جديد عناق وداع. أشـار الرجـل لسـائقه أن يتنـاول الرسـن من يدي. كانـت الحيرة بادية على وجه أبي.

بدا مذهولاً، فلم يلتفت نحو الفرس، التي راحت تصهل، وهي تشـدّ السائق نحونا) . قال الرجل لأبي:

– لن أنسى لكم هذا الجميل ما حييت!

قـاد السـائق الفرس. ظلّت عيوني معلّقـة معهما، إلى أن اختفيا عن الأنظـار؛ بينما اسـتقل الرجـل العربـة. أدار محرّكها، وأقلـع منطلقاً نحو قلب المدينة، ويده تلوّح لنا بالوداع.

* * *

5

كم صدر الهاوية رحب

لمن يظلّ الطريق!

كنت سأسأل أبي أسئلة كثيرة عمّا سيؤول إليه مصير الفرس؛ لكن فراقها عقد لساني. غارت دموع غزيرة كانت على وشك الانهمار من عيوني. رأيت أبي قد أخرج محرمة من جيبه. أشاح بوجهه عنّي. مسك يدي، وانكفأ بي إلى قلب السوق من جديد.

راح يتأملّ، ويعاين بالنظر ما تقع عليه العين من دواب الخيل، والبغال العاملة. توقّف عند بغل متين البنية، يميل لونه إلى البنيّ الغامق. دنا صاحبه منّا. قال دون أن يسأله أبي شيئاً:

— إنّه يجرّ طنبراً محمّلاً دون عناء!

— هل هو مجرّب بالحراثة؟ سأله أبي.

— بصراحة، لأ. لكنّه هادئ. تستطيع أن تطبّعه على الحراثة بسهولة!؟

— أريد دابة مطبّعة، وجاهزة للحراثة.

بلغ بي اليقين حينها أنّ الشقراء انتهت من حياتنا. هيئة البغل المتينة أغرتني بأن أشدّ على يد أبي، قاصداً الموافقة على شراء ذاك البغل.

همس في أذني:

— " شراء العبد ولا تربيته!" (إنّه مثل كنت قد سمعته مراراً، في أجواء القريـة، فلـذت بالصمـت). مـع الأيّام تأكّـد لـي أنّ العبوديّة لا تزال تفرض نفسـها في مجتمعاتنا. العبوديّة بكلّ أشكالها؛ وإلاّ لكان هذا المثل الشعبي ليس له وجود.

لـم يفلـح ترغيـب صاحب البغل لأبي بشـيء. سـار نحـو رجل آخر يعـرض بـغلاً؛ لكنّـه ليـس ببنيـة الأوّل. توقّف أبي. سـأله فيمـا إذا كان للبيـع، أيضـاً صلاحيّته للحراثة. أجاب الرجـل بالإيجاب. عاين أبي ذاك البغل. بدأت المسـاومة على السـعر. لم أنتبه لأيّة كلمة قالها أحدهما للآخـر. كان خيالـي شـارداً مـع فرسـنا الشـقراء، وغيابهـا المـرّ عنّي.... المهمّ، تمّت الصفقة.

أردفني أبي خلفه، لتبدأ أطول طريق قطعتها في حياتي.

توقّفنـا عنـد بوّابـة حيّ الميدان. اشـترى أبي رطلاً مـن القهوة المرّة النيّئة. حبّ هال. برتقالاً. كعكاً. حلاوة. راحة ممسّـكة، من محلّ يعرف أبـي صاحبـه. دار بينهمـا حديث، لم أسـمع منه، ولم أفهم من إشـارات أيديهما شيئاً. كنت ممسكاً برسن البغل الواقف كجلمود، أتخيّل الشقراء، التي لم تكن تهدأ عن الحركة. كانت تشي، وتعلن عن وجودها الخاص. في فضائها الخاص، تحت أيّة ظروف هي فيها، كسمة من سمات الخيول ألأصيلة، التي تشبّه الإنسان الأصيل بها، ولا تُشبّه به. أنا الآن أمام بغل، لم يغرني وجوده بشـيء. يخرج أبي من المحلّ حاملاً ما اشتراه. يضع المشتريات، في خرج على ظهر البغل، آل إلينا في صفقة البيع! ..

لا أدري مـن أيـن كانـت تنبـع كلّ تلـك الدمـوع، التـي انهمـرت من عيوني، ونحن في طريق العودة.

سـيّارتان فقـط تجاوزتـا سيرنا، علـى طـول طريـق، تفتـرق بنـا عند الطريـق الترابيّـة المؤدّيـة إلـى القريـة. (نصـف بـاص) مليء بالـركّاب،

حتّى على سطحه من الخارج، مع ما اشتروه من المدينة من حاجيات. الثانية، عربة مكشوفة يقودها رجل يعتمر قبّعة إفرنجيّة. سألت أبي عنه، وعنها. قال:

— هذه من سيّارات الإنكليز. وسكت.

— والذي يقودها؟ سألته.

— من يدري! أجابني. (وهو يزمّ شفتيه بقرف).

لاحظت ذلك، مع أنّ سؤالي هذا ليس إلاّ لتبديد ما أنا فيه من حزن، وللتعرّف، على ما هو غير مألوف، وما هو مغاير، لما تراه عيوني في القرية، وما تختزنه ذاكرتي المحدودة من معارف، أو ربّما من حيوات سابقة!

كنت سأسأله: ما الذي تفعله سيّارة إنكليزيّة هنا؟!

خنقتُ السؤال في صدري خوفاً على شعور أبي، من أن يعييه الجواب.

منذ ذلك النهار، بدأ التغيّر السلبيّ يظهر على أبي. تصرّفاته مع أمّي. مع كلّ الناس. صار سوداويّ المزاج. يخرج مع نجمة الصبح إلى الحقول، ولا يعود حتّى ما بعد المغيب. أحاذره كي لا أثير غضبه. أمّا العيد، الذي كان الشرارة، التي ألهبت كلّ ذلك الماضي الجميل، وبيعت من أجله شقراء الروح، والحقول، والغيوم؛ فقد قضاه أبي لدى أخته المتزوّجة إلى رجل من جبل حرمون.

ذلك العيد، لم يكن بيننا الأب، الذي لا ينام ليلة العيد. يعدّ القهوة المرّة، على الأصوات المنبعثة من مآذن بلدة داريّا المجاورة لقريتنا، وأصدائها تتكرّر، في الفضاء. لم ننهض من النوم، فنقبل عليه. نعانقه عناق المحبّة، والطاعة. لم نقل له: "كلّ سنة، وأنت سالم" كما لم يقل لنا، أو لأيّ إنسان في القرية، هذه العبارة، التي ينتظرها الناس من عام لعام.

ذلك العيد لم يرتفع السلّم الخشبيّ عن الأرض، لتعلّق عليه ضحيّة

العيد. لم نسمع ثغاءها، واحتجاجها، وهي تحت السكّين، وأبي يكبّر عليها.

غاب أبي خمسة أيّام، وعاد. ولم تعد المياه إلى مجاريها. ينحبس المطر ذلك العام. يتناقص منسوب المياه في الينابيع. يهبط المنسوب، في آبار البساتين، والبيوت. حصد الفلّاحون موسماً هزيلاً لا يكفي المؤونة. وغلال يانسون لا تكفي أعطيات للأطفال.

تصفرّ أوراق الشجر، في عزّ الصيف.

...

ذات يوم صيفيّ محرق، كان أبي قد حمل (سطلاً) مليئاً بالماء، وطلب منّي أن ألحقه بآخر، إلى الحوش كي يسقي البغل. شرب البغل. رفع رأسه إلى أعلى ـ ربّما ـ شاكراً هذه النعمة، التي تتناقص. تملّى أبي وقفته الجامدة. ربت على ظهره، قال له ساخراً كأنّما يخاطبه:

ـ مكانك ليس هنا يا بطل!

قبل أن يجهجه الضوء، في فجر اليوم التالي، خرج أبي بثياب لا يرتديها عادة، حين يذهب إلى العمل في البريّة. جرّ البغل خارج الدار، وعاد عند الظهيرة دونه!

في يوم آخر، باع نصف ما نقتنيه من ماعز، وما يختزنه من بذار يانسون، ليصبح الحتّ، والتآكل حقيقتان ملموستان، في قوة تسند العيش في القرية.

يتوظّف عدد من شبّان القرية، كحرّاس ليليّين في المدينة، وتدخل الدرّاجة الهوائيّة العاديّة القرية، على يدهم لأوّل مرّة. شابّ آخر يتطوّع، في سلك الدرك الوطنّي هو خالي، الذي كان يعمل لدى فؤاد بك حمزة. يتمّ تعيينه في الجزيرة السوريّة. ثمانية أشهر لم يسأل عنه أحد. لم يقبض قرشاً واحداً من راتبه. يبيع الحصان. يسدّد ما تراكم عليه من

ديـون، ويعـود لينضـمّ، إلى سـرب الحرّاس الليليّين. اسـتمر يسـدّد ثمن الحصان، من راتبه الشهريّ البسيط.

.. ولمّـا كان القـرويّ لا يسـتطيع الاسـتغناء، عـن الدابّـة، فـي حياته اليوميّـة. أيّـة دابّة. رأيت أبي يعود من المدينة عصر ذلك النهار البعيد، على ظهر حمار أغبر. راح مع الأيّام يقلقنا بنهيقه المنفر الدائم. ينقلب ما كان يملأ رأسـي صهيلاً، إلى تلك المعزوفات النهيقيّة المنفردة، التي كان يتحفنا فيها نزيلنا الجديد، الحمار!

يزفّ لي قريب من أقراني خبراً جعلني لا أنام الليل. قال:

ـ " كنت أرعى الماعز شـرقيّ تلّة المصطبة. شـاهدت فرسكم داخل سـور مزرعـة الكويتي؛ للوهلة الأولى لم تصـدّق عيني ما رأيت. ذهبت باتّجاه المزرعة. تأكّد لي أنّها هي ذاتها.

وعدنـي أن نذهـب معـاً، فـي اليـوم التالي، كـي أراهـا. قريبي هذا، وجميـع أقرانـي المجايلين لي، من المبكر الحديث عنهم. عن أحلامهم. عشقهم. تفاصيل حياتهم. انكساراتهم؛ أمّا حمارنا الأغبر، كان واحدة من أهمّ الخسائر، التي مُنينا بها، في أواخر خريف تلك السنة.

ذات ليلـة عاصفـة، هاجم حيوان مفترس مجهول، القرية ليلاً. أجمع الـكلّ، على أنّه (الشـيب)، أو (الشـيبة)! قتل حمارنـا، ورأس من الماعز، وعدداً من دوابّ القرية، قي تلك الليلة؛ هو في الحقيقة وحش كاسـر، دفـع بـه الجـوع، والعـراء الخالـي ممّـا يقتات بـه، ليهاجم، ليـس قريتنا وحدها، بل الكثير من الأماكن المأهولة، في غوطة دمشق، وآذى اثنين ممّن تصدّوا له فيها.

لم يكن آخر خسائرنا ذلك الحمار. لا أنكر أنّي شمتت بموته آنذاك.

الآن، لا أستطيع أن أتخيّل حجم الندم، الذي تراكم بي على كراهيتي له، وشـماتتي بموته. كان أقلّ ما يسـتحقه منّي قصيدة رثاء، أعدّد فيها

فضائله علينا، وعلى دارنا، ذلك الحين، ومآثره، التي هي مآثر كلّ الحمير، على وجه الأرض، وعلى ما أفرح قلوب أكثر من أتان، حين يفلت منّا في البرية، وتناديه إحداهنّ بشغف غير مسبوق.

طول تلك الليلة، لم تغب صورة الفرس، ولا ذكرياتي معها من خيالي.

قصدت وقريبي مزرعة الكويتي ضحى النهار. رأيت الفرس داخل السور، الذي لم يكن حينها، أكثر من أسلاك شائكة، وصفّ من شجر السرو مزروع حديثاً داخل الأسلاك. كانت الفرس مربوطة إلى وتد. عرفت ذلك من دورانها في المكان.

تنتبه الفرس لنا، بل لي أنا بالذات. انتصبت على قائمتيها الخلفيّتين احتفاء بي. ملأت السهل بصهيلها. قال قريبي:

— لم تفعل ذلك بالأمس ما تفعله اليوم!؟

لم أجبه، بل رحت ألوّح لها بيدي، لتزداد صهيلاً، ورقصاً، لم أعهده من قبل. راحت تشدّ رسنها حتّى اقتلعت الوتد. راحت تعدو داخل السور، وهي تتعثّر برسنها، حتّى بلغ بها التعب. هدأت. وقفت قبالتنا مشدوهة.

يحتقن صدري بضيق شديد، وحنجرتي بغصّات مكتومة. طفق الدمع يهطل من عيوني، لينساب غزيراً على خديّ. أمسحه بطرف كمّ قميصي، وأنا في حالة ذهول قاتلة.

تغيم عيناي. تدور الدنيا بي. ليس غير صورة فرس شقراء في رأسي. ليس غير صهيلها في كياني. غبت عن الوعي لأصحو بعد فترة عند قناة البويضة. حولي قريبي، وثلاثة رعاة كان قد استنجد بهم؛ فحملوني إلى ضفّة تلك القناة.

في الآتي من الزمن، صار كلّ شيء يتراكم فوق ذلك الانكسار.

* * *

6

"قد تغرق.. فليكن رأسك فوق الماء!"

قال لي أبي

الحكمة التي يقولها الأب أضفها إلى الوصايا؛ ومن سوء طالعي. لم أتقيّد بها دائماً!

.. كان رتل طويل قادم من فلسطين المنكوبة يمرّ من قلب أشرفيّتي الحزينة، في ذاك النهار الشاحب الوجه. مفاتيح بيوتهم تخشخش، في جدائل النسـاء، على أمل ألاّ يطول الغياب!

علـى الذاكـرة ألاّ تتوقّـف عـن العمل، بعـد أن يفتح الطفـل عينيه على الدنيا.

سلالـم، وشـباب غرباء عـن القرية، وشـباب منها يسـاعدونهم على التسلّق للصق صـور المرشّحين للانتخابـات البرلمانيّـة، علـى حيطان القريـة، مـع وعودهم لنا، المكتوبة بخطـوط عريضة، أن ينقلوا القرية، من الجحيم إلى النعيم.

رحـت أسـاعد أبـي على العمل في كـرم العنب. صعدنـا إلى عرزال كان قد بناه من خشـب شـجر الحور، ومن القشّ. طابقه الأرضيّ يلعب فيه الهواء. يرتفع منه سـلّم خشـبيّ. للعرزال جدران من خشب الحور،

وسـقف. فقط أرضيّته، مفروشـة بما تيسّر من الخيش، وفرش لم يعد له لزوم في الدار، وبابور كاز، وعدّة الشاي.

ينتبه أبي إلى خشخشة بين دوالي العنب. قال:

— انـزل معـي؛ فـإذا كان ثعبانـاً سـنقتله. سـأعلّمك كيف تقضـي عليه. الثعبان مؤذٍ...!

سـقط قلبـي. كنت خائفاً فعلاً. كانت حيّـة مرقّطة تنقضّ على جرذ. طولها أكثر من ذراع ونصف. قال:

— حرام قتلها! عدْ، واصعد.

— إنّها مخيفة! (قلت له).

قـال: أجـلْ. لكنّها أهليّة، ولا تؤذي إلاّ من يؤذيها. (كانت قد ابتلعت الجرذ، وانسلّت بين الحشائش).

أعدّ الشاي، وراح يعلّمني جدول الضرب. انتهى الدرس. سألني:

— هل حفظت "حماة الديار؟". (يقصد النشيد الوطنيّ).

— طبعاً! (أجبته).

طلب منّي أن أستعيده له. فعلت ما طلب. قال:

— أجمل ما فيه:" أبت أن تذلّ." (خانته الذاكرة، فلم يكمل. طلب منّي أن أكمل!؟

— النفوس الكرام.

قال:

— المحـل، والقحط، سـيجعل حيـاة الناس بالويل. هـذه الخضرة التي تراها الآن ـ إذا استمرّ المناخ على هذا النحو سنة أخرى ـ (يسكت، ولـم يتمـم كلامه. ثم يخاطبني، وكأنّما يهذي: إيّاك (يصمت شـارداً، وكأنّمـا يقـرأ المسـتقبل، في كتـاب الغيب). إيّـاك أن تترك الكتاب.

فـي الكتـاب تـرى الدنيـا. الكتـاب يفتح أمامـك الطرقـات المغلقة. يوسّـع الدروب الضيّقة ـ قارئ الرسـائل في قريتنا، عن مائة رجل. هـو الوحيـد الـذي كان يقـرأ لنـا رسائل المغتربيـن، ويـردّ عليها ـ الكتاب لا يغدر بك. لا يمدّ لك لسان شماتة... بنيّ؛ انتبه لما سأقول لك: "قد تغرق. ليكن رأسـك فوق الماء دائماً"! سـمعت هذا القول مـن معلّـم لبنانـي، لـم يوفّق فـي تعليـم الأولاد هنا. بالعلـم، يظلّ الرأس فوق الماء، مع هذه المواسـم الهزيلة.

• • •

كان (الخانوق) يزور أطفال القرية، كلّ عام. يأتي دوري ـ لا مفرّ ـ الطبيب، هو القدر، ومسـاعده شـيخ منّا، وفينا. يكتب بريشة من قصب النهـر، ذلـك الـذي يبعث الحزن مـن مكمنه حين تجرحـه بناي. يغمس الريشـة بحبر يصنعه من قشـر الرمان، وسـخام المواقد. يكتب تعويذة يفتتحها بالبسملة. تليها عبارة" فتح الله باب السعلة، ثم يتكرّر اسم الله سبع مرّات، كنداء أخير للربّ، كي ينقذ الطفل المصاب بمرض ـ كغيره من أمراض مزمنة ـ يختبئ إلى موسم آخر، ولا يغادر قبل أن يحصد من الأطفال ما يعتبره الناس قنصاً لا فدية.

تدخل أمّ سها حاملة طفلتها سها. سعال سها لا ينقطع. يدمي القلب. فـي تلـك اللحظات أعود محمولاً، على صدر أبي، من بيت الشـيخ، وقد جرحت ريشته أعلى عنقي، فخالط الحبر ما ينزّه الجرح من دم، الأمر الذي جعل الشيخ يلفّ الكتابة، والجرح البسيط بقطعة قماش كضماد. أخمّن الآن أنّها من فوطة كانت على رأس زوجته حينذاك. كانت هـذه الزوجة بمثابـة ممرّضـة تحضّـر الطفل، والريشـة، والمحبرة، وكلّ مـا يخصّ هذا المرض، وقد تخصّص به هذا الشيخ بأجر مؤجّل، لا يقبله إلاّ في الآخرة!

ثمـة مـن هـو متخصّـص بأمـراض أخـرى، فـي القريـة، وفـي القـرى المجـاورة، كالحجامـة، وتجبيـر كسـور العظـام.

ظـلّ طبيبنـا هـذا يمـارس اختصاصـه، حتّـى حيـن ابتعـدت القريـة ــ بمظهرهـا العمرانـيّ ــ عـن أن تكـون قريـة، وتصـرّ علـى الاسـتمرار بممارسـة خبراتهـا الروحيّـة، وتقاليدهـا، وأعرافهـا، مـع انسـحاب الكثيريـن مـن أبنـاء الجيـل الجديـد، وشططهم السـريّ، والعلنـيّ، بسـبب الاغـواءات التـي اقتحمـت ريـف دمشـق بمجملـه، فتقـدّم للمدينـة ــ لالتصـاق هـذا الريـف بهـا ــ الوجبـات السـريعة، مـن الترنّـح فـي الوقـت، والعبـث، والطيـش، والمتـع، وأوّلهـا النسـاء الرخيصـات.

أحـدّث أمّـي عـن خانـوق سـها. تقـول لـي:

ــ إنّهـا أقـوى مـن ألـف خانـوق. هـذه العفريتـة سـتشفى اطمئـن. لا تشغل بالـك بشـأنها. (بكيّـر عليـك انشـغال البـال عليهـا، وعلـى غيرهـا!) ..

الخانـوق ذاك، بعـد أن أصبـح مـن حكايـات الماضـي، كانـت تأتـي بـه جراثيـم لا تُـرى بالعيـن المجـرّدة. يقابلـه الآن أكثـر مـن خانـوق. ليـس فقـط تسـتطيع أن تـراه بعينيـك، بـل أن تلمسـه بيديـك. أكثـر مـن ذلـك؛ فهـو بيديـن قويّتيـن يضغـط علـى عنقـك، ولا سـبيل لـك كـي تدفعـه عنـك، أو منفـذاً تسـتطيع الفـرار منـه، كمـا يبعـد عنـك ــ برفسـه المحمـوم ــ كـلّ مـن يسـعى لإنقـاذك

ليـس طائـراً حـرّاً، مـن كان يحلّـق بنـا.

لـم يكـن جهـة، أو سـمتاً، أو بوصلـة، أو حتّـى ريشـة فـي جنـاح طائـر. كان مأخـوذا بالمبرطميـن القادميـن مـن بعيـد بخرائـط لا يفهـم منهـا شـيئاً. كانـت عينـه علـى الأحذيـة اللامعـة، فصـار واحـداً منهـا. علـى الكراسـي المرتفعـة، فصـار إحـدى أرجلهـا. علـى الطـاولات الرسـميّة، فآل

إلى نشّافة حبر يوماً، ويوماً إلى ممحـاة. على قفص، فجاءه مذهّباً. على طوق، فجاءه قيداً لعنقه، في علبة مخمليّة. على ظلّ، فحلّ ظلام؛ أضفه إلى زمن سيأتي به لصّاً بأقنعة لا حصر لها. أضفه إلى ما استُنسخ عـن فئـران الخراب. أضـف أيضاً صوراً شتّى لرجل صغير من زئبق، يستطيع أن يمرّ، من خرم الإبرة!

ستراهم بعينيك. سترى الرجل اللبلاب، وهذا أبداً ليس للزينة. إنّه ينتمي لـرؤوس كـرؤوس النعام. لـرؤوس لتجيد الانحناء. لقلوب تجيد الحقـد. لأيـدٍ تجيد الطعن في الظهر... ونحن نفتح الصدر له، ولسواه بكلّ بلاهة، لأنّنا بطفولة كبارنا ذاتها نعدّ النجوم، وحجارة النوارج، وأوتاد الخيام، ونحسد الغجر على طريقة عيشهم، ونحصي القتلى، والشهداء.

بطفولتهم ذاتها نبتهل، وننثر البرغل على الشوك استجداء للمطر، عندما تبخل به السماء.

بطفولتهـم ذاتها يسرقنا الحلم إلى البراري، وإلى مـدن الحكايات، وجزر المرجان البعيدة. وإلى النوم مع الكوابيس بغيلانها. وأشباحها.

على شاكلتهم يُعاد إنتاجنا، وإنتاج ما في رؤوسهم، وإنتاج العنفات، التي تديـر هـذه الـرؤوس، وأدوات الزهو الـكاذب، والمراوغ، والأبهة الفارغـة، ونصنع لرؤوسنا خـوذات لا يخترقها الحب، والحـزن؛ ولأيدينا قفّـازات مضادّة للحنـان، والرحمـة، وإدارة الثراء الروحيّ، بمـا يجعلنا سادة الذل، والشقاء، والغربة.

بعد أسبوع من رؤيتي سهـا محمولة يتصاعد منها السعال الديكي المسعور، ليصـل قلبي الصغير، ويفتك بـه، رأيتها كالقردة تلعب مع بنـات الجيران لعبـة النطّ على الحبل. أستعيد توازني، ينتابني فرح غامض. فرح لا حدّ له!

صار الكون يضحك لي مخاتلاً. أصدّقه بسبب سعة الطريق أمام رغباتي، والآمال العريضة، التي ترسمها مخيّلتي.

أحببت هذا الكون كما أحبّه طاغور يوم قال:

"كان ذلك يوم قدمتُ إلى أرضك، وأنا عريان، لا أحمل اسماً، وفي لهاثي صرخة منتحبة.

صوتي اليوم جذلان، فيما تقف أنت يا ربّ جانباً لتفسح لي مكاناً أستطيع فيه أن أملأ حياتي، وحين أزجي أناشيدي إليك كقرابين، فإنّني أستشعر أملاً خفيّاً بأنّ الناس يقبلون عليّ، ويحبّونني بسببها".

وأنا يا ربّ، قد أكون أكثر جذلاً، لأنّني لم أستسلم للحياة، التي قادتني، إلى الحتّ، وسلّطت عليّ رياحها، من الجهات الأربع، لتقتلعني من جذوري، وتلقي بي بعيداً، كما ألقت، وتلقي سواي؛ وكما ألقت قبل أن آتي إلى الحياة، التي أعيشها قلقاً، عمّي، وجدّي، يوم بُلّغوا لإلقائهم، في نار حروب، لا ناقة لهما فيها، ولا جمل! اتفّقا مع خمسة آخرين من القرية، وغادروا جميعهم القرية إلى بيروت (في ليلة ما فيها ضوّ قمر) ومنها أقلّتهم مراكب البحر من بيروت، لإعادة اكتشاف أمريكا. ألقتهم في الأرجنتين، ليضيعوا في غاباتها. مدنها. خمرها. نسائها.

يعود واحد منهم، بعد أقل من عشرة أعوام. يفرّ من ظلم القرية له إلى التديّن هذه المرّة. يضرب بالدين عصفورين بحجر واحد. يكون قد احتمى، من التجنيد الانكشاريّ القسريّ، في الجيش العثماني، ومن الموت المجّانيّ أيضاً، بثياب رجال الدين كطوق للنجاة. يعتمر العمامة مكرهاً، حتّى سريره الأخير، لترى طفولتي عمامته فوق نعشه، المحمول على أكتاف شبّان يتبادلون أدوار حمله. كانت العمامة ناصعة تهتزّ فوق النعش، إلى أن غابت عن عيوني، ودخلت حرم ذلك المكان،

الـذي أُلقيت فيـه، النظرات الأخيرة، على الكثيرين مـن الأهل، والأحبّة، والأصدقاء، فيما بعد. ذلك المكان، الذي تُدفن فيه مع الموتى أسرارهم!

عمّـي حامـد ذهب، ولم يعد. عرفت من جـدّي مصطفى، حين جاء مـن الأرجنتيـن، فـي المـرّة الأولـى، أنّ عمّـي يعيش وحيداً، فـي منطقة (برتيذو البيلار). لم تغره الحياة الدنيا، ولا النسـاء، فظلّ عازباً يتكسّـب رزقـه بتجـارة الألبسـة، والأقمشـة. تحمل بضاعتـه عربة يجرّهـا حصان. يطوف بها بين مزارع تلك المنطقة، وبسبب تدنّي النقد لم يستطع أن يدّخر ما يتيح له العودة، إلى الوطن.

يعـود جـدّي فـارغ الكفّين فـي المـرّة الثانية كسابقتها. سـألته عن عمّي. بكى. لم يجب بشيء –أرّجح أنه مات مقتولاً في غابات أمريكا اللاتينيّة. كان الكنـز الـذي جـاء به جـدّي مصطفى دماثتـه. كان محبوباً مـن الجميـع. (بايعها!) كما نعته أهل القرية، عن جهل لهذه الشـخصيّة المغايرة لهم بالمعرفة، والخبرات، وبعد النظر، والسـلوك الشـخصيّ؛ إذْ كان خارجاً عن الكثير، من أدبيّات تحدّ من حريّة الإنسان فيها.

مـا يرسـخ فـي الأذهـان هنـا، أنّ كلّ مهاجـر يجـب أن يعود (سـالماً غانمـاً) يـوزّع الأعطيـات ذات اليميـن، وذات الشـمال. أن يكـون رزيناً. مهابـاً، يبـدأ حياته من جديد. يقيم مشـروعاً يدرّ عليه دخلاً كبيراً. يعمّر داراً كبيـرة، ومضافـة مشـرّعة للزائريـن، تظلّ رائحة القهـوة المرّة تعبق فيها ليل نهار! لكن جدّي كان واقعيّاً. واضحاً؛ ومنذ لحظة وصوله القرية يتكشّـف عمّـا تختزنـه ذاكرته دون حـذر، أو مـداراة، أو مراوغة. يحرث في أرض الماضي، والحاضر، دون خوف من إثم، أو عقاب. دون حساب لمعاتـب، أو للائـم، أو معادٍ. يتنـدّر بحكايات القريـة القديمة الطريفة، والمؤلمة، دون حذر، كما لو أنّه لم يغب عنها، لحظة واحدة.

حين وصل إلى دمشـق، أوّل زيارة له، اسـتقبله أبناء العائلة، وبعض رجـال القريـة الكبار، فـي أحد فنادق حيّ السـنجقدار. كانـت أوّل هبّة هواء باردة منه عليهم، خلوّ يده، وثانيتها، تأكيده لهم زواجه مرّتين، من أجنبيتين، وأنّ له منهما أولاداً.

قال شيخ القرية كلمته به، في أكثر من مناسبة:

— "مصطفى. لا دنيا، ولا آخرة!".

مع كلّ التحفّظ عليه من الكبار، اسـتطاع أن يخلب ألباب الشـبيبة، بمـا كان ينقلـه لهـم ـــ ولـو مواربة ـــ عن التحـرّر، في تلـك البلاد، أو قـل الحريّـة الشـخصيّة. كان ذلك مسـتهجناً، في بيئـة مغلقة بطقوس، وعـادات، وأعراف، وتزاوج، وتزويج قسـريّ، مـن العائلة ذاتها، ودوران فـي الأثنـوس (التشـكيلة الاجتماعيّـة) ذاته، فكـراً، وخبـرات، وعقيدة. حتّى أنّ أُسـر كاملة تحصد الإعاقة، في معظم أفرادها، بسـبب تداول الجينـات ذاتهـا، وأنكاهـا الموت المبكّر، ما بين العشـرين، والخامسـة والثلاثين من العمر.

جـدّي مصطفـى، كان كالفيروس، حسـبما نعته أحـد مناوئي أفكاره، وسـلوكه، علـى الرغم مـن المدّة القصيرة، التي مكثهـا في زيارته الأولى للقرية. تسبّب في خلخلة نفوس كثيرة راكدة. زرع فيها بذرة، كان لا بدّ أن تنمو، وتتكاثر. بدأت بأقرب الناس لي؛ إذْ تنكّر للعمل الزراعيّ. غادر القرية إلى بيروت، وضاع في عبابها. الثاني، كان حلمه أبعد من دمشق، فهاجر إلى فنزويلاّ.

قـال لـي أبـي: (لا تأخـذ كلام جـدّك هذا عـن يقين). "الحجـر لو بار مكانه قنطار!"

* * *

7

لا تنتظر الشمعة حتّى تذوب

وتكمل طريق الليل!

كان أجمل قرار لطفولتنا، التي لم نعشها، ولصبانا المندثر في الحقول، والمشتّت، في ساحة أحلام صغيرة، أن تكون لدينا فرصة، ولو كانت مسروقة من التعب الذهاب، إلى قرية مجاورة لقريتنا من جهة الغرب. ليس لأنّ طرقاتها، أو أبنيتها، أو بساتينها أجمل. ليس لأنّ هواءها أنقى. ليس لأنّ مياهها أعذب. ليس لأنّ أشجارها أورف. بل لأنّ كلّ شيء فيها تراه يستقبلك مبتسماً. حتّى أبواب البيوت المغلقة؛ وهي على العكس من ذلك، فنادراً ما تجد على مدار النهار باباً مغلقاً، أو باباً يُغلق في وجهك. يثيرك أنّ جدران منازلها ليست صمّاء كجدران منازلنا. لا نافذة، كي نشمّ منها الهواء، أو يدخل منها الهواء ليلعب في ساحاتها، أو يرقّص ما فيها من شجيرات، أو دوالي عنب، أو ورود.

لم يكن يغريني في البراري سوى بنات الينسون، اللواتي يعملن في تعشيبه، وحصاده، ودقّه. ضحكاتهن، وغناؤهنّ على الدروب، وفي الحقول، وفي خيام دَقِّهِ. تستثيرني واقيات الجلد فوق جباههنّ. ثيابهنّ التي تفوح منها رائحة اليانسون، حين أمرّ قربهنّ. ذات ظهيرة طلبت أمّي منّي أن ألحق بها إلى مهرجان التعشيب، لأنقل العشب بعيداً.

— سها تساعدك يا بنيّ!

سها من جيلي. ترافق أمّها إلى الحقول. تخاف عليها من أن تبقى في الدار وحدها. يقولون أنّ دار أهلها يسكنها الجنّ!

أحمل وسها العشب، إلى المكان الذي يأتي إليه الماعز، وعدنا. جلسنا على كتف مسكبة قريبة من العاملات اللواتي يساعدن أمّي. أمّ سها تنادي لها:

— تعالي إلى هنا يا مقصوفة العمر. تعالي تعلّمي التعشيب!

ركضت سها نحو أمّها، وتبعتها لأتفرّج كيف ستعشّب. ناولتها الأمّ(القطفة) "يقال لمنجل التعشيب الصغير: القطفة":

— تشدّين عليها قبضتك، حتّى لا تفلت من يدك، وتجرحك. عليك أن تميّزي بين نبات اليانسون، وبين العشب. الكزبرة تشبهها. إنّها عشب، وما عداها بعيدة الشبه بها. عليك أن تقتلعي العشب من جذوره يا بنتي، وإلاّ سينمو من جديد. هيّا اقعدي مثلي، وازحفي كما أزحف بتأنّ، حتى لا تؤذي النبات. اليانسون حسّاس جدّاً. أكثر العشب هنا: النجيل. الرزّين. الكزبرة. البابونج. شوك الدردار. الشبّ الظريف. الهندباء. السيسبان. الشوفان.

تقاطعها سها مستغربة:

— كلّ هذا سأنتبه إليه؟!

دفعني فضولي أن أتفرّج على البنات اللواتي يعشّبن اليانسون، في أرض المالكي، المجاورة لصفّ شجر اللوز المزروع بجانب سياج بستاننا. البنات من قرية مجاورة. الريّسة فقط من قريتنا.

جلستُ على كتف ساقية جافّة قريباً جدّا منهنّ، واتكأت على كوع يدي كالكبار. توقّفت أكثريّة البنات عن التعشيب، وتحوّلت

أنظارهنّ نحوي. نهرتهنّ الريّسة بكلمات تصفني بها ساخرة، ولا تليق بهنّ، ولا بي:

– "الولد(أنا) قدّ فخذ الواحدة منكنّ. الشغل أهمّ من البحلقة فيه!"

يبدو أنّ الريّسة شعرت بأنّها أخطأت بحقّهنّ. استدركت ما ستقول لهنّ:

"على البنت ألاّ يغريها شيء. البنت جوهرة. الجوهر يظلّ جوهراً. على البنت أن تعشّب قلبها طول النهار أيضاً، وتعشّب روحها طول الليل!".

غادرتُ المكان قبل أن تكمل الريّسة وصاياها.

كان الجانب الذي سمعته من تلك الوصايا بذرة طمرتها الأيّام في رأسي. لتتفتّح مع الزمن. لكن ليست دون سها، التي كبرت، واستمرّت في العمل ببستاننا بعد وفاة أمّها، وأمّي، مع رفيقتين لها هي اختارتهنّ.

تعلّمت المراحل التي تمرّ بها زراعة محصول اليانسون من أبي، ومن غير أبي.

لا يقبل اليانسون من البذّار إلاّ أن يخلط الحبّ بالتراب، لينمو متفرّداً، وحتّى لا تزاحم نبتة، نبتة أخرى على ما تمتصّه من أملاح الأرض، وعلى الماء، والضوء، والهواء. كثافة النبات تقتله. تكون النبتة أقوى بتفرّدها. بنموّها، وانتحائها، واستقبالها، الشمس، والهواء، وندى الفجر.

لا يقبل اليانسون نبتة سواه، أو سيكون هزيلاً.

لا يقبل تعشيبه قبل اكتمال هويته، وتشكيلها بوريقات ثلاث على الأقل.

يحين وقت القيلولة. تلتقي البنات العاملات مع الريّسة، بالبنات العاملات لدينا، في فيء أشجار اللوز. يفردن ما يتزوّدن به من

طعام لا يتعدّى الزيتون. المكدوس. الجبن، وحشائش من الأرض كالهندباء، ونبات صبّ الزيت، والكزبرة؛ تلك الأعشاب الضارّة بالنسبة لمحصول اليانسون. آتي لهنّ بماء الشرب، ممّا يُضخّ من بئرنا الأرتوازيّ، برفقة سها غالباً، حين يكون يوم عطلتي. نتلكّأ في المسير. نسلك ممرّات ظليلة، حتّى لا يرانا أحد، لتتاح لنا سرقة لحظات عاطفيّة. كعناق سريع يعبق فيّ، وفي ثيابي، ما يحمله من عطر التعب، واليانسون، أو قبلة لها طعم ما تكون قد اشتهيته، فاقتطفته، من عشب الأرض كالنعناع البريّ، أو الحبق، أو الريحان، حين يكون يوم عطلتي.

سمعت الريّسة عند عودتنا تقول لجوليا:

— لا تقضيها فوق اليانسون! (تقصد: لا تبولي). حذّرتك أكثر من مرّة ألاّ تفعلينها!

وضّحت لي سها ما تقصده جوليا من فعلتها فوق نبات الينسون، بعد أن سألت جوليا عنها. قالت لها جوليا الناضجة أنّ الغربيّين يصنعون من اليانسون عَرَقاً. سمعت ذلك من أخيها العائد من إيطاليا، بعد زيارة عمل. لا بدّ لبولها الذي يتغذّى نبات اليانسون منه أن يكون روح العرق المصنوع منه. لابدّ لمن يرشفه، وينتشي به، أن يكون لي فيه نصيب.

لعلّ الربّ يخلّصني من هذا الشقاء. الشباب حين يحلمون بجزر المرجان في البحار البعيدة تتيسّر لهم كلّ السبل؛ أمّا نحن فيا حسرة. لا سبيل لنا إلاّ الحلم، أو السحر. ما أفعله يا سها. نوع من السحر، كما كانت تقول جدّتي.

أخبرتني سها بعد يومين أنّ بنات أخريات يفعلن مثل جوليا سرّاً!

...

الصغار يكبرون.

سـها تتـزوّج، وأتابـع السـير بحثاً عمّن يـملأ الفراغ الـذي خلّفته في كيـاني.

تأتي الأيام بما لم يكن في حسـابنا. يظلّ لليانسـون سـحره الذي لا يُقـاوم.

نزرع حقلنا الغربيّ. أعلق من جديد بحبّ جديد. يشغلني القائل:" أنّ الحـبّ بحـث دائـم عـن الحـبّ" تلـك الفتاة السـمراء، التـي كانت تلاعـب أخيهـا الأصغـر أمـام دارهـا. المختلفة بفسـتانها القصيـر حتّى الركبـة. بشـعرها الـذي يعـذّب الهـواء. بحيويّتهـا. بالصليـب المتأرجح على صدرها.

تنطـوي قصّـة ذلـك الحـبّ الصامـت، والخجول زمنـاً. أمـرّ هرِماً من المـكان. أشـعر بانقبـاض فـي صـدري، وجفاف فـي حلقي. يكرّ شـريط الذكريـات، إلـى مـا قبل خمسـين عاماً. مع هذا أشـعر ـ وقد اسـتأثرت التداعيـات بي ـ أنّ كلّ شـيء سـورياليّ، والقرية المجـاورة أعزّ ما فيها عنـدي قدّيسـة سـمراء صغيـرة ترفـض أن تكبر، وسـاقية مـاء كانت إلى منتصـف خمسـينات القرن العشـرين دائمـة الجريان، تسـيل من تحت جسـر على عرض طريق، وتذهب نزولاً، إلى أراضي الأشـرفيّة العطشـى منـذ الأزل، لتـروي ما ترويه، من ورود مزروعة فـي كلّ دورها، وأجملها عندي وردة مكنسة الجنّة. لا بدّ من سبب لذلك.

كان فـي دار العائلـة مكانس جنّـة ثلاث. كان لهذه الورود ذات يوم، من الأيّام السوداء، التي مرّت على القرية، إبّان الاحتلال الفرنسيّ، الذي عقـب الاحـتلال التركيّ لبلادنـا. كان لهنّ أداءً مقاوماً يثبت للعالم أنّ أيّ شـيء يمكـن أن يقـاوم الظلـم، حتى الـورد. حتى عبير الـورد. كان ثلاثة

رجال من الثائرين ضدّ الاحتلال قد احترسوا في ورود مكانس الجنّة، ولم يستطع الجند الفرنسيّون، الذين كانوا يلاحقونهم، أن يكتشفوا هذا المخبأ، ولا يبعد عنهم أكثر من خطوتين...

الساقية، يمدّها بالماء نبع شوّاقة، ولا يعرف أحد في المنطقة لماذا يحمل هذا الاسم. نسجتُ له أسطورة في رأسي، ولا أدري إذا كانت ستصمد مع الزمن، أو لا. ما أزال عند التداعيات. قريبي يحي ـ الذي تعلّمت مهنة الخياطة وإياه في دمشق، صار من سكّان مدينة سان فرانسيسكو، ويحمل الجنسيّة الأمريكيّة. حين فكّر بالهجرة، لم ينفرد وحده بفكرة السفر. زرت وإيّاه بلدة معلولا التاريخيّة، وهناك بعد أن خرجنا من دير القدّيسة مار تقلا، عبرنا الممرّ الضيّق الذي يشقّ الجبل، والذي تروى عنه حكاية تلك القدّيسة تقلا، وكيف شقّ لها الربّ الجبل، ليسهّل فرارها من الخطاة الأشرار. وصلنا إلى كهوف كان قد حفرها أجدادنا الآراميّون الموغلون في القدم بالصخر، ليسكنوها. جلسنا على صخرة، نرسم مستقبلاً ممكناً لنا. لم نتّفق على خريطة واحدة. كان رأي يحي قراراً، وكان رأيي قراراً أيضاً. قرّر يحي الهجرة، دون أن يحدّد إلى أين. الأصحّ أنّه قرّر الفرار، من واقع مؤلم بالنسبة له، ولا يدركه غيري، وأنا قرّرت البقاء، لأسباب لا يعرفها غيري، ولا يمكن البوح بها، حتى لو مرّت عليها أجيال، وأجيال. إلاّ إذا أفلتت بعض المنمنمات المجنونة، والمختبئة كالشياطين، في داخلي، دون إرادتي!

لا نزال في التداعيات. كانت بعض خدمتي العسكريّة، في الجولان. وكانت مدينة القنيطرة متنفّسنا. عرفت أنّ البنت التي تعمل في مكتب أبيها من بلدة معلولا. ملأت كل سنوات القحط العاطفيّ لديّ بابتسامة واحدة. تكرّرت ابتساماتها. لتزهر قصائد مراهقة. اكتملت كمجموعة

شعريّة، ولا ينقصها إلاّ أن أقدّمها للموافقة على طباعتها، ونشرها. أودعتها عند صديقي جبر، فأخبرني حين طلبتها بعد فترة أنّها فُقدت. هي والبنت التي كانت سبباً للسهر الجميل لكتابتها ذهبتا مع بنات نعش، كما ذهب سواهما من هوى، ومن ناتج هذا الهوى في الهواء، وفي غبار هذا الهواء.

تفتح التداعيات جرحاً آخر، يعود إلى أوائل الخمسينات، وأنا أعمل كخيّاط، في أحد معامل الألبسة الجاهزة بدمشق. أكثر من خمسين بنتاً يعملن معنا. قل خمسين نجمة. خمسين قمراً. خمسين وردة. يأتين عدا أربع بنات دون نقاب، والأخريات تأتين منقّبات بالسواد، وبمجرد دخولهنّ الباب يخلعن ملاءاتهنّ، وكلّ ما يعيق حركتهنّ، في العمل. تظهر الصور، التي خلقها الربّ، على حقيقتها. يبدأ الشغل للجمال، الذي يمتلئ به المكان. كلّ أطوال القامات، وألوان البشرة، والشعر، وكلّ ما يموج، ويُموّج. كلّ ما يصدر منهنّ جارح لمراهقين مثلنا: أنا وأكرم، وإبراهيم، وتيسير. نحن فقط بين خمسين نخلة، وأكثر يتحرّكن في مساحة صغيرة تشغل آلات الخياطة، وعدّتها التكميليّة، أكثر من نصف تلك المساحة. عليك أن تشمّ كلّ أنواع العطر، الذي يهبّ عليك، من جميع الجهات، كلّ يوم. عليك أن ترفع يديك إلى السماء، كيلا تذوّبك النار التي تلسعك، كلّ يوم. عليك أن يرقص قلبك طول النهار، والليل، إذا ما أصابتك نظرة، أو ابتسامة، أو أن ينقبض صدرك طول النهار، ويغسل الدمع وسادتك، إذا ما عبست بوجهك وردة، أو غاب من يرقص لها قلبك يوماً عن العمل، أو ودّعت المعمل، إلى قفص ـ هو مجازاً ـ قفص ذهبيّ، لكنّه حبس حقيقيّ، عند زوج، لا يعرف الله إلاّ بالإشارة. ولا يعرف المرأة إلاّ بعد أن يفتح

بابها السريّ. أقصد أنّه سيعرف خريطة جسد، لم تُرسم له أصلاً. بل لأمّه، ولقريباتها، وصويحباتها، والخطّابة التي انتقتها له!

كان عليّ أن أتوه في غابة الغزالات هذه، وألاّ أسقط في فخّ ممّا تنصبه، رسّامة لمستقبلها الزوجيّ البعيد، وهي تعرف أنّ أمامك خدمة عسكريّة، وربّما سنوات بعدها، لتؤمن مسكناً، ودكّاناً تعمل فيه. يقيك العمل كأجير طول عمرك.

كنت أسمّيها (فاتن حمامة) تلك التي أتخيّلها تكرج بين ماكينات الخياطة، وحين تأتي صباحاً ملفّعة بالسواد، ثم تشرق مثل شمس، حين تخلع السواد. أخذت منّي ذات يوم بقيّة قلم رصاص، كنت أحتفظ به، في مفكّرة صغيرة أحملها في جيبي دائماً، لتكتب فيه. قبّلته ـ على غفلة من أختها الصغرى، ومن زميلاتها البنات ـ وأسقطته من أعلى فتحة في قميصها. أرادته كذكرى. بعد عشرين عاماً. خرجتُ من سينما دمشق، بعد أن حضرت فيلم (دعاء الكروان) لفاتن حمامة فيها.

وصلت إلى جسر فكتوريا. كانت امرأة ترتدي ملاءة قادمة. فجأة رفعت الملاءة عن وجهها. ورفعت قلماً صغيراً، هو ذاته القلم الأصفر الصغير، الذي ذهب منّي كذكرى. تابعت سيرها. كانت تلتفت إلى الخلف مثلما كنت ألتفت. حاولت اللحاق بها؛ لكنّها اختفت مثل جنّية. نعم اختفت، تاركة خلفها شريطاً من الصور العذبة، لفتاة، وخيوط

معربسة، وقلم، وألم!

ما أكثر الجراح، والندوب، التي تكون خامدة تحت رماد السنين، وتدغدغها التداعيات، لتكون سيّدة لحظات تمرّ، في حقول كانت ذات يوم ترفل بالزهر. فأذبلتها رياح عاصفة، أو لفحها لهيب نيران مستعرة.

من المحال أن يموت ما يتعلّق بالعاطفة، والعاطفة تنبع من مكان غامض، وحسّاس في الجسد، هو القلب. دقّاته حين تزداد، أو تسرع على الرغم منك، يعني أنّك ستعوم، في مياه عذبة، أو ستغرق. كان لشاشة السينما، التي أظهرت لقرويّ مثلي حمامة السينما، فاتن، بكلّ فتنتها، وسحرها كخادمة فقيرة، في فيلمها دعاء الكروان، لتستثير مروءتي، وغيرتي، فأتعاطف معها، ولو كلّفني إنقاذها حياتي.

صحوت من خداع الفن لي، وسرقة براءتي، لأرى نفسي أمام فتاة تشبهني بانكساراتها في المدينة كقرويّة. كان استبسالي ـ حسبما قدّرت موقفي منها ـ زائفاً. يثبت لي الفن كما اعترف به كبار النقاد أنّه أصدق من الواقع. لم أتوقّف عند هذا الحد. رحت أفكّر بالطريقة التي أستطيع فيها معرفة عنوان فاتن حمامة، التي رسمتها الشاشة لي خدّامة لا أكثر فأحببتها. اشتريت دفتر رسائل، لا أزال أتذكّر غلافه الخارجي إلى الآن. عليه إطار مزخرف بزهور، يتوسّطه قلب أخضر مخترق بسهم، لأكتب أوّل رسالة إعجاب، وهي للحقيقة رسالة حبّ.

أذكر أنّي كنت حذراً، من أن أجرح شعورها، أو ترد كلمة غير مؤدّبة تجعلني غير جدير برومنسيّتها. لم أكذب عليها بشيء. قلت لها: أنا ابن قرية مثلك (وكنت قد رأيتها في الفيلم من قرية في صعيد مصر) كم كنت ساذجاً. فكّرت أنّهم أتوا بها من الصعيد كما هي، لتمثّل دوراً تعيشه حقيقة. لم أقل لها في الرسالة أحبّك؛ إنّما رسمت لها في نهاية الكلام قلباً كالذي رأيته ذات مرّة في ورقة من أوراق مجلّة فنيّة رخيصة كانت قد طيّرتها الريح لتعلق بنبتة شوكيّة في حقل لم تتمّ حراثته ذاك العام من قبل مالكيه. كان عنوان الحمامة، في قفا صفحة القلب.

أُسقط رسالتي في صندوق البريد. يسقط معها قلبي الصغير، ويقطع المسافات إلى بلد المعزّ. تمرّ الأيّام التي كنت أنتظر بها الردّ ثقيلة، وكأنّما تسير بأقدام مثقلة بالرصاص. لم أخذل. جاء الردّ، ولكن الرجل الذي يصل البريد دكّانه، كمركز بريد للقرية سلّم الردّ إلى أبي. يهيج أبي، ويغضب، ويعنّفني في البريّة، بكلام أسمعه منه لأوّل مرّة: (أنت صاير أزعر. نتحاسب في الدار يا عاشق. ما كان ناقصنا إلّا تجيب العار لبيتنا. نحنا طول عمرنا مستورين. حسابك في الدار يا كلب)!

بعد عودتنا من البريّة، وفي الدار كنت، وإيّاه وجهاً لوجه. أخرج من جيب سترته الداخليّة مغلّفاً كبيراً، كان قد طواه أكثر من طيّة، لتّتسع له جيبه الداخليّة، ممّا كسر صورة فاتن حمامة المرسلة إليّ منها، والملتقطة من فيلم دعاء الكروان تحديداً، وعلى قفا الصورة رسالة لم أستطع أن أقرأ منها سوى بعض الكلمات المتفرّقة. جمعت من مزق الصورة ما استطعت بعد أن مزّقها أبي، وقذفها بوجهي مهدّداً ألّا أعيدها: "زوجي عمر الشريف يحيّيك، ويتمنّى لك السعادة، ويدعوك إلى زيارتنا في مصر، وسيعلّمك التمثيل."

تمرّ السنون، ولم أملّ من متابعة رحلة هذه الحمامة الفنيّة، وما كان أشبهني ببطل قصّة الكاتب الأرمنيّ الأمريكيّ وليم سارّويان (عزيزتي غريتا غاربو). كان الولد المغرم بها يلحقها من بين جمهور المعجبين بها، وهو ينادي لها: أنا أحبّ أن أكون ممثّلاً. أنا وسيم يا غريتا غاربو. أنا أعشقك، وأعشق الفن؛ ويغيب في الزحام، ولا تسمع الفنّانة العالميّة غريتا غاربو صوته!

يتقصّف صفصاف العمر، منذ اللحظات التي يتكسّر في القلب شيء ما، سمّه الحبّ، أو سمّه إثبات وجود، أو سمّه الرغبة بعلاقة مع الجنس

الآخر يكـون لها معنىً مغايراً، لما يطرأ مع العاشـقين ـ وعلى حدّ قول الشاعر أحمد شوقي ـ : (نظرة، فابتسامة، فسلام، فكلام، فموعد، فلقاء). لتبـدأ الحكايـة، على غير ما قد يكون، وما سـيكون. كنـت متأهباً للنزال مع الحبّ، حين دخلت السينما، لمشاهدة فيلم، ومعي مقصّ خياطة ـ من باب المصادفة ـ كنت قد جلخت فولاذه لدى شاميّ حاذق. لتجلس فـي كرسـيّ أمامـي أميرة حيّ الـورد، كما عرفت فيما بعـد أنّ منزلها في حـيّ الـورد، وكان أحـد منازل قمـري. كان شـعرها الخرّوبيّ المسترسـل أمام عينيّ، والمنسـاب كشلاّل خلف كرسـيّها. يغريني، ويأمرني، أن أجزّ خصلة منه. تواطأت فتاتي معي، ومع المقصّ. سمحت له أن ينال منها خصلة تكمن فيها شـرارات تلازمني ما حييت، لتشـعل نارها، كلّما هبّ الهـواء بأشـجار عمري. تبعتها بعد انتهـاء الفيلم، وصُدمت حين أغلقت بابها الورديّ خلفها، لأعود مرّة، ومرّات، فقط لأتأمّل صورتها.

تبـدأ رحلـة الهـمّ، والقلـق، والسـهر. غبـت عشـرين عاماً عـن فكرة استأثرت بي، وغفت كجمر تحت الرماد، لتستيقظ على غفلة من قلبي، وتشبّ نيرانها فجأة دون سابق إنذار.

لـم تطـلّ فتاتي من بابها الورديّ، في حيّ الورد، كعادتها. لم تحمل لـي قصفـة ياسـمين، أو حبـق، أو زرّ وردة جوريّة، أو قرنفلة. لم يشـرق وجهها في الشرفة، أو في النافذة. لم تطيّر قبلة في الهواء.

ينقبـض صـدري. عشـرون عامـاً من غيـاب، لا بدّ أن تغيّرت أشـياء، وتبدّلـت أحـوال. لا بـدّ أنّهـا قـد تزوّجـت، وسـكنت بعيداً عـن الحيّ، وربّما بعيداً عن المدينة. قلت في سـرّي مكابراً: انس الحكاية يا ولد! ينهـض تعلّقـي بهـا بأعنـف من ذي قبل. تشـبّ فـي كيانـي كأنّهـا بنت اللحظة. سـاحرة. لا تسـتطيع البراري أن تضيف لجمالها حبّة. الجداول

أن تضيف لضحكتها موجة. بدر واكتمل. شفّافة. عذبة (لا يُرى منها إلاّ عروق دمائها والذكريات) قال من عرفوا قصّتي معها: حبّك لها داء! وأراهن أنّي لن أشفى منها. جرفتني كسيل. تلبّستني كجنّية. تلبّستني، في الوقت ذاته دونيّة القرويّ، أمام ابنة مدينة.

عملت في الصحافة لأتوازن، بعد أن علّمت نفسي حرّاً. بقيت بين أعمدة جرائدها كتمثال أثريّ. سرقني الشعر، فصرت أغنّي مع أمين نخلة: (رحْ بيع ديواني ورق للصرّ ولو جرحت التاريخ هالبيعة. بلكي بهالبيعة حدا بينغرّ. بأجرة طريق من هون للضيعة). لم أحاول أن أصادق أولاد الأغنياء لأردم هوّةً تخيّلتها عائقاً لفترة لم تطل. أخطأت التقدير أنّ فتاتي ربّما كانت تهرب من قرويّ فقير. مع أنّها تعيش على خطّ فاقتي تماماً. قرّرت أن أبتعد عن طريقها.

اللعنة على ذلك القرار.

بابها لم ينفتح. لم تطلّ. لا وردة. لا قبلة في الهواء. لم أسمع خطواتها في الممرّ. طيفها فقط يخرج من بابها الورديّ المغلق. من الجدران. قرّرت آخر مرّة أن أواصل البحث عنها. سأقول لها إذا ما التقيت بها: سأسافر، وأعود بثروة تليق بك.

التقيت بها بعد عناء. كنّا معاً نقطع الطريق المؤدّي إلى مدرسة كانت تتلقّى فيها دروساً تعدّها لتكون موظّفة. أبلغتها قراري بالسفر من أجلها، ودحرجت لها لأوّل مرة صخرة: أحبّك. ابتسمت للوهلة الأولى، ثمّ اكفهرّ وجهها. بلعت ريقها، وقالت: ستأتي بثروة. ربّما! لكنّك ستفقد كثيراً من الحبّ، وأنت تجمع هذه الثروة. ترتسم صورتها القديمة في المدى.

بذلتها المدرسيّة تزهو. وقع خطواتها يرجّ الرصيف. لم تلتفت إليّ. يغيب طيفها. الباب مغلق. هواء بارد يهبّ. حفيف أوراق الأشجار

المنتصبة كالحرس الجمهوريّ على جانبيّ الشارع يتصاعد. الورق الأصفر يتساقط. يشيّعه الهواء إلى الزوايا الميّتة .في جيبي رسالتها الأولى، والأخيرة لي. أستطيع أن أتلوها كلمة. كلمة دون أن أفردها. يقول السطر الأخير منها: لن أعيش مع زوج أنانيّ تحت سماء لا أرى فيها أكثر من مساحة فراش. لن أسبح في بانيو يسمّيه لي بحراً. تغدو الأرض رخوة تحت قدميّ. معها حق. إنّها تثأر لواقعها. ما زلت أذكر ما خطّته يداي لها: سأجعلك أميرة بقصر، وخدم، وحشم. لا دوام في عمل، ولا عناء، ولا انتظار مواصلات. ستتخرّجين مساعدة فنيّة! ماذا يعني هذا أمام المال، الذي أستطيع أن أطمرك به؟ معها حقّ.

لم يعد يبعث فيّ ما في الحيّ، من أشياء جميلة غير المزيد من الألم. غدا حلقي جافّاً، وغصّة في الحنجرة. نسلت أصابعي التي وهنت بدورها، من جيب سترتي، صورة فوتوغرافيّة صغيرة جدّاً جدّاً لها. كنت قد اختلستها على غفلة منها. حاولت كما اعتدت أن ألثمها. كانت شفاهي باردة. أعدتها إلى الجيب. تقطّع شريط الذكريات. أه أيّتها المراهقة كم عذّبتِ من بشر! المراهق في هذه البلاد المعصوبة العينين. المغلقة القلب، يستأنس حتّى بثياب أنثى منشورة على حبل غسيل بعيد، وأعلى من الغيم. لم يكن لي بالسفر نصيب. بقيت كصخرة معلّقة في هواء ثقيل.

عشرون عاماً تمرّ.

لا أدري أيّة قوة سحريّة قادتني إلى حيّ الورد، وأيّة قوّة سحريّة جعلت يدي تدسّ لها زهرة ياسمين، في جيب معطفها الأحمر، الذي كانت تلبسه فوق ثيابها المدرسيّة، في الأيام الباردة. بلدوزر يعبر الحيّ في تلك اللحظات. جنازيره راحت تدوس أحد البيوت.

تعجن التراب، بالحبق، والياسمين، والورد الجوريّ، وحشيشة الفيء، وحشاشة الروح.

هل ستكون عيون المتاجرين بالبناء كليلة عن بيت فتاتي، وتتركه للذكرى؟ هل ترى الجمال، الذي أراه قمراً يطلّ من الباب؟ شمساً تسطع من خلال عريشة الشرفة؟ وقع خطوات في الممرّ. على الدرج. الجدران التي حرست وجه فتاتي من غبار. النارنجة التي طربت لدندناتها، وضحكاتها. ليت الجرّافة تستطيع أن تزيح الغصّة المتحجّرة في حنجرتي.

لفت نظري رجل ينفض الغبار عن واجهة دكّانه المتواضعة. حدّقت من خلف الواجهة لأرى رسوماً. صوراً مكبّرة لأشخاص. صوراً مغطّاة، ربّما حفاظاً على سرّ، أو حفظها من عوامل الطبيعة. تمعّنت في وجه الرسّام. تأكّدت من أنّني لم أر وجهه من قبل. تساءلت في سرّي: لماذا لا أكبّر صورة فتاتي لديه. استقبلني متوجّساً، وهو يتأمّل وجهي: هل أنت ممّن يشترون بيوتاً عتيقة في الحيّ، ويهدمونها؟ طمأنته بأن لا شأن لي بذلك، وأعلنت له عن امتعاضي من الهدم العشوائي لبيوت يمكن أن تندرج في التراث.

رحبّ بي، وسألني عمّا أبتغيه من دخوله دكّانه. قلت: لديّ صورة أريد تكبيرها. ما إن رآها في يدي، حتى اختطفها من يدي، وقامت قيامته. صرخ بوجهي: هذه تشبه ابنتي. وصرخ ثانية، وهو يحدّق بها، ويده التي تحملها ترتجف بشدّة: إنّها هي ذاتها.

لا حيلة لي في تلك اللحظة سوى الهرب.لم أعد أمرّ من الحيّ. على الرغم من أنّني عملت فيما بعد قريباً منه، واعتقدت مع الزمن، أنّ قصّتي مع الحيّ انطوت إلى الأبد.

* * *

8

لأنّه لا ينتمي للفرقة الناجية

يكتب ويده على اللجام!

الغريب ليس ذلك الشخص الذي يتواجد في مكان ليس مكانه، وليس له فيه جذور، بل الذي لم تروَ جذوره، ليحيا كما يجب، ويكون مثل دالية عنب، دائماً يسير طربون الغصن فيها إلى أمام، وإلى أعلى، وكما يفيد في ظلّه مشكّلاً الفيء في الهاجرة، يفيد حصرمه، في فقئه بعين الشماتة، والحسد، والضغينة. يفيد ورقه الأخضر الغضّ، بألذّ أكلة يبرق، يفيد عنبه، بانتعاش الجسم، ويفيد مجفّفاً كدواء لكثير من العلل. يفيد عصيره، ونبيذه، في نزهة الروح، ببلاد الأشواق. وزيارة الملائكة دون ميعاد، والنوم بعد التعب، أو بعد إفراغ الجسد الذكريّ من مائه الثقيل، أو امتلاء الجسد الأنثويّ بماء الحياة، في سرير تهزّه يد إله محبّ. يد إله لا يريد للحياة أن تتوقّف عند حدّ، ويكون دور للعقم، أو للعدم، في سيرها إلى جنّة فرح الإنسان. صورة الله على الأرض.

حين لا ترى إلاّ السواد أمامك يعني أنّ الليل طويل، وأنّ الأيّام تتكرّر دون طعم، ويصبح تذكّر الحادثات سيّان بين أن يكون المرء كهلاً، أو طفلاً. ليس أقسى على المرء أن تكون طفولته انقطعت فجأة، لتبدأ مرحلة النضج، وتعقبها الكهولة، دون عبور عتبات الحياة.

والأقسى من كلّ ذلك، أن تتوارد الذكريات، والمرء في حالة توتّر. كنت عائداً من المدينة على درّاجتي الهوائيّة محبطاً من طلب فجّ طلبه منّي صاحب العمل. الحكاية، وما فيها أنّني أعمل مع زملاء أربعة لديه. سأوضّح المسألة أكثر، عمّا ورثته بالأصل من اسم، وكان ولادة، وغيرهما دون إرادتي، ودون مشورتي، كما هم تماماً، وكما كلّنا، في هذا الكون المبنيّ على هذه الأساسات، التي لم تكن يوماً، لتجعل المكان جميلاً.

دائماً، أمام المقبل على الحياة، أكثر من خيار، في كلّ شيء: العمل. السكن. الصداقة. العلاقات العاطفيّة؛ إلاّ في المعتقد، فله طريقان فقط؛ إمّا أن يثبت على ما وُلد عليه، أو يختار الطريق الآخر، وهو التحرّر من هذا المعتقد، وما قد يجرّه عليه من ويلات مجتمعيّة، لتلتصق به كلمة ملحد، حتّى ما بعد الممات.

كان أبي يحثّني أن أكون مؤمناً بما يؤمن، وكنت غير قادر على مواجهته. أخيراً وضّحت له رأيي: (حين أنضج أقرّر). كان ذلك عليه كالصاعقة!

أدخل سنّ الخامسة عشر، وأنا لا أزال على موقفي، فالحياة لمّا تعلّمني شيئاً بعد. كنت قبل هذه السنّ، على قناعة تامّة بأنّ دروس الحياة هي الأجود. مخطئ من يعتقد أنّه ابن هذه السنوات القليلة من عمر الزمن، حين يكون بسنّي. أنا، وغيري من بني البشر. إنّها تحمل امتدادات آلاف من السنين التي انقضت.

يلحّ عليّ أبي أن أكون صورة عنه، وعن جدود الجدود، وفي البال ما لم أفصح به لأحد، حتّى لنفسي خوفاً من شيء لا تستطيع طفولتي تحديده.

استطعت أن أفصح عنه، وأنا في الستّين من عمري، لصبيّة من جذور بدويّة تعتزّ بها، ومن مكان يقع في القلب من البلاد. من مكان عرف فيه كيف يقبض ابن وردان على الجمر. كان لديها شغف غير طبيعيّ، بالكتابة، وبمماحكة التاريخ. وبالشغب. بالاستفزاز. بالخروج من الحركة الدائريّة في الزمن، التي تغرق فيها البداوة، بقدر ما يغرق فيها الحضر. لن أفصح ما جرى، حتى لا أفسد نكهة الرواية، وأعكّر مياه نهرها!

يوم تركت العمل لدى أبي خلدون لأنّه لم يزد لي أجرتي، التي أستحقّها فعلاً. قصدت معلّمي القديم، وكان يعمل لحساب أحد المعامل، ولديه ثلاثة عمال درزة، وحللت عليهم لأكون رابعهم. كان الفصل شتاء، وكنّا نخيط سترات جلديّة مبطّنة بفرو. جمعتنا غرفة واحدة ليومين فقط. وحدث ما لم يكن بالحسبان. يطلب منّي المعلّم أن أعمل وحدي، في غرفة منعزلة خصّصها لي. كان جريئاً، وواضحاً، ومتيقّنا ممّا سيقول، حين قال لي: (ستعمل في هذه الغرفة وحدك، حتّى لا تسمع ما قد يقوله الشباب ـ يقصد زملائي العمال ـ عمّا قد يزعجك دينيّاً!) وأقول الآن ذلك للحقّ، وللتاريخ، أنّني لم أذكر هذه الحادثة أمام أحد، وكثيراً ما كنت أحاول تناسيها، ومحوها من ذاكرتي. لأسأل نفسي دائماً السؤال الصعب: لماذا دور الكراهية ينشب كأفعى في مجتمعاتنا البائسة، مع أنّ مدننا فيها كلّ هذا الجمال، والعبق التاريخيّ، والإنسانيّ؟!

الآن، وبعد مرور هذه السنين، رأيت ألاّ تبقى تحت رمادها، لأنّ ما يحدث في بلادنا جريمة أحسبها من أكبر الجرائم، التي عرفتها البشريّة. لأنّ الكثيرين من البشر، في عرف صنّاع الحروب، ليسوا إلاّ مخلوقات طارئة على هذه الأرض.

تتكرّر المأساة الشخصيّة غالباً، في المكان الذي يريك وجهه الآخر، حين لا يبالي إلاّ بمن يراهم كلّ يوم، ويشمّ رائحتهم كلّ يوم، ويسمع وقع خطواتهم كلّ يوم. المكان السريع الامتصاص لأصوات تعوّد على سماعها، حتى لو كانت غناءً، أو شجاراً، أو صوت باعة؛ ففي سوق الحميديّة، الذي يحمل اسم السلطان عبد الحميد الثاني، الذي تربّع مع من تربّع من السلاطين العثمانيّين، وقبلهم المماليك، والسلاجقة، وغيرهم، وكانوا باسم الدين يمارسون سطوتهم، على بشر أقلّ ما يُقال بهم أن لا حول لهم ولا طول.

في سوق الحميديّة هذا كنت أرى ـــ بحكم عملي في السوق ذاته معظمهم أبناء تجّار السوق، يلطون كما الصيّاد بانتظار امرأة قرويّة، بزيّها التقليدي، والذي هو غالباً أزياء نساء من طوائف دينيّة مغايرة، مستغلّين الزحام. فيغافلون المرأة، ويعلّقون لها من الخلف ذيلاً مُعدّاً بعناية من قماش، وفي طرفه دبّوس معقوف يسهل تعليقه. ليكون للساديّة دورها في السخرية المرّة، على هذه المرأة، أو تلك، مع إطلاق كلمات نابية بحقّ طائفتها، وهي لا تملك الردّ، على ولد يختفي في محلّ أبيه، أو خلف بسطة، أو يهرب إلى مكان يستره، مع انشغال المارّة بعدوى ضحك غير مبرّر؛ ومثل تلك التصرّفات المقيتة لا تحدث في مدينة تاريخيّة جميلة وأريحيّة في علاقاتها مع القريب والغريب، إلاّ في العهود المتزمّتة، والتي تخدم أجندات كريهة. كلّ هذا يعني أنّ طربوش المحتلّ القديم لا يزال متمكّنا من رؤوس محشوّة بالاستعلاء، على مدار قرون بما يجعل ولداً مثلي يختزن داخل جدران روحه جمراً سيخمد بالتأكيد مع الزمن، لانقطاع الهواء عنه.

.. وأنا الولد القرويّ ـ حين بدأت التعلّم ـ لا العمل ـ اشتريت قميصاً قطنيّاً دون أكمام، واجتمعت العائلة في القرية، لتحدّد ما إذا كان القميص سيُلبس كقميص داخليّ، أو خارجيّ. استقرّ رأي الأكثريّة، على أن يُلبس فوق قميص بأكمام. فعلت وفق رأيهم، الذي لم يكن سديداً.

ركبت درّاجتي الهوائيّة، وأنا فرح بقميصي الجديد. استقبلتني في مدخل سوق الخيّاطين عواصف من الضحك، والسخرية، وكان أن غادرت السوق، لأكمل حكاية علاقتي بالخياطة، وبالشام، التي كان حبّنا ـ في ظلّ التفكير البائس عند من حاولت العمل لديهم ـ لبعضنا تلك الأيّام، من طرف واحد، وكلّ هذا أعتبره استثناء خاصّاً بي وحدي، لأنّ التاريخ يثبت أنّ من يدخل الشام يدخل مدينة آمنة. يومها، بينما كنت أرى من خلال السوداويّة التي لا زمتني في ظلّ التعصّب الذي كان يحكمها حينها أنّها لا تحبّ القرويّين، إلاّ لتزويدها بالنعناع، والفجل، والبقدونس، والصبّار، وعرانيس الذرة، وإهدار مواسمهم، في مربّعات شوارعها النهمة؛ كما لا تحبّ الفقراء، إلاّ لإفراغ حاويات قمامتها، أو لعرضهم كفلكلور على أرصفتها، وفي عشوائيّاتها السكنيّة.

عدت إلى موقعي في الحقول، لمساعدة أبي في الزراعة، والسقاية، والحصاد. كان موسم اليانسون، تلك السنة على ما يرام؛ ففي اليانسون لا عمل لي غير تقديم أغماره اليابسة، ل(الدقّاقات)، أقصد النسوة اللواتي يفرزن القش عن الحبّ، بواسطة الدقّ بعصا قصيرة، يُطلق عليها اسم (الدقماقة) تثير عوراً ناعماً يتمّ تلافيه بلثام، عدا تغطية الشعر بشال غالباً ما يكون سميكاً، وإلى عدة سنوات كنت أعتقد أنّ أمّي التي أصابها ربو حادّ، قضت بسبب اليانسون. أفادتني الرحلة مع هذا المحصول،

الذي يتمّ تصديره إلى فرنسا غالباً، لصناعة العرق الفرنسي المميّز. ببتر العلاقة مع كلّ شيء يندرج في خانة الخمور. حتّى تاريخه، لم أشارك بمتعة النشوة التي تخلّفها الخمور في البشر؛ ربّما كان هذا من سوء طالعي، لأنّني مررت بظروف قاسية، كان يمكن للخمر أن يريح أعصابي ولو إلى حين.

أمّا موسم البامياء الرديف، فعلى الرغم من الشقاء، والتعب الحقيقيّ، في كلّ مراحل زراعته، وأصعبها قطافه، بسبب ما فيه من شوك ناعم مخرّش، ومزعج. كان يتخلّل القطاف طلب أمّي منّي أن أصطحب أيّة بنت من البنات الثلاث، أو الأربع اللواتي يعملن معنا بالقطاف، ونذهب لنملأ جرّة ماء الشرب، حين يهدر محرّك بئرنا الأرتوازيّ، ويكون أبي، أو عمّي، قد شغّلاً المحرك لسقاية زاوية ما من البستان. هي أجمل فرصة لي، ولأيّة بنت منهنّ، لنقضي المشوار بين الأشجار الظليلة، بعشرات القبل. لا يزال طعم تلك القبل مؤبّداً لديّ.

كانت بطعم المواسم من ثمر، وزهور. والأصحّ بطعم التعب، وكان من النادر أن تتسلّل أصابعنا إلى الأماكن الحسّاسة، وإن حدث ذلك، فالحياء، والعفّة بالمرصاد، ليمنعانا من التجاوز. أعذبهنّ كانت سمر. كانت تسمح ليدي أحياناً، أن تتسلّل إلى ما تستطيع. بعد ستّين عاماً، وأنا في المكان ذاته هجمت عليّ الذكريات دفعة واحدة. قلت فيها:
" مرّ يومٌ كمضغِ الحصى، والتفاصيلُ:
أنّكِ لستِ معي
وأمامي جدارٌ
من الزمن المستبدِّ
عليّ إذن أن أحاورَ

ما يتناسلُ من واقعٍ
يُستباح المكانُ به والزمانُ
ويحرقُ روزنامةَ أيّامهِ
الحربُ والنهبُ في عالمٍ
تتكالبُ فيه الذئابُ
على ما تبقّى به من عظامْ "

• • •

عهد من المراهقة انقضى، وفرّ من بين أيادينا كالزئبق. يبقى للمراهقة عالمها المغلق على حكايات، من الصعب نسيانها، لما فيها من براءة، تحكمها غرائز يمكن إحالتها إلى اكتساب معارف، وخبرات عن الجنس الآخر، حتى لا يصل الفتى إلى ليلة الزواج غبيّاً، وغشيماً، فيظلّ موسوماً بهما ما دام حيّاً؛ فكيف به في بيئة قرويّة ضيّقة؛ وهذا بالطبع ليس مبرّراً لو كانت الحياة تسير متحرّرة من قيودها، في طرقات معبّدة. يتناغم ماضيها مع حاضرها، ومستقبلها.

لم يطل بي الأمر حتى عدت إلى المدينة، لأكمل تعليمي المهنة في سوق الخجا القديم عند باب قلعة دمشق. هذه العودة لم تأتِ من فراغ. كان الدافع لها قويّاً: تملّكني إحساس كان في البداية غامضاً، بعد أن جاء إلى دارنا ليلاً أحد أصدقاء أبي، وهو يحمل سجّادة تخص رجلاً من القرية. فهمت من الكلام الذي قاله لأبي أنّ (التحصلدار) شوكت أفندي، نفّذ حجزاً على صاحب السجّادة، لقاء عدم تسديده القرض الزراعيّ. تحدّثا حول الموسم الزراعيّ الذي لم يكن بمقاس حاجة أصحاب القروض، أو المدينين للمرابين.

ولمّا كنت أسمع من أبي، وغير أبي، أنّ المواسم لا تأتي كلّها جيّدة، راح عقلي الصغير يفكّر بي، ويتخيّل مستقبلي، الذي سأتعرّض فيه، لحجز سجّادة، أو غيرها، فيما لو اضطررت للحصول على قرض، وكان الموسم سيّئاً، ولم أستطع تسديد القرض.

لم أغلق باب القرض الافتراضي، حتّى فوجئت بما كان كارثة بالنسبة لي: حضر رجل إلى دارنا من قرية مجاورة. سألني عن أبي، الذي كان يزور أخته(عمّتي) في جبل الشيخ. كانت هيئة ذاك الرجل تضخّ اللؤم. قال لي: ليعرف والدك أنّني سأبيع صيغة أمّك إذا لم يعد لي المبلغ الذي أقرضته إيّاه. عرفت أنّه المرابي الشهير، الذي يقترض منه الفلاحون، وغالباً ما كان يستولي على الرهن من مصاغ، أو عقار.

كنت أعرف حقّ المعرفة أنّ أبي ليس لديه المال، وليس له ما يستطيع أن يبيعه كي يسدد هذا الدين. لم أخبر أمّي بذلك؛ كما صرت أبحث عن أسلوب ناعم يكون وسيلتي لإخبار أبي عن المرابي، حتّى لا أسبّب صدمة له. يعود أبي من زيارته لأخته، في اليوم التالي. أخبره عن المرابي. لم يكن الأمر مفاجئاً له، أو أنّه تظاهر بعدم الاكتراث به، تقليلاً من أهميّة ذلك، حتّى لا يحبطني مثل ذلك الموقف.

ليلاً يسهر أبي ـ كما عرفت فيما بعد ـ في منزل رجل أراه دون كلّ فلاحي القرية، حاملاً مصنّفاً تحت إبطه، ويقصد دمشق يوميّاً تقريباً.

يزورنا رجل المصنّف هذا بعد يومين. يستقبله أبي بحرارة. كانت النتيجة أنّه وافق معه على بيع عقار لنا، في المنطقة الشرقيّة من القرية لشاميّ عريق. لأعرف فيما بعد أنّ رجل المصنّف ذاته اشترى لذاك الرجل الشاميّ عدّة عقارات في المنطقة ذاتها. لنرى بعد عامين مزرعة مسوّرة في وسطها فيلاً جميلة، ومسبح، ولها وكيل، وعليها

حراسـة، ومـع الأيّـام كانـت جنّـة صغيـرة، يرفل فيهـا اخضرار الشـجر. كان لتلـك المزرعـة وهجهـا، الذي أغـرى عديدين من رجالات الشـام، أن يؤسّسـوا مـزارع لهـم، في أكثر من موقع في القرية، وكان الوسـيط لشـراء العقارات لهم رجل المصنّف.

تلـك الموجـة مـن شـراء الأراضي كانـت قد سـبقتها موجة تـمّ فيها منح عقارات عن طريق الهبـة، والقليل منها بطريق المقايضة، أو البيع المباشر للبنانيّ، وفلسطينيّ، ومغاربيّ؛ كان قد جاء، مع المجاهد المنفيّ عبد القادر الجزائريّ. ولآخرين من الشام.

يظهـر رجـل آخر، مماثل لرجـل المصنّف، ثمّ مع الزمـن يظهر آخر، وآخـر. وهـي اليوم مهنتهـا الرائجة، مكاتـب عقاريّة لرجـال المصنّفات، وفيها ما بين المكتب، والمكتب، مكتب!

* * *

"إنّهم لا يطلبون منك الكثير
إنّهم لا يريدون منك إلاّ أن تكره الأشياء التي تحبّها
وأن تحبّ الأشياء التي تحتقرها"
(بوريس باسترناك)

— 9 —

أرضٌ قديمة أنجبتني

على بساطٍ من الريح

ننمو كبشر، ولا نرى أنفسنا، أو يرانا الآخرون إلاّ أنّنا انتقلنا من مرحلة عمريّة إلى أخرى يسمّونها في عالم النبات: (انتحاءات)، وهي عمليّة تنامي النبات دون أن يستطيع الإنسان، التدقيق لمعرفة كيف يكبر النبات بين فترة، وأخرى؛ هكذا الإنسان. تراه قد كبر، ولا ترى كيف تمّ ذلك.

يرافق الإنسان فرح خفيّ، في المراحل الأولى من العمر. ثم يحدث العكس، في مراحل ما بعد الصبا، والشباب؛ ففي المراحل الأولى تكبر الآمال، والأمنيات، والتوقّعات؛ والإنسان لا يدري كم سيكون السقوط مدوّياً، وكارثيّاً، عند خيبة، أو إحباط، أو خسران؛ ذلك لأنّ الأماني الافتراضيّة، بلغت مرتفعات سقوفها عالية. ناهيك عن أنّها غالباً ما تكون ورديّة، أو سابحة في اللامعقول، والمجهول.

كان تفكيري ينحصر بمستقبل القرية، لأنّها عند ولد مقبل على الحياة مثلي، عالم كبير، وفسيح، لطالما كنت الولد بين قلائل، ممّن تركوا مقاعد الدراسة، واتّجهوا إلى أعمال حرّة بين أقراني. لم أنقطع عن زملاء العلم الصغار. كان لديّ متّسع من الوقت لأفكّر أكثر منهم؛ لأنّ

الدراسة، ومساعدة ذويهم، في العمل الزراعيّ، تمتصّان معظم أوقاتهم. أقربهم إلى قلبي كلّ من كنت معهم في مدرسة القرية. تتسّع الفوارق بيني، وبينهم. كلّ ما يُتاح لي لا يُتاح لهم، والعكس أيضاً.

تذكّرت كيف حين جلست أوّل مرّة على كرسي الحلاقة، كم ضحكت، وأضحكت عليّ من ينتظرون دورهم لدى الحلاّق ذيب، الذي لم يكن الوحيد في القرية، بل كان الحلاّق سعيد أيضاً. كانا يحصلان على الأجرة، شأنهما شأن النجاّر، والناطور، والشاوي، الذي يحرس قناة الماء. من مواسم القمح، والشعير، وبعضهم يسيل لعابهم عند جني الموسم، ويلحّ لتكون أجرته من موسم اليانسون.

في دكّان الحلاّق، كان يوسف ينتظر دوره. يوسف هذا، هو وفتيان آخرين سرقتهم المدينة، وباتت حلمهم الرخويّ، الذي لم يتعدّ العمل في مكتب محامي، أو ناد ليليّ، أو عامل مطعم، أو مقهى. تسرق المدينة موجة أخرى من شبابها كحرّاس ليليّين، أو العمل في معمل ثلج، وتكرّ السبحة، التي فرطتها مواسم القحط، أو الغيرة أحياناً، التي هي أقرب إلى العدوى.

يتباهى يوسف في دكّان الحلاّق أنّه قبل ثلاثة أعوام، أي في عام 1952 شاهد مسابقة ملكات الجمال، وقال بلهجة العارف أنّ ملكة الجمال كانت الطالبة لمى توما، وهي تستعد لامتحانات الباكالوريا.

حدث هامّ للقرية، حدث بعد يومين من الحلاقة: "حين زار ملك الأردن دمشق. حكماً كما تكانت تمرّ قوافل الحجّ، ومحملها الشاميّ العريق، وكما كان يمرّ ذات زمن بهيّ سيّد المرسلين (ص)، برفقة قوافل التجارة، ويصل إلى القدم الشريف، وكما مرّ العديد من الرسل المبشّرين برسالة عيسى عليه السلام؛ سيمرّ من قلب الحدود الإداريّة

للقرية، لا يتّسع الورق لذكر العابرين من هنا. يمنيّون من صنعاء، كانت لهم صنعاء دمشق في الميدان. بنجابيّون كان لهم مجدهم في حيّ القيمريّة. ابن الوليد مع جيشه. أتراك. تكانت لهم استنبول الصغرى في قلب الشام، وكانوا كلّه كسحاب عابر. المكان بحاضره. وبروح الحياة التي تدبّ فيه. أجل. مرّ الكثيرون على طريق درعا الشام.

كان على أهل القرية أن يستعدّوا لاستقبال هذا الملك. تمّ نصب قوس نصر من غابة الملك فيصل، التي زُرعت إثر دخوله دمشق إكراماً له، وذكرى خالدة، من شجر سنوبر، وسرو، وعفص كانت الغابة ترفل باخضرارها".

كنت واحداً من الأولاد، الذين ذهبوا لمشاهدة ملك، لم نشاهده يومها. كان هو الآخر ولداً، وكنّا نعتقد أنّ الملك يجب أن يكون مارداً. مرّ والأكثريّة من المستقبلين كباراً، وصغاراً لم تره. بالنسبة لي لم أشاهد سوى التلويح بالأيدي حين مرّ الموكب الملكيّ، واستقباله ب: يعيش. يعيش. يعيش!

كثيرون كذبوا لأيّام أنّهم شاهدوه، ثم انطفأت الحكاية، كما تنطفئ الأكاذيب بمختلف ألوانها.

في حلاقتي الثانية لدى الحلاّق ذاته، كان رجل يصطحب ولده ليحلق. حمله ووضعه على الكرسيّ. يفرد له الحلاّق مئزراً أبيض على صدره. عند أوّل ضربة مشط تسقط قملة من رأس الولد، وكان القمل شيئاً عاديّاً تلك الأيّام. قال الحلاّق لوالده، وهو يسحب المئزر عن صدره: (خذه ومشّطوه جيّداً، وعدْ به إليّ). اعتبر الرجل ذلك مطلب حقّ، فعاد بولده دون حرج. بعده كان دوري. يدخل فتىً حاملاً صورة فتاة جميلة. أذكرها تماماً. جالسة على كرسيّ عريض في حديقة

منزل، وابتسامتها ظلّت هي الابتسامة البؤرة، والمركز، في جميع ابتساماتها بالصورة، وبالشاشة، حتى ما بعد رحيلها، ووداعها الحياة: المطربة الفنّانة صباح (جانيت فغالي) حسب الاسم المكتوب أسفل الصورة، التي رأيتها في دكّان الحلاّق.

الصغار يكبرون...

في الأرياف يكبرون دون أن يشعر بهم أحد، حتّى أمّهاتهم. تماماً كما تكبر الكذبة، والإشاعة، وحكايات الليل، والجنّ، والجنون، ومزابل القرى.

نكبر، فلا يرانا الآخرون، حتّى ونحن ننطّ من مرحلة عمريّة، إلى أخرى كما تنطّ القرود، من غصن إلى آخر، أو من شجرة لأخرى.

لمّا كنت قد تعلّمت أوّليّات المهنة، ضحك بعقل أبي رجل من أصدقائه، ولا أدري ما هو الأسلوب، الذي اتّبعه معه، حتى استطاع أبي أن يضحك بعقلي، هو الآخر، ليفتح لي ذلك الرجل، ولابن له يجهل المهنة تماماً، محلاً للخياطة. يستأجر لنا الرجل غرفة فوق محلّ تجاريّ في سوق البزوريّة بدمشق، كانت لكشّاش حمّام، يربّي فيها طيور الحمام النادرة. عرفنا ذلك من زرق الحمام الجافّ في أرضيّتها، والقذارة على جدرانها، وريش الحمام المتطاير هنا وهناك. يوم كامل، ونحن ننظّف هذا البرج! وليس كلّ ذلك بيت القصيد؛ لم يحضر شريكي الأصغر، إلى المحلّ في اليوم التالي.

أصابني الملل، من انتظاره. نزلت من الغرفة إلى الشارع، وكنت قد ثبّتت درّاجتي الهوائيّة بسلسلة، وبقفل أحمله معي دائماً، إلى عمود حديديّ ملاصق لجدار محلّ تجاريّ. فتحت القفل، ووضعت السلسلة في خرج صغير على منصب الدرّاجة الخلفيّ.

ركبت الدرّاجة، وعدت من غير الطريق، الذي أتيت منه. دخلت زقاقاً من الأزقة الواقعة شمالي سوق البزوريّة الشهير.

أُفاجأ أنّني كما لو كنت نائماً، وصحوت. كأنّني أعرف هذا الزقاق، الذي هو أحد أزقّة حيّ الشاغور الجوّاني، وأنّني في مكان أعرفه تماماً. يطلّ على تلّة النجّارين، التي كانت في زمن مضى مقرّاً للإله حدد، في الحيّ. أتذكّر أشياء لم تكن تخطر على البال. أتذكّر وجوهاً.

أتذكّر حوادث، وحكايات. أتذكّر محلاً كان لصديق لي ذات زمن بعيد، اسمه محمد صخر، وآخر لأحمد غنّام. أتذكّر ما كانا يبيعان فيهما. أكملت مشواري، إلى زقاق آخر، وآخر. أتذكّر المعالم القديمة لهذه الأزقة. أتذكّر بعض ساكنيها القدامى. تلبّسني غموض لم أعرف ما كنهه. نزلت عن الدرّاجة، وتمسّكت بمقودها. جررتها حتّى دخلت سوق مدحت باشا (الشارع المستقيم) كما اسمه بالأصل. كانت الترامواي لا تزال تمرّ منه حينها. كادت تدهسني بسبب شرودي. اتّجهت غرباً.

وجدت نفسي أقف أمام باب محلاّت تجاريّة لم تكن بهذه الأبّهة من قبل!

كلّ ذلك التذكّر ستمحوه كلمة واحدة، من أيّ شخص يتنكّر لهذه الحالة، التي وُفّق العلم بإثباتها، وترفضها بعض العقول (التقمّص!) هذا إذا لم يُفسّر الأمر على نحو آخر. كأن يُحكم عليّ بالمروق، أو بالجنون، فأكون مرتدّاً. لم أفصح عمّا أنا فيه لأحد.

كنت أكتفي أن أزور هذه الأمكنة، بين حين، وآخر، وكانت تستجيب لي، وتفصح عن كثير من الحكايات. عن كثير من الذكريات الحلوة، والمرّة. لم تكن آخرها زيارتي لتلك الأمكنة برفقة كاتبة كانت

تشجّعني، لأكتب عن تلك المحطّة الوجوديّة في حياتي، التي لم تقتصر على سنوات عشتها خيّاطاً، وكاتباً محبطاً، من أشدّ الناس لؤماً، وكراهية، لمن يكون من غير شاكلتهم...

نتجوّل معاً في عالم غادة السمّان، وسباحتها في بحيرة الشيطان، وفي عوالم فلاسفة اليونان، التي توقّفت طويلاً عند العائدين من موتهم إلى الحياة بصورة، أو بأخرى. وما بين التناسخ، والتقمّص. أذكر قصّة (لقاء) للفيلسوف الشاعر ميخائيل نعيمة. نصل من هذا العالم الميتافيزيقي، إلى عالم صديق لي أشبه بهذا العالم. كان لقصر العظم نكهة خاصة ــ وقد توقّفنا طويلاً أمام عظمة هذا البناء، ودخلنا سوق النسوان، واشترت من دكّان عطّار، زيت سمسم لشعرها ـ خرجنا من هناك باتجاه الشارع المستقيم.

الحديث عن هذا يطول.

تتخرّج الكاتبة من الجامعة، وتشرع بكتابة روايتها، وأنا أحاول أن ألملم شظاياي، عن أرصفة مدينة أحببتها حتّى الجنون، رغم كلّ شيء؛ ربّما لأنّ الأزمنة جعلت منّي تمساحاً بشريّاً يستطيع السباحة حتّى في مياه ضحلة، بشرط واحد هو أن أنسى كلّ الحكايات، التي تتنكّر لها المعتقدات المغايرة لما تعتقد...

كلّ الماضي ــ عدا العلامات المضيئة فيه ـ حطام لا تستطيع أن تبني به، ولو قنّ دجاج. دع كلّ شيء خلفك، إلاّ الحبّ.

تذكّرك لقبلة من قبل خمسين عاماً، تزيد بعمرك، وتمنحك بعض السعادة، وترمّم الكثير من أشيائك المعطوبة.

* * *

— 10 —

"الجنس في المجتمعات البائسة

ليس إلاّ لملء فجوة في الروح
أو في الوقت أو في الحبّ"

(...)

ممّا قاله ساحر مكسيكيّ لتلميذه:

"إنّك في كلّ مرّة تنظر فيها إلى شيء ما تجد شكله يتغيّر. إذا أنت نجحت في أن تضع كلّ شيء في البؤرة. عندئذ لن يكون هناك فرق بين ما تفعله وأنت تحلم، وبين ما تفعله وأنت نائم!"

نلعب في صغرنا كمخلوقات طارئة لنظلّ أحياء. لنتأكّد أنّنا أحياء. أنّنا سنكبر، ونفعل مثلما فعل السابقون.

نكرّر الأفعال ذاتها. بصوابها، وأخطائها. "الدلفين الذي يحاصر ليسبح في مياه ضحلة يظلّ دلفيناً!"

أنا والصبيّة عفيفة، التي تظاهرت بالمرض، حتّى لا تذهب مع أمّها العاملة مع أهلي في حصاد اليانسون. وحدنا ننطر دارنا، المغلقة علينا ليعود أهلي، وأمّها، من الحصاد.

سيكون عرس عفيفة هذا النهار، وأنا الغرّ عن كلّ ما تعدّه لعرسها هذا.

حيـن بلغنـا سـنّ النضج، عرفنـا الطريـق إلى الحبّ، الذي تنسـحب عليـه، كلّ حياة المحرميـن، والمكبوتين، والمقهوريـن، في المجتمعات المغلقـة. البائسـة. يتـمّ استدعاء اللّذائـذ، حتى بالطعـام، والعلاقة مع الحاجـات جميعهـا، بطريقـة فيها بعض الشـبه بالعادة السـريّة؛ فكلّ ما هو قمعي، له طريـق سريّ!

— نلعب الطمّيمة يا عفيفة!؟

نزعت منديل رأسها، وكمّمت عينيّ.

— وجهك إلى الحائط. لا تحرّر المنديل قبل أن أصرخ: (فتوح!).

دونمـا خيـار لآدم الصغيـر، الذي هو أنـا، اختارت حـوّاء اليافعة لي، دور البحـث عنها، واختارت لنفسها التخفّي.

وقع خطواتها يرنّ رشيقاً، ويبتعد. بعد هنيهة أتى صوتها من بعيد:

— فتّوح!

حرّرت عينيّ من منديل عفيفة. ألقيته إلى شجيرة رمّان نمت شعثاء، في صحن الدار. حاولت تحديد مصدر الصوت، فلم أفلح.

انطلقت أبحـث عنها. لم أجدها خلف الكوايـر، أو بين الخوابي، في بيـت المؤونـة كما توقّعـت. لم تختبئ في إحدى ورود مكنسـة الجنّة الثلاث، كانـت قـد بذرتها عروس مـن جبل الشـيخ، جـاءت (خطيفة) مـع شـابّ مـن ذاك الجبل؛ فكانـا دخيلين في دارنا. ينام الشـابّ في المضافـة، والعـروس في غرفـة الحريم. بعد أسـبوعين أقرّ شـيخ البلد زواجهمـا (يقال للقريـة عندنا: بلد).

بعـد الإقـرار، كانـا يـدخلان غرفـة خُصّصـت لهمـا. يغلقـان بابهـا. يرتجانه مـن الداخـل. ذات مـرّة؛ دفعـت الباب لأدخـل ــ كعادتـي ــ تلك الغرفة.

نهرني أبي، إذْ انتبه لي، وهو يصلح المحراث قبالتها بانهماك. سألت عمّتي الكبرى عمّا يفعلانه في الغرفة. نهرتني هي الأخرى: عيب! وعاشا في دارنا مدّة طويلة. يساعدان في مختلف الأعمال، دون أن يطلب أحد منهما ذلك. ما كنت أسمعه، لا أستطيع الآن أن أرويه. استوعبت منه أنّ مشكلتهما معقّدة.

كانت عبثاً محاولاتي البحث عن عفيفة. لم أدع مكاناً محتملاً: زريبة الماشية. بايكة الدواب. خربة مهجورة في حوش الدار. شرط عفيفة في البدء، عدم الاختباء، في أيّ من الغرف. نفضت يدي من البحث فيها سلفاً. أتوقّف. أتصنّت. أصيخ السمع متوجّساً. وقع بصري على خرزة البئر، التي تتوسّط الدار. فجأة، جفلت: لا قدّر الله أن ...! لكنك لم تسمع جلبة، أو صرخة من جهة البئر يا ولد!

اقتربت من البئر خائفاً. ألقيت فيها حصاة. صوت الحصاة وحده يخرج من البئر إلى الفضاء. ماذا أقول لأهل البلد؟! صرخت: عفيفـــــــــة! لم يجب أحد... كنّا في الدار وحيدين. لأوّل مرّة نكون وحدنا. إنّها دائماً مثل خليّة نحل. أبي وعمّي شريكان في الدار، والفلاحة، والماشية، وطبق الخبز؛ هما علاوة على ما يملكان من أرض يعملان بالمحاصصة، في جزء من أملاك الدكتور. يكفي لأن تقول الدكتور في البلد، ليكون المعنيّ، شريف الشريف. بملعوب واحد، من أحد المزارعين ـ حسد، وضيق عين ـ غدا هذا الأحد، صاحب الحظوة لدى الدكتور. خليّة النحل كانت خاوية في ذلك النهار. الكلّ في الحصاد. عدا عفيفة، المتمارضة، "ناطورة" الدار. أجبرت على البقاء معها، حتّى لا تخاف.

أنا الذي أخاف الآن. صرخت ثانية: عفيفـــــــــة! لم يجب أحد. سمعت مواء متقطّعاً، وبعيداً، ورديئاً، ومن علٍ... انكشفت. لا بدّ أن

تكـون في المتبن. انقلب الغمّ لديّ، إلى فـرحٍ طاغٍ. المتبن مليء حتّى
مـا قبـل السـقف بـذراع، أو أكثـر قلـيلاً. لا يمكـن لعفيفـة أن تكـون قد
جازفـت، واختبـأت فيـه. قد تغوص في التبن. يجب أن تكون فيه. هو
المكان الوحيد، الذي لـمّ أفتّش فيه بعد. صعدت سلّمـاً خشبيّـاً يؤدّي إلى
السطوح. يجـب أن تكـون في المتبن؛ فباب الدار، الـذي أغلقتـه بيدها،
وأرتجته بجذع شـجرة مشمش يابسـة، ما يزال على وضعه تمامـاً. حين
أطللت من روزنة المتبن، ضحكت عفيفة طويلاً.

كانت مستلقية على سـطح التبـن. أحـد شـروط اللعبـة، أنّ عدم
لمـس الخصـم لا يعنـي النصر. كان عليّ أن ألمس عفيفة حتّى يُسـجّل
لـي هذا النصر. قفزت عبر الروزنة، إلى جوف المتبن. أزكمتني رائحة
التبـن المخـزّن. لمسـت عفيفـة بطـرف أصابعي. حاولـت التملّص، ولا
مجال لها. قالت:

— ما كنت أظنك ستقفز. كم عمرك؟

قلت لها:

— ثمانية.

أردفت دون أسألها:

أنا عمري أربعة عشر.

طلبت منهـا أن ترفعنـي عبر الروزنـة، ثم أسـاعدها على الخروج.
رفضت بإصرار:

— هنا فيء. (راحت تلاطفني) لـمَ لا نـنام قليلاً؟!

بأسـرع مـن إجابتي شـدّتني مـن كتفي. التبن رخو تحت قدميّ.
سـقطت مستلقياً. هذه الحركة جعلت رائحة التبن تزداد، وتسـبّب لي
الضيق أكثر، من ذراع عفيفي، التي طوّقتني. عيناها تتضرّعان، وصوتها:

ـ لننـم قليلاً، ثم نخـرج من هنا. نمْ سـألاعبك حين نخـرج لعبة أخرى أجمل.

ـ ما هي؟ (سألتها).

أجابت: خلّها مفاجـأة! (شـدّت ذراعهـا الملتفّة على عنقي. سـاقها أُحكمـت على رجلـيّ. لا أستطيع الإفلات. ذبابـة في خيوط عنكبوت. نفضت بأناملها تبناً علق على شعري. عيناهـا تزدادان بريقاً. تتأمّلني كأنّما تريد أن تقول شيئاً. قالت متردّدة محاذرة):

ـ أغمض عينيك. على وجهك غبار سأمسـحه. أغمضت عينيّ. أناملها تروح وتجيء على بشرة وجهي، بحفيف أجنحة فراشة. لثمت خدّي. أطبقـت فمهـا على ثغري حتّى كدت أختنق. حاولت التملّص معرباً لها عن استيائي. أشاحت ناظريها حياء. قلت لها:

ـ غرف الدار كثيرة. لن أنام في متبن.

أجابت، والاضطراب يبدو عليها:

ـ النوم على التبن أحسـن من النوم على فراش صوف (بعد لحظات من الصمت) لو كان أولاد الحارة معـك، لكنت لاعبتكم " عريس وعروس ". هل تعرف هذه اللعبة؟

ـ لعبناها في صيف ما قبل الماضي، في دار خالي.

ـ ومن كانت العروس؟

ـ زينة.

ـ والعريس؟

ـ أنا!

تلمّظت. أطبقت ذراعها أكثر. فستانها ينحسـر عن سـروال مزهّر. منمنمـات على شكل نجوم بين الزهر. زمّات كشكش الرجلين. زيق

التنتنا. غطّاها عور التبن. العور غيّب معالم ألوان المنمنمات، في نسيج ينحسر عن بياض، ودفء. حين ساعدت البنات عفيفة كي تعتلي الفرس ليلة دخلتها، كنت، وأيّوب ابن عمّتي، قد خرجنا من حلقة "هوليّة" الأولاد، ولحقنا عفيفة العروس. ليل يزدان بعفيفة. فستان بلون السكّر. خرز برّاق على ضوء الشموع. طرحة حريريّة كقطعة غيم بيضاء. إكليل فوق جبين عال. ملكة دون رعيّة. أميرة دون بلاد. عالية لليلة. الفرس مهرة مروّضة حديثاً. شقراء محجّلة. صبوح بين عينيها بياض. نزقة. الفتيات الأكثر طولاً يحمين عفيفة من سقوط. نزق الفرس لا يدعها تهدأ. رقص غير موقّع تؤدّيه. شبين يتشبّث بزمامها. يشدّ قبضته، على أقرب نقطة للّجام. عينان للروزنة، وعينان للبياض. مرمر، وتبن. عاج، وتبن. زهور، وتبن. تنحسر أزهار، ونجوم مغبّرة عن بحر صغير من زبد. أقدام تغوص في بحر من تبن. يهيج البحر. يتناثر التبن. يتكوّم البياض. غيوم تغادر الروزنة، إلى زرقة سماء صافية. عيون تحدّق من شقوق باب الدار المقفل. سواعد تتمنّى لو تغرس جذع الشجرة الرتاج في الصخر خلف الباب. عودة إلى لعبة الطمّيمة. فرضيّات عفيفة غير المعقولة:

— نختبئ معاً، وولد مفترض يبحث عنّا. ليكن "ابن شديد" بشرط، في غرفة المؤونة، لأ. في المتبن، لأ. في البئر، لأ. في مكنسة الجنة، لأ. جاءت بحصيرة من غرفة الشتويّة، إلى صحن الدار:

— هذا المكان آمن! " المكان المكشوف يبعد الشكوك!" (سمعت هذا من امرأة جاءت إلى القرية من دار بغاء، يسمّونها (المحلّ العموميّ!) وسكنتها، تقول أنّها تابت. ألله حاسبها قبل أن تقوم القيامة، ـــ برأي جماعيّ ـــ المسكينة ماتت محترقة بنار تنّور.

النـار امتـدّت إلى غرفتها المجـاورة، فيما كانت نائمة. المعثّر يعضّه الكلب، ولو كان على رأس شجرة حور. إيه. هيّا. هنا لا يرانا الولد! لا يتوقّع وجودنا. لن نلعب مع ولد يكتشفنا فوراً. لن نلاعب ولداً ذكيّاً، وحربوقاً. هنا نظلّ حتى المساء، ولا يرانا. حتّى ولو رآنا، فلا يستطيع لمسـنا. صحن الدار واسـع. نركض أمامه. نعذّبه حتّى يكلّ، ولا ندعه ينتصر. كـدت أختنق داخل الحصيرة، لـولا أنّ عفيفة تداركت الأمر، وأرختها قليلا...

— لن نلعب "عريس وعروس" يا عفيفة!

— نلعب لعبة أخرى" الحمّام" هيّا أحمّمك!

— كيف؟ ولا ليف، ولا صابون؟!

— هي لعبة!

غسـلت عفيفة لـي شـعري، ووجهـي، وعنقـي. جفّفت المـاء. ثم صدري. خصـري... تكـرّ لفّة الحصيـرة. انتهى دورك. هيّـا نتابع اللعبة، في مكان آخر!

— أين؟

— في إحدى الغرف. أنا دائماً أستحمّ، في طشت أضعه في عتبة غرفة، وأغلق على نفسي الباب.

ضاقت الحصيرة، وصحن الدار. والأماكن السريّة المكشوفة. للجدران عيـون. للأبـواب. للنوافـذ. للهـواء. الاسـتحمام في مكان مسـتور. مغلق. دوري انتهى في الحصيرة. دور عفيفة في غرفة. في مكان مغلق! تقول لي، ونظرها يستحثّني العجلة:

— رفيقتي بهيّة تفرك لي ظهري دائماً. هذه المرّة دورك أنت.

— سأجعل الدم يفرّ من ظهرك يا عفيفة!

أعمـدة مرمـر تنتصب فـي العتبـة. ورقة توت خضـراء، مـن كفّين متصالبتين تتراقص في الماء.

سرّة. لا. زهرة بابونج مهجورة، في النـدى والثلج. عفيفة ترتجف.

ـ ترتجفين يا عفيفة!؟

ـ الماء بارد، وأصابعك.

عفيفة تستلقي: ـ افرك ظهري.

طفولتـي تفـرك ظهـر عفيفة. تصعد السـفوح، والتلال. تتقلّب عفيفـة. تعـود طفولتـي، إلى عفيفـة، فتفـرك صدرهـا، ونهديهـا. حليب، ولا حليب. تعانقني. أنا حبيبتك. نم معي. أنا عروسك. تعلّم. خارج عفيفـة تتزاحـم المحرّمـات. تتكالـب عليّ. مدرسـة للذكور. مدرسـة للإنـاث. مضافة للذكور. مضافة للإنـاث. زريبة لإنـاث الماشـية. زريبة للفحـول. رجـال في الشـوارع، والحـارات، والقرى، والبـوادي كالديوك الروميّـة. كالطواويس. النسـاء كالمومياوات. كلّ شـيء أنثوي مغطّى. مسـتور. محرّم. السياسـة. النقابـة. الديمقراطيّـة. الحريّة. الشـفة أنثى. العيـن أنثى. الحاجب يعلوها، فهـو ذكر. تختبئ عفيفة تحت لحاف، وأختبئ بها!

* * *

-11-

ليس من السهل

أن تقتلع شجرة مثقلة بالثمار
وتزرعها حتّى في موطنها الأصليّ!

يغـري عفيفـة العمـل لدى أهلي، في مواسـم اليانسـون، وتمرّ ثلاثة مواسـم منهـا هزيلـة. كنت قـد حدّثتها عن جدّي مصطفـى، وكيف أمّي تبكيـه كلّمـا ذُكـر بحضورها، على الرغـم من أنّها لا تعرفه نهائيّا. سـافر، بعـد ولادتهـا مباشـرة. كنّا وحدنا في خيمة دقّ اليانسـون. تسـألني عن هذا الجدّ الآبق!:

— رأيته يا عفيفة. رأيته عائداً إلى الوطن؛ ولكن في الحلم.

كان يلـوّح بمنديلـه المبلّل بالدمع، لآخر بقعة مـن أمريكا اللاتينيّة، وهو يودّعها، بعد نصف قرن من الغربة.

يعود جدّي بعد أيّام فعلاً، تاركاً خلفه الكثير من الذكريات، والأحلام، والذريّـة. يـودّع أرض المتّـة، والكرنفالات، والخلاسـيّين، ويعود إلى هنا، إلـى الحركـة الدائريّـة في الزمـن، عودة نجـم حائر ملتهب إلـى مداره، ليخلع أجنحته، في قريته، ويحطّ عصا الترحال. يتوافد رجالها لاستقباله. رؤوسهم التي لا تعرف من خريطة هذا العالم أبعد من حدود قريتهم، ومـا يجاورهـا، لا تحمل إلاّ أفكاراً سـاذجة عن هذا الرجل الممتلئ حتى

الجمام. من الحياة. من البلاد. من المرأة. من الخبرات. يقول له أحدهم:

— ارمِ هذه (البرنيطة) يا شيخ مصطفى. العمامة أليق لرأس رجل مسنّ مثلك. شيخ عائلتك أنت الآن؛ فأنت أكبر أفرادها سنّاً!؟

تنحنح جدّي قائلاً:

— قد لا أمكث طويلاً!

— لن ندعك تغادر القرية!

ثمّ تصدر همهمات بين الحضور، وهمس، وأحاديث ثنائيّة خافتة، كان فحواها في سمعه، وهو يتململ صاغراً!

— لا شكّ أنّه متزوّج من هناك. من أجنبيّة، وله منها أسرة. من يدري!؟

— قد لا يستطيع البقاء بعيداً عن زوجته! لا يستطيع العيش دون امرأة!

— نزوّجه من هنا!

— قد يحنّ إلى زوجته، التي هناك في الأرجنتين!

— امرأة بامرأة!

— ولتكن أحلى الصبايا. ..

كان جدّي مستسلماً لهذه التعليقات، والآراء الخاطفة. غلت في صدره شحنة مليئة بالسخرية. قال:

— شيء جميل هذا الذي تقولون!

أحدهم انتبه إلى سخريته. مطّ شفتيه مهمهماً:

— بالطبع. " الفلوس تجيب أحلى عروس! ".

يلاحظ آخر استياء جدّي. يتململ:

— يا جماعة ليتكم تطوون هذه السيرة. اطلبوا من العمّ مصطفى أن يتحدّث لنا عن تلك البلاد.

يعترض رجل يجلس قبالته:

ـ مـا لنـا ولتلـك البـلاد؟ لـن تفيدنا بشـيء. طالمـا أنّنا لا نعرفهـا، ولن نزورهـا؛ فليحدّثنـا عـن أشـياء أهمّ: مـاذا كـان يعمل؟ كـم جمع من ثروة، ومال، في غربته الطويلة!؟

ـ يبتسم جدّي على مضض. يجيب:

ـ هذه أسئلة وجيهة!

قاطعه الرجل المتحدّث:

ـ إذن. تحدّث لنا عن ذلك...

ـ عملـت فـي مهنـة أبـي مزارعـاً. أمّـا جمـع المال فلم يكـن غايتي في الغربة.

ـ (غيرك جاب المال بالعدول!) قال شيخ عائلة أكبر العائلات.

ـ أمّـا أنا، فلم أهاجر لهذه الغاية، ولم يعنني المال. يكفي أنّني عشت، وتزوّجت، وأنجبت أولاداً مثلكم، وكنت في منتهى السـعادة... أكثر من ذلك؛ تفرّجت على بلاد جديدة.

سمع جدّي أحدهم يهمس، في أذن الرجل المتربّع بجواره هازئاً:

ـ القطط تعرف كيف تتزوّج! الرجل عاد مفلساً. هذه كلّ الحكاية!

أغاظه آخرون. راح ينقل بصره خلسـة نحوهم. يقرأ أسـرار عيونهم. قلوبهم. قال في سره:

ـ العمـى ضربهـم. كأنّ الأرض لـم تـدر بهـم خـلال مدّة غيابي (الكلّ انزاحوا عن صدره المثخن بجراح الغربة. المعبّأ بهواء البلاد البعيدة. المشحون برماد سنين عاشها بعيداً عن مسقط الرأس، ودائرة أحلام الطفولة، والصبا... ولا تزال فيها جمرات تشعّ، أو جمرات تنوس).

.. ووجهاً لوجه كان أمام ولده (خالي) الأوّل، وأمام سيل من العتاب المرّ.

ـ ولدي. كانت الطريق مسدودة. لا خيار لنـا، وليس أمامنا سـوى أن نركب البحـر، لنفـرّ مثل دمع العين إلى بلـد بعيد. بطش الترك تحمّلنـاه؛ أمّـا أن تأكلنا نار حروبهم، التي لا ناقة لنا فيها ولا جمل، فـلا... قلـت لحامـد وخليـل المطلوبيـن معـي للالتحـاق بالأناضول فـوراً بناء على أمر الوالي:

ـ لـن نكون كالنعاج. لن نجعلهم يسوقوننا إلـى الموت بإرادتنا. رحنا نبحث عن حلّ سريع، فكانت هذه الغربة عنكم!

ـ ولا علم، ولا خبر يا ظالم! (قال له خالي). أضاف: كأن ليس لك هنا زوجة، وأولاد. من يقنعني أنّك أبي!؟ لا أعرف صورة وجهك. لا أعيها. لا أعـرف صوتـك. لا أعـرف حرارة كفّيـك. لم أنم ليلة على سـاعدك. لكن الدم لا يصير ماء!

ـ قـدّر مشقّـة الإياب يا ولـدي، وارحم كبري. عودتي إلـى هنا، تعني. إليـك. لأختـك. للأهـل. للحديث مع النـاس بلغتـي، وأنا طفـل، وأنا شـابّ. لقريتنا هـذه، والتي أعرفهـا أكثر ممّـا تعرفون. أسـتطيع أن أصـف لك كلّ شـيء فيهـا، حتّى الهواء الذي يعبر بسـاتينها. دروبها. أزقّتهـا. حاراتهـا. أصوات ميازيبها. جسـدك هذا غسـلته بالدمع ليلة الوداع. (وارتمى على صدر خالي مجهشاً بالبكاء).

قال له خالي، وهو يمسح له دموعه بأنامله:

ـ هوّن عليك. قلت لك. الدم لا يصير ماء. أنت هنا بيننا. لن ندع شرّاً يلمّ بك. سنقطع من لحم أكتافنا، ونقدّم لك. غداً حين يطلع الصباح سنزور الأماكن التي درجت فيها، وأحببتها. أتذكر الجبّ الأحمر؟

ـ وكيـف لا أذكـره؟ (ثم أخرج منديلاً من جيبه، ومسح الدموع، التي بردت على وجنتيه).

ـ أتذكـر نبـع العميـاء. العلالي. البـاردة. حوش بلاس. قصـر الأمير عبد القادر الجزائري؟.

ـ أجل يا ولدي. دائماً كانت تلوح أمام عينيّ كمخلوقات بأرواح.

ـ أتذكر صديقك هاني؟ دائماً كان يسألني عنك. هذا المرحوم.

ـ وقع الكلام على جدّي كصاعقة:

ـ مـاذا قلـت!؟ (واغرورقـت عينـاه بالدمـوع من جديد. أضـاف): كان بالنسـبة لـي بمثابة الجناحيـن للطير. ولدي؛ هـلاّ أخبرتني عن أمّك بدّورة؟ إنّ ضميري يعذّبني بسببها منذ غادرت البلاد!

ـ لقـد تزوّجـت ـ بسـبب انقطاع أخبـارك ـ وأنجبـت لنا أخـاً حنوناً، وأختاً. أتذكر أوّل شابّ قبّل عارضيك، وكان أوّل مستقبليك؟ إنّه هو!

ـ المسكينة؛ لقد ظلمتها!

ـ سـأدعك الآن تذهـب إلـى النـوم. اعتـنِ بنفسـك. قـد يؤثّـر عليك تغيّر الجوّ!

...

كانـت وسـادة جـدّي تتبلّـل بالدمـوع؛ إذ ليس من السـهل أن تقتلع شـجرة مثقلـة بالثمـار، لتزرعهـا حتّـى فـي موطنهـا الأصلي. فـي تربتها الأصليّة ذاتها. كانت الذكريات تهجم على رأسه، كأسراب طيور صادفت المـاء، إذ كانـت عطشـى. صوتـه الداخلـيّ كان أقـوى مـن ملـك النـوم.

"ماريّا سامحيني؛ إذْ أبتعد عن مثواكِ. لن أذهب بعد الآن، في أعياد الميلاد إليه، لأهديك باقة من الزهور. كم حكيت لكِ في العشيّات، عن عنتـرة. المهلهـل. الزيـر سـالم. الزيناتي. جسّـاس. كليب. حتّـى الامتلاء. عودتِنـي أن أكـون صريحـاً معـك، فبحـت لك بكلّ شـيء. قلت لـكِ: أنا متـزوّج، ولي ولد، وبنـت في بلدي. لم تغضبي؛ إنّما انصبّ غضبك عليّ

حين أخبرتك أنّني لا أعرف عنهم شيئاً!

— لماذا لا تراسلهم؟ لا أعرفك ميت الشعور. (قلتِ لائمة).

— لا أعرف الكتابة. (أجبت).

— ولكنّي أراك تقرأ!؟

— لم أتعلّم كيف أكتب!

— هيّا ابحث عن عربيّ من قومك يكتب.

قلتِ بغضب حين لم أجبكِ:

— كان عليك أن تتعلّم! (ثمّ نهضتِ، وأتيت بكتاب من كتبي، التي حملتها معي، إلى تلك البلاد. فتحتِه. نقلتِ بصركِ بين سطوره. وراحت سبابتك تلاحق الكلمات متوتّرة، حتّى تكاد تثقب الورقة:

— انظر. إنّ هذا الحرف مثل هذا، وذاك مثل. (ثم طبعتِ الكتاب على وجهي بعصبيّة، وقلتِ): مثلما تعلّمت كيف تقرأ. قم تعلّم كيف تكتب. قمْ. قمْ. وأنا أمسك لك أصابعك كي ترسم الحروف. آه. كيف جعلتكِ مصاعب الحياة تقلعين عن هذه الرغبة، التي كانت أكبر من قرار. آه ماريّا. كيف رضيتِ العيش معي كيفما اتّفق! كم كنّا سعداء يا ماريّا. لقد علّمتِني لغة تلك البلاد، وعلّمتك كيف تشقّ السكّة الأرض البور. علّمتِني كيف أنهض من نومي مبتسماً، وعلّمتك كيف تفتحين الساقية، لريّ النباتات العطشى. وحدي بين المزارعين غدا لي، في موسم واحد زوجين من الثيران. آه يا ماريّا. ما كنت أدري أنّني سأحتاج للكتابة. رجل واحد كان يكتب لكلّ أهالي قريتنا.

قلتِ: إنّك لست سمكة لا تخرج من الماء. أما كنت تدري بأنّك ستسافر؟!

كذبت عليها، وقلت:" لا. كنت أسافر في الحلم، وكم تمنّيت أن يكون ذلـك حقيقـة. كنـت أجلس تحت شـجرة. أغمض عينيّ. أحلـم. أزور في الحلم بلاداً. أنهاراً. جبالاً. سهولاً. نساء. مراكب مبحرة تصارع الموج. ولمَ لا أسافر يا ماريّا؟ الجنّ صنع مصباحاً لعلاء الدين، من أجل أن يصل إلى أيّة بقعة في الأرض. بساط الريح الذي لسندباد يشبه الحلم. كنت أتخيّل أنّ المـرء، فـي الـبلاد، والبحار، والجـزر البعيدة يجد نسـاء، من الصعب وصـف جمالهـنّ الخـارق. كلّما كان السـفر أبعـد، كانت النسـاء أجمل. والأشـياء أجمـل، مثلمـا اللآلـئ، للغوّاص أجملهـا، وأندرها فـي الأعماق. مثلمـا للبحّـارة المهـرة عرائس البحر. عيـون خضراء كالبـراري، أو زرقاء كالمدى. أصوات ليس أبدع من جرسها. أجساد متوهّجة كأقواس قزح".

— ونساؤكم يا مصطفى!؟ .." ما زلت أذكر سؤالكِ الصعب هذا. أجبتك يومها بمرارة:

— يلـدن كالقطـط. يعملن معنـا كالدواب. العـروق نافرة فـي رقابهن. الشقوق عميقة في أقدامهن!".

قاطعتِني يومها غاضبة:

— وها أنا أعمل كدابّة. أستجيب لرغباتك، في الإنجاب. ولن يطول بي الزمن، حتّى أغدو صورة عنهنّ.

— أنت، لا يا ماريّا. أنت مختلفة. أنت دافئة!

قلتِ لي من غير قناعة:

— ربّما! لا يضخّ الجسـد من الدفء إلاّ بمقدار ما يأخذ. حتّى الشـمس تبرد في الشتاء. تلمّستُ شعرك، وصدرك، وقلتِ موقنة بعدها:

— لا أعتقـد أنّنـي أختلـف عـن نسـائكم يا مصطفـى! قـل لـي رأيـك بزوجتـك بـدّورة، التـي تركتهـا لقدرهـا. قـل كيـف تعرّفـت عليهـا.

حذار من أن تكذب عليّ. أنا أعرف الشخص حين يكذب!؟

ــ لم أقل لك الحقيقة يا ماريّا. بدّورة ليس غريبة عنّي. إنّها ابنة عمّي. كانت أجمل البنات. لا يزال عطر اليانسون، الذي كان يفوح منها حين تمرّ بجانبي يملأ صدري. كنت لا ألتقي بها إلاّ في مواسم اليانسون. في تعشيبه. في حصاده. ظلمتكِ يا ابنة عمّي! ليت الأيّام تعود. ليت الزمن يرجع إلى الوراء لأسمع صوتك، وضحكتك، ومزاحك الحلو.

يومها طلع صباح جديد على هذا الجدّ المعتّق كالنبيذ. لم يكن يصدّق أنّه في قريته الحلوة القاسية. يخرج خالي برفقته. يذهب إلى أماكن حدّدها لخالي: موقع المعصرة. أريد أن أراه. لم يقل لخالي أنّ صنّارة أمّه بدّورة هناك علقت بقلبه، لتكون له كزوجة. تذكّر تلك المساكب التي كانت ترفل بالنبات، الذي أحبّ زهوره. رائحته المسكرة. الليالي التي كان يقضيها في خيمة دقّه، وتذريته. وأسراب البنات، التي تمرّ من هناك، إلى الحقول المتاخمة لقناة (بو لويز)، وجسر القنطرة. لاحت له أطياف جدّتي بدّورة. أشاح وجهه عن خالي حين هطل الدمع من عينيه دون إرادته. انتبه خالي له:

ــ لنعد يا والدي إلى الدار.

قال لخالي، وهو يتفقّد ما كان يراه قبل نصف قرن، بصوت يطفح بالشجن:

ــ لا شجر، ولا اخضرار، كما في الماضي يا ولدي!

لم تطل زيارة جدّي للقرية، ولم يبح لأحد بأيّ شيء. نُفاجأ بعد عشر سنين به، وقد عاد دون أن يخبر أحداً بعودته.

* * *

— 12 —

في الليل تفضحنا أخيلتنا

وفي النهار نخفي جراحنا تحت رائحة اليانسون

أعـود من عملي مسـاء كلّ يوم على درّجتـي الهوائيّة مثقلاً بالحنين لقرية ساعتها البيولوجيّة منضبطة تماماً، على زمنها اللولبيّ.

كلّ النـاس فيهـا أمامهـم حقيقـة واحدة هي أنّهم يعيشـون طريقة حيـاة ألفوهـا تمامـاً. ينهضـون مـع الشـروق. ينتشـرون فـي الحقـول، والبساتين. يعودون مساء. يسهرون على نور قمر، أو فانوس، أو سراج بفتيـل. يأكلـون ما يتيسّـر مـن طعام. ينامون بسـبب التعـب كالقتلى. الأزواج يجـدون مـا يفرغـون فيـه انفعالاتهـم مـن غضـب، أو قهـر، أو شـقاء. زوجاتهـم بالتأكيد تنتـج انفعالاتهم تلك، التكاثر الذي أوصى به الأنبيـاء للتباهـي بـه يوم القيامـة؛ ولطالما كلّ مخلوق طـارئ هو عبد لطـارئ فـي تكوينـه جين السـلطة ليمارسـها علـى آخر. جيـن الأزواج هـذا ليـس إلاّ للزوجـة، ولا حول ولا طول، كـي تقول: لأ !، أو تعاند، أو ترفـض، أو تتحـدّى، أو تهرب؛ فهي تمارس شـكلاً من الانتقام بالرضوخ، زيـادة بإلحاق الأذى برجـل تعتبره عدوانيّاً منذ اللحظة، التي سـقطت بها في فراشـه، وأفقدها الشـيء، الذي كان مفتاح حلمها بفارس يأتي على حصان أبيض، أو على حمار أعرج، تزفّ إليه، في ليلة عصيّة على

النسيان. تسير خلف معرّسين من رجال دين يتلون الآيات ذاتها، التي يتلونها في صلاة الجنازة.

أفكّر كيف سأخرج عن المألوف، وكيف سأكسر القاعدة!؟ ولا أزال في طور فتوتي الأولى!

وعلى عكس النهار، يجد المراهق مثلي نفسه وحيداً في الليل. تراوده أخيلة لا سبيل إلى دفعها. أخيلة ليست بعيدة عن الواقع، أو شبيهة بما تأتي بها الأحلام، أو الكوابيس، أو حتّى أحلام اليقظة. لم أكن في تلك الليلة على ما يُرام؛ فنهاراً، وأنا في المدينة انتظرت زميلتي في العمل (خالدة)، حسب اتّفاقنا في يوم سابق، بغية دخول السينما، ومشاهدة فيلم هنديّ، يستمر عرضه للشهر الثاني على التوالي. يحكي قصّة حبّ بين شابّ فقير، وفتاة من طبقة ثريّة.

لعبت المصادفات بلقائهما، وتزوّجا بعد رحلة عذاب طويلة انتهت بالسعادة، ليكون هذا الفيلم جرعة مخدّرة للشباب الفقراء، وشحنة تبقيهم على قيد الأمل. لم تحضر خالدة، وكان عليّ إمّا أن أشاهد الفيلم للمرّة الخامسة، أو أغادر. لكنّ هشاشة القرويّ مثلي في المدينة تجعله يستمرّ بإحياء الأمل المستحيل. ستأتي خالدة، أو لا تأتي. تأتي الإجابة بالإيجاب، ليظلّ هذا الإنسان الهشّ يتأمّل، ويحلم، إلى آخر الدهر.

لم تأتِ خالدة، ولم يتغيّر في الأمر شيء. يكتشف هذا القرويّ، الذي هو أنا، أنّ خالدة ــ التي من حقّها أن تحلم أيضاً ــ كان قد اصطادها فتى ثريّ، واتّفقا أن يشاهدا الفيلم ذاته، في العرض الذي يلي اتّفاقي معها على حضوره.

أخرج من الفيلم، وأشاهدها تتضاحك مع ذاك الفتى، الذي كان (جنتل) أكثر منّي. كان بمنتهى الأناقة. بثياب مكويّة، وحذاء أسود

يلمع. على عكس ما أنا فيه تماماً. ثيابي (مجعلكة) بسبب ركوبي الدرّاجة، ومجيئـي عليهـا، مـن القرية إلى المدينة، مـن أجل هذا اللقاء الغراميّ، الـذي لـن أحصد منه ــ لو حدث ــ سـوى النظر إليها، والتأوّه؛ فأنـا لا أسـتطيع تقبيلها، ولا حتّى لمسها. صوتها أعرفه. المواضيع التي سـنحكي بهـا، لا تتعـدّى أن تخرج عـن الخياطـة، وعن بنات المشغل، الـذي نشـتغل فيه معـاً. لم أدعها تراني، ولم أعاتبها في المشغل. لم أعكّـر عليهـا أحلامها. بيت القصيد، في علاقاتنا العاطفيّة، لم تكن تأخذ بالحسبان، معتقداتنا الدينيّة، وما يمكن أن ينجم عنها، فيما لو تطوّرت، إلى أبعد من تلك اللقاءات البريئة.

.. تُستعاد الحسابات حين نصحو، وتقف إبرة الميزان عند حدّ حين تهدأ. أعـود إلى ذاتي. أُراكِم عليهـا كلّ مـا تختزنه ذاكرتي من قبيل تلك العلاقات. أسأل نفسي بمرارة، وألم:

لماذا لم أنتبه لوردة القرى، سها !؟ الجرّة على كتفها ممتلئة بغيوم، وأمطـار غزيـرة. مثل غزالة تسير رشيقة بين السـاقية والـدار!؟ ... أيّام، وكانت فاطمة أيضاً رفيقتي إلى الطاحون. دابّتها خلف دابّتي. الحمولة على ظهريهما كانت ثقيلة...

ــ أتساعدني إذا سقطت (الطحنة) عند المخاضة؟!

ــ أنا لها يا فاطمة!

حمار شارد يعدو نحونا. يتوقّف برهة. ينهق. يبدو أنّه يتحدّى، ثمّ يوالي العـدو. يفلت الطوق، الـذي ضربناه حوله. تذعر دابّة فاطمة. يسـقط كلّ شـيء.. طوّقنا بذراعينا الغضّين الكيس لنرفعه معـاً. شددت قبضتي علـى معصمها. تألّمت فاطمة: آخ! ظلت هـذه الآخ ترنّ في رأسي لسـنوات، حتّى عندما صار لسـها عشّ، وزغاليـل تكرج...أهي

المرأة التي صنعها خيالي، لتكون أوّل حلقة، في سلسلة لا نهائيّة من حقيقة، وحلم. من واقع، ووهم.... ومختزلة عن آلاف النساء، وفيها شيء من أمّي، وجارتنا، وأختي، وصديقتها، وغجريّة ترقص في المواسم، والأفراح؟!

يصيب بريق عينيها دقّات القلب. يُبحّ ناي الروح. يصير خرز المنديل المتشبّث بجبينها نجوماً. تصير النجوم فراشات ملوّنة، تجرح بأجنحتها الفراغ. رنّة صوتها تصير في الرأس خليّة نحل. يكسر النحل الخليّة، ويتّجه إلى البراري. سها تُغلّف بعالم صغير. تُرسم لها دروب قصيرة. يُهيّأ لها زوج، وأمان بعد كدّ نهار، لتصحو مع كلّ شمس على حقل، وبيدر، وأهل، وجيران، وضحكات قرية، هي عندها آخر حدود الدنيا!

رائحة يديّ فاطمة العبقة بطعم، ورائحة اليانسون، كانت زوّادتي إلى المدينة. سرقت المدينة الزوّادة، وأعطتها لسوسن زميلة العمل، ونحن ندرز على آلات الخياطة الصمّاء. تتكرّر سوسن، وأشياء سوسن كلّ يوم. وردة بلاستيكيّة على الصدر. شريطة حمراء على الرأس. براءة الوجه. عيون سوسن تكسر الرتابة. تضجّ الوردة بالعطر. تغدو للشريطة الحمراء بروق. تشع نجوم في شعرها بعدد النجوم. يمسي وجهها بدراً يطلع في الليل، والحلم. أقواس قزح تنتصب أمام سوسن كي تعبر شوارع الغيم، والضباب. قنطرة من شعاعات ملوّنة فوق باب المشغل، كلّما قدمت سوسن إلى العمل. ترابط الشمس طيلة ساعات النهار، في النافذة، لتضيء نهار سوسن. حقل بنفسج يودّعها عند نهاية الدوام. تهبط أقمار لتحرس ليلها. تاج على جبينها. تُغلّف بشرة وجهها، وعنقها ببياض الأرز حتّى أوّل أزرار قميصها.

تسرق المدينة ما خبّأت في شعرها من نجوم، وهالة قمرها. تغادر الشمس نافذتها. تعود إلى سماواتها. تتلاشى أقواس القزح تنهار القنطرة. شابٌ لديه كلّ مقوّمات الغواية، يقف في طريق سوسن مثل جدار.

أدرز ياقات القمصان منكسراً. سوسن تقوم بتقليبها، وكيّها. صرت أقوم بالعملين معاً، حتّى لا أقطع عليها أحلام يقظتها. يجثم على فرحي الداخلي كابوس لا سبيل لإقصائه. يموت ذلك الفرح. أغادر المشغل مهزوماً. أنسحب من عالمها، الذي سرقته الغواية. ألوذ بظلال خيمة يانسون لا وجود لها بعد أن جفّت الينابيع، وبالكتاب، من شرّ ما حدث.

ماذا أفعل ونساء الكتب مصادرات لبطل الرواية، أو للكاتب. لماذا لا يكون لي مثلهما. لن أدع بطل الرواية يسرق منّي، أيّة فتاة أحترق من أجلها على الورق.

كانت أوّل بطلة في أوراقي جميلة بوحيرد حين زارت الجولان السوريّ قبل احتلاله، وكنت مجنّداً. يومها لوّحت لها بيدي، وهي كنخلة باسقة، في سيّارة عسكريّة مكشوفة. ضاعت أوراقي في نكسة حزيران.

الثانية، ميّ زيادة، التي أحبّها جبران خليل جبران قبلي، ولم يترك لي منها إلاّ ما تركه لعشّاق صالونها الأدبي، وللعصفوريّة، التي غيّبتها في لياليها أحقاد، وجشع ورثتها، الذين طمعوا بكلّ شيء لديها، إلاّ بما دوّنته بمداد روحها.

الثالثة، والرابعة، والخامسة، والمائة، والألف. كلّهن لم يكنّ إلاّ لحالمين مثلي. الباحثين عن الحبّ. المتغافلين عن أنّه أقرب إليهم من حبل الوريد، ولكنّهم عميٌ عمّا أمامهم، ولا ينظرون إلاّ للبعيد البعيد.

بنات اليانسون، وقد كنّ قبل أن يجفّ نبع القرية، وسواقيه نجوماً

تسير على الأرض. عقود لآلئ، على صدرها. تتبدّد صورهنّ في أحلامي البعيدة، والقتيلة، والمستحيلة. في اخضرار الحقول. في الدروب، التي تعبق بها، ولا تفارقها رائحة التراب. على ضفاف السواقي. تحت ظلال الصفصاف، والزيزفون، واللوز. في الأعراس... وفي لغز الموت، حين يقفز قلب إحداهنّ من قفص الصدر، ليطير في فضاء الحبّ.

تجعل دورة الحياة منهنّ نيازك يسقطن. ينطفئن، ولم تلدهنّ الحياة لهذا المصير. لم يدر في خلدهنّ أنّهنّ النبض في قلب هذا الوجود، ورحلة دورته الدمويّة، إلى جسد البقاء، والاستمرار، والامتداد.

كان في عهدتهنّ الاخضرار، وحراسة الأمل، والضوء، ونداءات الماء، وبريق النجوم، وأصوات الليل.

في عهدتهنّ، ما يجعل الرؤوس تدور. ما يجعل المسرّة ملازمة للفرح، والفرح ملازماً للحبّ.

في عهدتهنّ إنتاج حبّ مغاير، لما تنتجه الأرض من حبوب، لم يكن إلاّ لطرد الجوع. ينتجن حبّ اليانسون، ولا يعرفن أنّه لطرد جوع آخر، بعد أن يصبح خمراً. جوع اسمه الهمّ، أو الحزن، أو الكآبة. هنا لا عمل له إلاّ أن يُغلى كالشاي، ويشرب كدواء لعلاج وجع الرأس، أو مغص البطن.

جدّتي بدّورة في خيمة دقّ اليانسون، بدت لي في اليوم الأخير لعملها، وعمل من معها من الصبايا، ومتذمّرة، من شيء أجهله. تجرّأت وسألتها عن السبب. غمزت سها بمعنى أنّ جدّتي غاضبة فلن تجيب.

بعد انتهاء العمل، ومغادرة الصبايا الخيمة، نادت لي جدّتي، وطلبت منّي أن أجلس على كومة قشّ يانسون كانت قبالتها. جلست. قالت:

— "سألتني يا بنيّ بوجود البنات. ما بدّي إحكي، حتّى ما يكرهوا عيشتهن. تشتغل الواحدة منّا طول السنة مثل الدابّة، ويا دوب تحصل على ثوب يردّ عنها البرد. اليانسون يا إبني لحدّ هلّق ما منعرف ليش منزرعه بهالبلد. بيقولوا إنّهن بيعملوا منّو شراب بيفقد الشخص اللي بيشرب منّو عقلاتو. جرّبت كثير إغلي منّو وإشرب. ما صار لي شي. كنت حابّة يصير لي مثل ما بيقولوا عنّو. ياريت شي مرّة إشرب من اللّي بيساووه من اليانسون. نسيت إسمو. ياريت إتذكّر، وما أعود إصحا ليخلص الشغل كلّه!".
واحتضنت روحها السماء، قبل أن تعرف أنّ اسم الشراب، الذي يُقطّر من اليانسون هو (العَرَقْ)!"

وأنا حين كبرت عرفت الحكاية، وأبعادها عن اليانسون. هذا النبات العجيب. عرفت البذرة، والزارع، والتاجر، والمرابي، وبواخر الشحن، والبلاد البعيدة، التي تقطّره، وتعيده إلينا. عرفت أنّ كلّ قطرة منه تقابلها حفنة دموع، وحفنة عرق من عرق التعب، وكثير من الفرح، والأحلام، والألغاز، والضحكات، والأعراس السريّة، والافتراضيّة.

عرفت أنّ اليانسون شكل حيّ، بينما الخمر شكل حسابيّ. اليانسون له الفضاء، والخمر له الأقبية.

بذرة اليانسون روح. نموّها طبيعيّ، وعفويّ يتبع القانون الطبيعيّ، ومراعاة الأصول، في الإزهار، والإثمار، بعد صبر طويل، على عامل الزمن، وتقلّبات الفصول. تظلّ متميّزة حين تنمو، عن كلّ ما ينمو حولها. تنجذب في نموّها للضوء، ولا غاية لها سوى إثمارها البذور. لنباتاتها إذا ما هبّت الريح صوت موسيقى حزينة، وأغنية لا يعرف كلماتها سوى النحل، والفراشات.

اليانسـون طليق في الحواسّ، وفي الحريّة. يبدأ اشتعال الطاقة فيه، وينتهي في الخمر السجين.

بنات اليانسـون مثل يانسـونهنّ. يلدن في حريّـة فضفاضة، ليذهبن بعدها إلى مصير أشبه بمصير اليانسون.

وحين انتهت زراعة اليانسـون هنا، إلاّ ما ندر، لم يأتنا تاجر، ليندب حظّ قريتنا، وينوح عليها، أو ليندب حظّه أنّه خسر شيئاً مهمّاً؛ الخاسر منهـم قـد يجـد تعويضـاً لـه بتجـارة المخـدّرات، أو الأعضاء البشريّة، أو الأسـلحة، وذخائرهـا، دون هـذا المحصول، في قرية يتكالب عليها سـوء الطالـع، حتّى لتـرى أنّ مسـتقبلها لا يعمـل؛ ولأنّ الزمـن لا يكرّر اللحظـات ذاتها، لـم يتبقّ لي سـوى الذكريات، لأصنع منهـا خمراً، وما يجعلني غير نادم على شـيء!

* * *

— 13 —

كم من الحالات

تجعل المستقبل يتوقّف عن العمل

أعـود من عملي ذات مسـاء على درّاجتي الهوائيّـة، مثقلاً بالحنين لقرية ساعتها البيولوجيّة منضبطة تماماً، على زمنها اللولبيّ. كلّ الناس فيها أمامهم حقيقة واحدة أنّهم يعيشون عادات ألفوها جيّداً. ينهضون مـن نومهم مع الشـروق. ينتشـرون فـي الحقول، والبسـاتين. يعودون مسـاء. يسـهرون علـى نـور قمـر، أو فانـوس، أو سـراج بفتيـل. يأكلون مـا يتيسّـر من طعـام. ينامون مـن التعب كالقتلـى. الأزواج يجدون ما يفرغون فيه شـحنة انفعالاتهم من غضب، أو شقاء. زوجاتهم بالتأكيد. تنتـج انفعالاتهـم تلك، التكاثر الذي أوصى بـه الأنبياء، ليتباهوا به يوم القيامـة، ولطالمـا كلّ مخلوق طارئ هو عبد للطارئ، في تكوينه جين السـلطة ليمارسها على آخر.

جيـن الأزواج هـذا ليـس لـه إلاّ الزوجة، ولا حـول، ولا طول لها، كي تقـول لأ، أو تعانـد، أو ترفـض، أو تتحـدّى، أو تهـرب؛ فهي تمارس شـكلاً مـن الانتقـام بالرضـوخ، زيادة فـي إلحـاق الأذى برجل تعتبـره عدوانيّاً، منـذ اللحظـة، التـي سـقطت في فراشـه، وأفقدها الشـيء، الـذي كانت علـى ضوئه تتنسّـم الأمل، بحياة مع إنسـان يأتيهـا على حصان أبيض، لا

على حمار أعرج، وتزفّ إليه، في ليلة عصيّة على النسيان. تسير خلف معرّسين رجال دين، يتلون الآيات ذاتها، التي تُتلى في صلاة الجنازة.

يا ذاكرة لا يقاربها النسيان حين يتعلّق بالفقد.

حين عدت من عملي ذلك المساء، الذي سيظلّ يُراكم الحزن بي، لأجد أمّي المريضة متشبثّة بقضيب حديديّ من قضبان قفصها الذهبيّ. غرفة عرسها. تشهق بسبب نوبة ربو خانقة، وتتوجّع، ولا حيلة لديّ أدفع عنها الألم. تذهب جارتنا، وتأتي بالبدويّة أم عقيّل من خيمتها، لعلّها تعالجها، ولا سبيل لإسعافها لعدم وجود وسائط نقل إلى المدينة، في مثل هذا الوقت.

أخرج من غرفة عرس أمّي، التي دخلتها عروساً، وخرجت منها لتكون بين النجوم.

ألقت إلى التاريخ ثوب عرسها الملطّخ بوحل أزمنة لا يزال وقع أقدامها الثقيلة، يرنّ على طرقات هذا الكون، واستمر عزرائيل يخطف أرواح الشقيّات، من التعب، والقهر، والاغتصاب، دون رحمة، وعاد في الموعد ذاته، في السنة التالية، ليأخذ أختي الصغيرة، إلى هناك حيث تقيم أمّها، بعد أن لفظت أنفاسها، بعد أن تعشّقها التيفوئيد ستّين يوماً بالتمام والكمال.

يأتي دور أخي يوسف، الملاك الأرضي، الذي عشقته الحقول، وترابها، وسواقيها، وأشجارها، وزهور اللوز، واليانسون، كي يغادر هذا العالم هو الآخر، في عزّ ربيعه، بعد إصابة كبده بما لا شفاء منه، رغم العناية المشدّدة به. آلمني أكثر من وداعه اللحظات، التي اصطحبتُ فيها بعض شباب العائلة، لجلب جثمانه، من برّاد الموتى، في المشفى، الذي فارق فيه الحياة. كان جثمانه ملقياً، في

أرضيّة البرّاد كيفما اتّفق، أو ما يشبه قتيلاً في العراء. انقبض قلبي. لا أستطيع أن أصف تلك اللحظات المؤلمة. تمنّيت لروحه أن تكون قد تأنّت في انطلاقتها بهذا العالم، لتزرع في طفل يولد، في مكان يحترم الأحياء، والموتى، ولدى أهل يستحقون هذا الملاك الطيّب، الذي لم يعش بين يديّ أمّ تشبعه دلالاً. فارقته هذه الأمّ صغيراً، لتكمل تربيته نساء المصادفات.

آلمني بموته، أنّ ساعة يده، التي أهديتها له في عرسه، رأيتها تلمع في معصم حارس برّاد الموتى، بعد عدّة سنين!

يتبعني فقده، ويلاحقني ظلّه لأنّني لم أستطع أن أقدّم له ما يبعد شبح الفقر عنه ولو لحظة واحدة. بسبب يعاني منه كلّ من اتّبع قلبه، وهو يجرّه من شعره إلى عالم الكتابة مثلي. كم من المرّات التي فشلت فيها بأن أكتب مرثيّة بمن غابوا قسراً على الرغم من محبّتهم الحياة، وغادروها دون أن يؤذوا أيّا من المخلوقات، غادروها دون أن يأخذوا معهم إلا أكفانهم البيضاء المبلّلة بمطر غزير سمّه الدموع، أو سمّه ما شئت!

أكرّر فعل الرغبة بالكتابة، فلم يطعني الكلام. ربّما لأنّ الكتابة ليست بنت الرغبات! أسأل:

الشياطين تتجمّع في رأس الكاتب، أم الملائكة، حين يجلس إلى طاولة الكتابة؟ أم يتبادلان الأدوار؟ فكّرت كثيراً بهذه الأحجية.

.. يغيب قمر إثر قمر. في قرية نتنفّس من رئة قرية آثرت الحزن على النشيج، ولا نسمع إلاّ دقّات قلبها الحزين.

يأتي الصيف فيلهب الأرض بحرارة شمسه الحادّة السطوع. أذهب مع ثلّة من صحبي الأطفال، إلى البساتين ـ التي لم يبق لها الآن أيّ

أثر ــ وكان للإسمنت كلّمته العليا، في زمن النكبات، التي لم تكن في حسابات أحد؛ كم كانت الكثير من الرؤوس الفاعلة في القرية لا تصلح حتّى للحلاقة، ولم تحسب بأنّ الحياة مثلما هي قابلة للتطوّر، قابلة للاندثار.

لم تتوقّف أخطاء البشر عند أمثال هؤلاء.

قصّة وردة الأعراس أيضاً تطفو من جديد، بعد غليان هذه الحكايات، التي انطفأت وكاد النسيان يطويها؛ لولا أنّ جمرها لم يخمد تماماً، ويظلّ يتأجّج كلّما هبّت عليه ريح، وذرّت عنه ما ترمّد.

جسر الحديد، الذي غنّت له، وقطعه بها حبيبها أبو النوف لم يكن كأيّ جسر آخر. كان جسر الحكايات. جسر الرعاة، والسارين إلى حقولهم الشرقيّة، يحملون أحلامهم الكبيرة، التي ستجهض أمام عيونهم. تؤول منطقة الباردة، ومخاضتها، وأمكنة قيلولة المسافرين إلى الأردن، وحوران حولها، إلى ممحاة لرائحة الذكريات القريبة، والبعيدة. لرائحة العشق، والعشّاق. ممحاة لآثار أقدام أبي النوف، وحبيبته، ليتبقّى في المكان غدر الزمان بالحبّ، وتبدأ رحلة التشرّد، فتحمل ريح العذاب أبا النوف، إلى قرية منسيّة في السوح، ومغنّية الأعراس، إلى أرض النبط، ولا أحد في الكون يعرف كيف وصلت إلى هناك غير حذائها البالي، وغير ليل أفلت عليها وحوشه البشريّة. هناك يفعل الألم فعله. تغدو مغنيّة الأعراس مغنية عبر الأثير.

قدر الطرب في بلادنا أن يمتصّ المأساة الفرديّة، ويصهرها بنيرانه، ويحوّلها، إلى عذوبة تتدفّق من ثغر حوّاء صوتاً يتمنّى إله الموسيقى أورفيوس ــ لو عاد إلى الحياة ــ أن يعزف له أجمل السمفونيّات، فيكون شغف الطبيعة: طيورها. أشجارها. وحوشها. هوامها، بما يُعزف،

وما يُغنّى، وبمن يعزف، ومن يغني له السحر الذي لا يُفسّر، ولن يُفسره سوى عودة الحياة إلى براءتها. إلى وعود الحبّ النابعة من قلوب متوهّجة بالحقّ، والخير، والجمال.

يقول لي حمزة عن بنت العلالي، والتي غنّت في النوادي الليليّة، وفي بلاد الاغتراب:

— إنّ إقلاعها من محطّة إلى محطّة لم يكن طبيعيّاً، وإلاّ لما انتهت إلى حال يُبكي الحجر. حين رأيتها لم أكن أتوقّع أن تطلب منّي ثمن علبة سجاير، بعد كلّ تلك الرحلة الحياتيّة المتوّجة ـ إلى فترة ما ـ بالعزّ، والتصفيق لها بحرارة، وطلب ودّها، وشرف التقرّب منها. أتدري أنّي رأيت في ألبومها صوراً لها مع شخصيّات كبيرة. ورأيت صوراً لها، والصفّ الأوّل في إحدى دول الاغتراب، يكرّمها، ويقلّدها وساماً راقياً من أوسمة تلك البلاد. نهايتها حزينة هنا. بات الجميع يعرفون قصّتها. وهذا ما يؤلم أكثر.

كانت ستّ الكلّ تقف مع أحد رجال الدين. لا ندري ما دار بينهما من حديث، رغم قربهما منّا. افترقا، فأقبلت نحونا كأنّما تريد أن تقول لنا شيئاً. ابتسمنا. تصل قبالتنا. تقول بثقة:

— أعرف لماذا تبتسمان. سأقول لكما ما الحديث الذي كان بيني، وبين الشيخ، وأدعكما بسلام (هو قال أنّ البنت يجب أن تُزوّج صغيرة، ومغمّضة، ولا تعرف شيء من أمور الزواج، وفي بيت زوجها تتفتح، وتتعلّم). أنا أجبته: لا يا شيخ! علام تتفتّح؟ أتدري ما أوّل شيء ستراه بمثل هذا الزواج؟! شيء يخيف الناقة! وليس بنتاً أوّل عمرها! (مازحة) قلت للشيخ: أنا حتّى الآن أخاف من هذا الشيء!!). أدار الشيخ ظهره، وغادر خجلاً!

ضحكت ضحكة طويلة وقالت:

— أكملوا حديثكم. بخاطركم!

تهون الحكايات أمام ما حدث مع مرعي. قصّته انتشرت للتسلية،
والتندّر، إنّما سرّاً.

كقصبة في مهبّ الريح، كان مرعي يرتجف، في حضرة الشيخ واكد،
حين عاد بقطيع الماعز مبكراً، وظامئاً بآن. مياه مخاضة (الباردة) كانت
عكرة بسبب رواجيد الحصاد، الذين يخوضون برواحلهم فيها. انحباس
المطر في عام خلا، جعل مياه الساقية تتوقّف عن الجريان. لكمه
الشيخ. صرخ به:

— هزّ تبناً للدواب!

كان عور التبن أهون ألف مرّة، من وقع كلمات الشيخ القاسية.
عزاؤه أنّ زينة رافقته مشوار الطريق، من حقول اليانسون إلى الدار.

— وجهك مغبّر يا زينة!؟

— تأخرت افتح خطواتك يا مرعي.

— لكن القطيع!

— أي. ليس من السهل أن تسوس قطيعاً إذا جاع، أو عطش!

— لهذا فكّرت أن أهجر القرية.

— تهجر القرية!؟ (ثم كتمت زينة ارتياعها. لمحت في عينيه انكساراً.
أشاحت بصرها. ارتبك، ثم تمالك نفسه، وأخفى ارتباكه): (زينة هنا
ليست زينة الغجريّة)

— لكنّني عدلت عن رأيي يا زينة. حين ألقيت رأسي على الوسادة،
كانت أشياء القرية تنبش في رأسي؛ كما كان هذا القطيع ينبش
التراب باحثاً، عن الجذور الحيّة في الأرض.

أشياء القرية يا مرعي!!؟

– أي يا زينة. ما جدار اتّكأتن في ظلّه، إلاّ وله نكهة شبعت منها الروح. ما حجراً اقتعدت عليه إلاّ وفيه دفء، ما زال يجري مع الدم. ما شجرة. ما ساقية. ما محراث، ما فأس. ما منجل.

– والناس يا مرعي؟

– دعي الناس يا زينة.

– وأنا؟!

يبتسم مرعي بودّ. تبادله الابتسامة بحياء.

– أتذكرين حين كنّا أطفالاً، وكنّا نركض أمام العشّابات، في حقول اليانسون، نلاحق الفراشات؟ كنت أقطف زهوراً لتشكليها في شعرك.

– أتذكّر!

– ويوم نهرنا حارس القناة عند مقام أبي خضر، في عيد خميس الأسرار؟

تجاهلت أنّها تذكّرت ذلك النهار، الذي كانت فيه عروس لعبة العريس والعروس. نهر الحارس الأطفال، وفرّقهم قبل ليلة الدخلة المفترضة!

– لا. لا أذكر!

– اللعبة التي لم تتمّ. (حاول تذكيرها عبثاً). ليتنا نلعبها كما يلعبها بقيّة الخلق يا زينة!؟

– تذكّرت!

حتّى !؟

– حتّى الأحداث المرعبة في القرية، كان لها في البال طعم آخر. حلم أبي أن يكون إنساناً. رفع صوته؛ قُتل. شبر من الأرض لا يملك!

..... عمّي الـذي قتلـه الجنّ عنـد (الفقاقيـر) الشـرقيّة، قـرب الناعورة المهجورة.

— لا. عمّك نجمه خفيف يا مرعي!

— لا يا زينة. ذنبه أنّه عثر على شـاة، أردفها خلفه على الدابّة. لا حظ أنّها تكبر خلفه بسرعة .. ! ناءت الدابّة بحملها. أظلافها تحفر الأرض خلفه. أصابه مسّ، وعاش أيّامه الأخيرة مأخوذاً.

— أنا لم أصدّق هذه الحكاية يا مرعي!

— أمّ علي يا زينة سـمعت قرع طبل في دارها، وعزيـف جنّ مغنّى، وإيقـاع رقـص وحشـيّ. وحمـدو، بعـد أن حبسـه الإقطاعـي فـي قـنّ دجاج! قالوا: لطشه الجنّ.

— قصّة أمّ علي لم أسمعه يا مرعي!؟

— أنا لا أكذب يا زينة. حين سـمعت أمّ عليّ ما سـمعت، أصابها الهلع. ولولت. تراكض الجيران: أمّ محمّد، وبناتها، وابنها. رشّت الماء على وجه أمّ عليّ. رفعت أمّ علـيّ رأسـها حينما انتعشـت تسـألهم، وهي تنظر حولها متوجّسة:

— ماذا تفعلون؟ أين أنا؟!

أجابتها أمّ محمّد مخفّفة عنها هول ما رأت:

— أنت في عيوننا، وقلوبنا. ماذا حدث؟

— بأذنيّ هاتين سـمعت قرع طبل، وغناء لم أسـمع له مثيلاً من قبل، وإيقـاع رقـص يصـدر مـن دارنـا، والأبـواب مغلقـة. لا بـل مقفلـة. الجـنّ يسكن دارنا!

راحت أمّ محمد تهدّئ من روعها:

— لا أظنّ ذلك؛ إنّما أنـت تتوهّمين. أنت نجمـك خفيف يا أمّ علـيّ.

هيّـا ندخل الدار معاً لأثبت لك ذلك!

قالت لها أمّ عليّ تدحض قناعتها هذه:

– أمّك حكت لي أنّك كنت معها حين دخلتما غرفة المؤونة ذات يوم، فرأيتمـا الطحيـن، والبرغـل، والعـدس، والزبيب متناثراً فـي أرجائها. رأيتمـا الجمـر لا يزال يشـعّ، في موقـد غرفة الشـتويّة الداخليّة. الأواني فيها ما فيها من بقايا الطعام. الدار مسكونة. يسكنها الجنّ يا بنتي!

– هكذا يقولون. لكن لم أصدّق! (أجابتها زينة).

– أتكذّبين ما رأت عيوننا!؟

– ما هكذا أقصد.

– اسكتي. هل أكذّب ابني، الذي شاهد ليلاً فيما كان ينام، جنيّة تخرج مـن الجـدار، وطلبـت منه إبريق ماء لتشـرب... لاحـظ أنّ لها أظلافاً كأظـلاف الماعـز. خاف. اختفى صوته. وعدته الجنيّة بأنّها سـتجعله ثريّاً إلى ولد الولد إذا سقاها. كان وجه الجنيّة يقدّ نوراً!؟

– ماذا أستطيع أن أقول بحضرتها بربّك؟

– هل أراكِ غداً يا زينة؟

– لا يا مرعي!

– ماذا؟!

– حكي الناس يا مرعي. بنت الكريّم لمّا يجف دمها بعد!

– هذه أمّ جنيد...

– لا تكمّل يا مرعي. أمّ جنيد طقّ شـرش الحياء من جبينها، ولا تلتقي بمحروس نهاراً. إنّها تأتيه إلى حيث ينام على سـطح بيته ليلاً. تأتيه بثياب رجل. تظنّ أنّ الرفش، الذي تحمله على كتفها يموّه الحقيقة عن الناس.

صرخ الشيخ واكد من خارج الزريبة:

— مرعـي ي ي ي. علّـق للثيران. الجلبان خلف الباب. كانت يدا مرعي تغرف الجلبان، وتخلطه مع التبن، وثور يحاول أن ينطح... يتذكّر أنّ أمّ أشرف قالت له ذات يوم:

في هذا المتبن عروس جنيّة تخرج منه، في أعياد الصليب، وتنتحب، وحيـن يظهـر أحد مـا يختفي (فجأة ينزلق رسـن الثور علـى قدم مرعي دون أن ينتبه؛ وفيما كان شـارداً مع الحكاية، وخائفاً. يرمي الكربال من بين يديه، ويخرج مذعوراً) في لقاء آخر مع زينة، فيما كانت عائدة من حصاد اليانسون، حدّثها ما جرى. وممّا قاله لها:

— أنا لم أر العروس يا زينة؛ إنّما كنت أسمع نشيجاً!

— نجمك خفيف يا مرعي!

— لكـنّ عيوني يا زينة تسـكنها الشـمس، وذراعي مصقولـة بالزمهرير، وفـي دمائـي كلّمـا أراك، أو أذكـرك تركض. حيـن أتنفّـس يطلع من صدري بكاء جنيّة. في أعياد الصليب تشتعل النيران في طريقي من ذاتها. أرى وجهك فيها!

— أنت مجنون يا مرعي!

— قلبك أبيض يا زينة!

— أنـت ترانـي على هذا النحو، لأنّك لم تدخـل قلبي بعد. رفعت زينة الواقية الجلديّة عن جبينها. مسحت جبينها ممّا علق عليه من غبار الحصـاد بطرف كمّها. اسـتقرّ بصرها على وجـه مرعي. قرأت ما فيه مـن حـزن، وانكسـارات. ابتسـمت. بادلهـا الابتسـامة. نصـب الغجر خيامهـم فـي سـهول كيانها. قرعوا طبولهم مبشّـرين بمواسـم غلال، وأعراس، وأعياد قادمة.

جاء الشتاء، ولم تحرث الحقول. باغتها الشتاء بزمهرير، وجليد. أمطرت السماء وحلاً على رخامها. تنامى الطحلب على صخورها العذراء. العصافير لم تغادر أعشاشها. لم تحطّ على حبّ. الأطفال لم يطلقوا زوارقهم الورقيّة في السواقي. يتقصّف صفصاف الروح!

– صهيلك مشبع بالحزن يا زينة!؟

– الشيخ (....) يريدني زوجة له!

قصب النهر يحترق. الضفّتان تغادران النهر. الجلّنار يذبل. الشمس تغزل أشعّتها قلادة من لهب. الخطوات تسرق الدرب. الشوك يدمي الفراشة. لا أثر يبقى لها في كلّ هذا الكون! تطلّ الشموس شاحبة!

– الشيخ يمشّط لحيته بأمل مستحيل يا زينة!

– سمعت مؤخّراً أنّه قال:

– إن لم أكن له، فلابنه!؟

– وأنا حيّ؛ لا...!

– العين لا تقاوم المخرز يا مرعي. ستحبّك من هي أفضل، وأجمل منّي...!

– أنت تقولين هذا الكلام يا زينة!؟

– لأنّي خائفة عليك!

– لطالما تفكّرين هكذا؛ فلن تري وجهي بعد اليوم. (بعد لحظات من الصمت) سأترك لكم
هذه القرية، وأرحل!

– تقاطعه متوجّسة:

– إلى أين سترحل!؟

– بلاد الله واسعة! (كانت رحلته إلى بيروت).

لـم يطـل بـه المقـام فيهـا، ثـمّ انقطعت أخبـاره نهائيّـاً، ليظهر بعد عـدّة سـنوات في الأرجنتيـن. هناك كان يحاذر اللقـاء بالمهاجرين من أبناء قريته.

جدّي مصطفى قال حين سألوه عنه:

— رأيته مرّة واحدة، ثمّ اختفى ذكره تماماً. تقوّلات كثيرة عن اختفائه. المرجّح أنّـه مـات؛ لكنّه ليس الموت الاعتيادي. يقـال أنّه مات قتلاً بسبب امرأة، ... وألله أعلم!؟

.. ليس عجباً أن تشتعل نيران مثل هذه المآسي، ثمّ تجد من يطفئ هـذه النـار، ثـم توجد الحيطة من عـدم تكرارهـا. العجب أن تتكرّر مرّة بعد مرّة، وكأنّ شيئاً لم يكن.

العمـر مـن أوّلـه. إذا كُتـب لنا أن نظلّ أحياء، سنشاهد. سنسـمع. سـنقرأ. سـنتخيّل. سـنتوقّع الكثير من الحكايات، التي تُجهض لتكتمل. كم من الحكايات يكون مسارها كما قمر ليالي الشـتاء. تحجبه الغيوم عادة، فلا يسعنا نرى مساره كاملاً. هكذا حكايات أنصاف البشـر. كلّ نصف إنسـان حكايتـه تنتهـي، إلى أن تكـون يتيمة، فيسّجلها التاريخ أنّها الأخيرة.

* * *

⚊ 14 ⚊

كما أنّ المحبّة أسلوب حياة

الكراهية أسلوب حياة أيضاً!

طغـت حكايـات الخيبـة علـى سـهرات النـاس. كنّـا فتيانـاً، وعلينـا أن نصغـي. لا كلام لنـا بوجـود الكبـار، ومـا كنّـا نختزنـه فـي ذاكراتنـا، مـع مـا فيهـا، ولا حـول لنـا، ولا طـول. غفـوت بعـد سـهرة كان كلّ مـا جرى فيهـا مـن أحاديـث، أو روي مـن حكايـات عـن الجـنّ، وعـن الشـياطين، وعـن عـذاب القبـر، وعـذاب الآخـرة. لـم أنـم ليلتـي بسـبب الهواجـس التـي انتابتنـي، والخـوف مـن الكوابيـس المحتملـة التـي قـد تغزونـي إذا مـا غفوت!

كانـت الليلـة التاليـة حـدّا فاصلاً بينـي، وبيـن الكثيـر مـن الإرث السـلبيّ، فأبـي لـم يكـن أريحيّـاً معـي، ويريدنـي نسـخة عنـه كمـا اتّضـح لـي مـن تعاملـه لـي أكثـر مـن مرّة.

كنـت قـد دعـوت بعـض أقرانـي لنشـرب الشـاي عنـدي فـي دارنـا. يدخـل أبـي بيـت المضيـف، الـذي نحـن فيـه، وبعـض زوّاري يلعبـون الـورق. خـرج غاضبـاً، وعـاد، وبيـده قضيـب رمّـان، وراح يلسـع بـه ضيوفـي، وهـو يعنّفنـي:

— ألف مرّة قلت لك: هذا بيت مضيف، وليس مقهى!

قضيت ليلتي متوتّراً قلقاً. أفكّر بالخروج من هذا الطوق الضيّق المفروض عليّ. القرية. كأيّة قرية ليس فيها سوى البريّة فسحة لنتنفّس فيها. لا دار سينما. لا مقهى. لا نادٍ رياضيّ، أو غير رياضيّ؛ فعدا السينما، التي كانت هوايتي المفضّلة، والتي كنت أشاهد فيلماً يروق لي مرّات عدّة. أمّا المقهى، والنادي، والمنتزهات، والبحر، كنت أسمع عن هذه الأماكن حكايات من الناس، أو من أصدقاء معلّمي حين يزورونه في محلّه، الذي أعمل فيه.

كمخلوق فائض عن الحاجة قرّرت ألاّ أعود إلى القرية. طلبت من معلّمي أن يسمح لي البقاء، والمبيت، في المحلّ بعد نهاية الدوام. آكل وأشرب، وأنام فيه. يسألني عن السبب. لم أقل له الحقيقة، وكانت كذبتي عليه لا بيضاء، ولا سوداء! قلت له أنّي أتعب من ركوب الدراجة يوميّا مسافة لا تقل عن خمسة وعشرين كيلومتراً، في الذهاب والإياب من وإلى القرية.

كان في الجدار الداخلي المقابل للباب، نافذة صغيرة مرتفعة، تخدّم المحلّ بقليل من الضوء والهواء. كنّا لا نفتحها إلاّ صيفاً، ونحن الآن في الصيف. نافذتنا مفتوحة لا نعرف ما خلفها.

عند وقت النوم، أقفلت واجهة المحلّ من الداخل. أطفأت الأنوار. بدا لي كلّ ما هو في مجال الرؤية خلف النافذة واضحاً. الأقرب للنافذة شرفة لغرفة نوم خلفيّة، في المبنى المجاور، ونافذة لهذه الغرفة أسدلت عليها ستارة حريرية بلون السكّر مقلّمة بخيوط ذهبيّة. زجرت نفسي عن التمادي لمعرفة أيّة تفاصيل أخرى. فرشت ثوباً من الجوخ الإنكليزيّ على طاولة التفصيل تحت النافذة. وقضيت ليلتي مؤرّقاً بحسابات أبي، وخوفه على فتى غرّ مثلي. لا يزال غضّاً. قلت في

سرّي: لا بدّ أنّه سيندم على ما فعل بي، وبضيوفي الصغار؛ وحين أعود إليه لن يكرّر فعلته تلك، ونمت حتى شروق الشمس، ودخول أشعتّها الأولى من الواجهة الزجاجيّة.

سألني المعلّم كيف قضيت ليلتي. طمأنته أنّني كنت في أمان، وراحة تامّة.

بكلّ فضول من يريد أن يكتشف عالماً جديداً، صرت أسترقّ النظر خلسة إلى بوّابة المبنى، الذي تطلّ عليه نافذتي، لعلّي أرى ما يتمنّى المراهق أن يراه، في مكان غامض يتوقّع أن تكون فيه حبيبته الافتراضيّة. كنت لا أريدها أن تكون كبنات قريتي المحجّبات إلاّ من صورة الوجه، بل مثل البنت، التي رأيتها في شاشة السينما بفيلم مصريّ. بشعر قصير، وتنّورة إلى ما فوق الركبة. ركضت يومها مع حبيبها على شاطئ البحر. اختفت خلف ستارة، لتظهر بمايوه مزهّر.

يخرج من باب المبنى رجل طويل بدشداشة بيضاء، وحطّة، على رأسها وعقال أسود بعض شراشيبه تتدلّى على صدره. لفت نظري أنّه ينتعل شحّاطة تلمع. تلحق به امرأة بلباس خليجيّ، وفتاة ترتدي ثياباً أخفّ قليلاً من أمّها. حدّق بهما معلّمي، والرجل يفتح باب سيّارة. قال:

— (العزّ للرزّ! إيه يا عمّي. اللّي عنده فلفل يرشّ على الخبّيزة! الكاديلاك غير شكل!).

يومها لم يعودا. كانت الشقّة، التي تطل عليها نافذتي مطفأة الأنوار. قدّرت أن تكون هذه الأسرة، هي من تسكنها. بقيت حتّى ما بعد منتصف الليل أنتظر عودة هذه الأسرة. داهمني النعاس بعد نهار عمل طويل. غفوت، ولا بدّ للأمل أن يظلّ حيّاً، في مثل تلك الأحوال.

غابت تلك الأسرة حتّى ظهيرة يوم الأربعاء، من ذلك الأسبوع، وعادت. يفرد طائر سريّ في داخلي أجنحة الفرح، وراح يضرب بجناحيه قضبان جدران قفصي الصدريّ. يسيل الزمن، ويأتي الليل. تُضاء الغرفة، التي يطلّ عليها انتظاري. ألف قمر يشتبكون لإنارة ليل طويل لا نوم فيه، ولا أحلام؛ بل أحلام يقظة لا متناهية.

تأتي ليلة الخميس كسابقتها. سهر، ونوم بعد إرهاق شديد. كذلك ليلة الجمعة. يوم الجمعة عطلتنا، وأكون في المحل وحيداً. تُلقى لي من خارج النافذة ورقة من مجلّة فنيّة لبنانيّة قديمة (مجعلكة) فردتها. كان تحتوي على ليرة سوريّة ورقيّة، وكلمات مكتوبة بخط رديء تقول: (من فضلك اشترِ لي مجلة فنيّة. أيّ مجلة. وارمها لي إلى الشرفة الداخليّة!).

بسرعة الريح ذهبت إلى مكتبة حائط عند جسر فكتوريا، واشتريت مجلّتيْ الموعد، والوعد اللبنانيتين، وعدت. فعلت ما طلبت، ويا ليلة (بطيئة كواكبها) لم أعرف بها النوم. غامرت وألقيت لها ورقة بعد أن كتبت عليها بيد ترتجف: أحبّك. لتقوم القيامة عليّ بعدها. يطلبني أبوها. أذهب إليه صاغراً. ينسل ورقة (أحبّك) من جيب دشداشته. يسألني:

ـ أهذا خطّك يا بنيّ؟ (قال هذه الكلمات القليلة بعذوبة طمأنتني أنّ هذا الإنسان لا يريد بي شرّاً. ينظر لي ـ حسبما فسّرت نظراته ـ ليس بإشفاق. بل بمحبّة. يسألني عن اسمي. اسم أبي. أين نسكن. لماذا أنام في المحلّ، ولا أذهب إلى البيت. ماذا يعمل أبي. يداخلني توجّس غامض، فأتساءل في سرّي: لو كانت ابنته تميل إليّ، لما كانت أخبرته، وتركت الأمر سرّاً؛ أو أنّ فيها شيء من الخلل حتّى أخبرته).

لـم تنتـه الأمـور عند هذا الحدّ. أرسـل أبي لـي قريباً لنـا ليصلح ما بيني وبينه.

عدت إلى البيت. التقيت بأبي الذي كان متغيّراً مائة درجة عن ذي قبـل. احتضننـي، ولأوّل مرّة أشـعر بدفء أبـويّ لا يُوصف. راح يقول لي كلاماً مغايراً لواقع الحال:

— (بنيّ. الحجر لو بار مكانه قنطار. هنا أيضاً يوجد بنات، وحين تكبر سأخطب لك أجمل بنت. الدنيا فيها بنات بعدد النجوم)!

قلت في داخلي: كلامه هذا يعني أنّ أحداً ما أخبره، عن قصّتي مع جار المحلّ وابنته.

عرفـت فيمـا بعـد أنّ البيك صديق هذا الرجل، ولا بدّ أنّ البيك أخبر أبي بما يريده ذاك الرجل، الذي عرفت من لوحة سيّارته أنّه من الخليج. أمّا ما العلاقة التي تربطه بالبيك لم أستطع أن أعرفها.

كان الرجـل يريـد أن يتبنّاني، وله تلك البنت الوحيدة، التي شـغفت بها، وأعتقد أنّها هي الأخرى كانت مثلي. يريد أن أكون له بمثابة ولده، أو أنّ لديه غايات أخرى أجهلها، ولا أتوقّعها.

أعتقـد أنّ الرجـل يعـرف مـن البيك أنّنا لا نتـزوّج إلاّ من غيـر ملّتنا؛ وبالمقابل لا نزوّج بنتاً أيضاً، لغير ملّتنا!

بالنسـبة لـي كنـت أسـتهجن هـذا القـرار، الـذي لا يليـق بالنـاس الذيـن خلقـوا مـن أب واحـد وأمّ واحـدة. مـن آدم وحـوّاء. لـم أكن أفهـم الحكايـة بأبعادهـا. لم أكن أعرف أنّ هناك من جاء إلى الدنيا، وفـرّق الأخ عن أخيه، والأب عن ابنـه، والصديق عن صديقه. لم أكن أعرف أنّ للجشـع، والأنانيّة، وتسـلّط الإنسـان على أخيه الإنسـان له الـدور الأكبـر. لـم أكن أعـرف أنّ القـويّ يـأكل الضعيـف، وأنّ الدنيا

فيها غالب ومغلوب. وأنّ، وأنّ. وأنّ الحبّ تقابله كراهية، والمحبّة يقابلها حقد أسود.

لا أعرف كيف صرت أنظر لكلّ من يفرّق بين الناس كان من كان نظرة عداء، لأنّ ذلك ضدّ فطرة الطبيعة؛ ولأكتشف فيما بعد أنّ كلّ المجتمعات فيها مثل هذه النماذج؛ الأمر الذي لا يجعل الإنسان سويّاً، ولو وُضع في قالب حديديّ، ولن يكون له مستقبل تسود فيه المحبّة.

صارت الدنيا تسوَدّ في عيوني. تشاءمت ـ لفترة لم تستمرّ طويلاً ـ لدرجة صرت أرى بعض البشر، الذين تحملهم الأرض ليسوا أكثر من عاهات، لأنّهم لم يفكّروا أن يعيدوا الحياة، إلى ما يجب أن تكون عليه. معافاة. صحيحة. لا يستأثر بها العتاة، والطغاة. كأنّهم كلّهم عميان عمّا كنت أراه من تسوّل، وانحراف. لو قرأ المفكّرون، الذين يدّعون الفهم ما يكتب المقهورون، والمضطهدون، والمكبوتون، والمحرومون، على جدران مراحيض المدن، والحدائق العامة لغيّروا الكثير من قناعاتهم. أخجل أن أدوّن ما كُتب. أحاول أن أستمدّ بعض القوّة من جدّنا الجاحظ، لأتجرأ، وأكتب الصراحة، التي على الجدران، قبل أن يمسحها خدم هذه الأماكن.

لا شيء أقسى على القرويّ، من تشوّش حلمه بمدينة يتمنّى ألاّ يرى فيها إلاّ الجمال، والوجوه المشرقة، والجباه العالية.

الحياة لم تضع لي، أو لغيري حواجز في طريقنا. يضع لنا هذه الحواجز أقرب الناس لنا، لأنهم يريدون لنا أن نكون نسخة عنهم. أوّل تعليمهم لنا تقليد ما يفعلون حتّى بطقطقة أصابعهم، وفتل شواربهم، ومشيتهم، وقعودهم، والتفاتتهم، وغسل وجوههم، وفنجرة عيونهم،

وعبوسـهم، وزمّ شـفاههم عنـد الغضـب، أو عند احتقار الآخـر، أو حتّى الإعجاب به.

لـم يطـل الأمر بي حتى تخلّصت من التشـاؤم، الـذي لا زمني لفترة؛ الحـبّ يصنـع العجائـب؛ هو هـذه المـرّة أنقذني من السـير في طريق طويلة مليئة بالمتاعب.

كانت مغنّية الأعراس صديقة حميمة لجارتنا. كانتا تذهبان معاً إلى العمـل، في تعشـيب اليانسـون. فـي حصاده. فـي دقّ أغماره اليابسـة. كان للخيـام التـي تجـري بها عمليّة (دقاق اليانسـون) كمـا يُطلق عليها طعـمٌ خاص. كانت جارتنا تحدّثنـي عن المغنّية، بعد هربها من جريمة محقّقة كانت ستودي بها على يد خالها. كان تتكلّم وتبكي. يهدأ البكاء، فيستولي النشيج على ما تبوح به من ذكريات عاشتاها معاً:

— "أحبّت هذه المخلوقة. ما العيب بالحبّ؟!. وعدها حبيبها بالزواج، وحملت منه في لحظة حبّ. أنا لا أسـمّيها لحظة ضعف، بل لحظة قـوّة. الفتـاة التي لديها إرادة أن تفعل ما تشـاء ليس ضعيفة. كانت المشـكلة بحبيبهـا. كان نـذلاً. لـم يواجه مـا آلت إليـه فعلته كرجل حقيقـي. كان ذيـلاً لأبيـه الذي رفض تزويجه ممّـن أحبّ. الحبّ عار في نظر ذلك الأب".

قُـدّر لـي فـي (سـنوات الهجيج(التشـرّد) التـي أحاقت بي لأسـباب لـم أصـل بها، وأنا ألملم شـظايا بعض المخلوقـات الطارئة، عن دروب الحيـاة الوعـرة) بعـد خمسين عاماً من تلك المأسـاة الشـخصيّة، التي ألمّـت بهذيـن الحبيبيـن، أن ألتقـي بحبيـب المغنيّـة، وقـد بـات فـي المرحلـة الهرمـة من العمر. ذكّرته بالحبّ. تنهدّ. كانت تنهيدته تختزن بركاناً من لهب. لم يكن البركان خامداً. ليس أقسـى من دموع الرجال

بعد ندم، وفقد. بعد انكسار حلم. بعد موت أمل لا يعود، وحبّ لا يتكرّر. يبكي الرجل. دموعه الغزيرة لم تستطع أن تغسل غبار عقود من الزمن تراكم بعيداً عن تلك الأماكن، التي كانت فيه شمس الحبّ تشرق ساطعة، وتغيب مع وجه حبيبة ظلّت الأعراس تغنّي ما كانت تغنّيه في غيابها، وفقدها. قال لي الرجل كخاتمة للحكاية:

— كنتُ نذلاً!

ودّعتُهُ، وهو يغصّ بكلمات لم أستطع أن أترجمها. أصابع يده، التي ارتكبت حبّاً نذلاً رأيتها حين وداعي له تمسح عن خدّيه دموعاً، ما سواه يشعر بقوّة ضرامها، وبالحريق الذي يشتعل في كيانه.

يمرّ زمن طويل، وتنام الحكايات في دواخلنا الممتلئة، بمستجدّات لم تكن في حساباتنا. نفتح دفتر الماضي، ونحن نسير على شارع معبّد، ومستقيم، كان ذات يوم طريقاً ترابيّة ملتوية. كان الوقت ليلاً. ولا يُسمع في فضاء الليل، سوى وقع خطواتنا. يسألني حمزة:

— هل ترى الشخص الذي شرّد مغنّية الأعراس، في المكان الذي يحميك، في السوح، من شياطين هذا الزمن؟

(أجل. أراه. وما يزال يبكي!)

كم باسمك أيّها الحبّ، يسير الكثير من العشّاق في دروبك إلى حتفهم. كم من العشّاق كان الحبّ لعنة لهم. كثيرون كابروا بك، وانهزموا. كثيرون فقدوا بوصلتك، فضاعوا. كثيرون لم يروا منك إلاّ مثلّث الجسد، فخسروا الروح، والجسد معاً، وخسروا أنفسهم.

الحبّ في المحصّلة قدر يتدخّل بين ذكر وأنثى. يدع الجمال يلعب دوره، ويدع الغريزة تلعب دورها، ويدع النقص في الاثنين، أن يخرج من قمقمه كجنّي، ليسحر أحدهما الآخر، بدافع الاكتمال؛ وهنا تبدأ لعبة

الحبّ. لم يستطع أحد حتّى تاريخه أن يلعبها جيّداً. كان الحبّ حروب صغيرة على الأرض، ولا يزال. الحبّ أبكى المنتصرين، والمهزومين. بابتسامة تشتعل هذه الحرب، أو بدمعة. وبكلمة، أو بنظرة تنطفئ. لم ينج منه سوى الفارّين منه إلى المطلق. إلى مخلّص. إلى نيرفانا. إلى كلّ ما هو مؤجّل عند القدير. مع فرارهم دفعوا الثمن غالياً. عُذّبوا. تقطّعت أوصالهم. أُحرقوا. لم يتوبوا. لم تُقبل توبتهم. يحاكمهم أعداء الحبّ دائماً في كلّ زمان، ومكان.

حمزة يفسّر الأمر على نحو آخر. يصدمني كلّ مرّة: " أولئك فشلوا في بلوغ العنب، فقالوا لا يزال حصرماً؛ أو أن الريح كانت ضدّ سفنهم، فذهبوا إلى الوعود بما في الآخرة من نساء. استيقظوا متأخّرين، فذهبوا في المطلق. هل هم الرابحون أم الخاسرون؟ علمهم في الغيب!"

يذكّرني بما أريق من دماء بريئة لم يستطع أحد أن يحدّد: " أيكون الحبّ السبب، أو سواه؟"

يقول لي جازماً: إذا تمّ في قرية صغيرة قتلُ (راح يعدّ على أصابعه) بنت... وبنت... وبنت... وبنت... وبنت... خلال مدّة زمنيّة لا تتجاوز السنتين؛ فكم من الأرحام تُقتل، وتُستباح دماؤها بهذا الكوكب! أغسلاً للعار تُرتكب كلّ هذه الجرائم؟ أضف إليها ضحايا الحروب، والتكنولوجيا، والجوع، والمرض. من سيغسل عار الأرض؟! "

حمزة على حقّ؛ وأنا ربّما أكون على حقّ فيما قلته في البداية حسب تصوّري!

عدنا إلى قصّة مغنّية الأعراس. يتّفق معي هذه المرّة على أنّ الظرف التاريخيّ، بما يمليه عليه الفكر، والاقتصاد، ووسائل الإنتاج، والمعتقد الدينيّ، والخبرات الروحيّة؛ ذلك ما يوجّه بوصلة الحبّ،

والعلاقات العاطفيّة، والغرائـز، والأهـمّ مـن كـلّ ذلك لعبـة القـدر باستمرار الحياة على الأرض. أمّا الجرائم التي ترتكبها الذكورة بالأنثى، فهـي جـزء مـن الحكايـة؛ ولأنّ الحـبّ اغتصـاب الأقوى للأضعـف بفخّ سـريّ؛ ومع الزمن باتت حوّاء هي الأضعف بعد أن تُوّجت، على مدى زمن طويل إلهة، أو ملكة، وكانت معبودة تحت أسـماء شـتّى، وذرائع شـتّى. اسـتغلّت الذكـورة فتـرات أمومتهـا، وروّضتهـا، ودجّنتهـا، وسـارت بهـا فـي طريـق لا تسـتطيع العـودة منهـا. طريـق تقـود إلى مسـتنقع موحل سـاكن يسـير بها، إلى غرق حتميّ، إذا ما فكّرت بمتابعة السـير فيها إلى ما تريد.

— 15 —

لا تضع الماضي كلّه أمامك

ففيه الكثير من الحجارة!

لا أدري مــاذا يحــدث لــي حيــن أنهـض مـن النوم. كيف أسـلّم رأسـي لأحلام يقظة مشـبعة بالألغاز، والأسـرار، وأرى نفسـي أجدّد البحث عن الحبّ، وعن عشبة الخلود، وتخبو هذه الجذوة، لأسباب لا يعلنها المرء وهو يكابر بسبب الخوف المزمن.

أزجر نفسي بالتكيّف، ومثل هذا التكيّف يا ابن آدم، يعني أن تتأقلم مع المناخ. يعني أن تكون مسـتعدّاً لاسـتقبال الفصول، وتعرف مسـبقاً مـاذا سـتفعل، فـي مواجهـة الحـرّ، أو البرد مثلاً. هو إذن نتـاج الخوف مـن أذى الطبيعـة؛ كذلك التكيّـف مع مراحل زمنيّة تتغيّر فيها أساليب الحكم. بعض البشر لا يحسبون لذلك حساباً، إمّا عن غباء، أو عن قصد، فيحدث الصدام الذي لا مناص من حدوثه.

مـا يحـدث في العالم الثالث، يحدث في أيّ عالـم متحضّر أيضاً، أو يدّعي التحضّر.

يهاجر صديقـي هانـي، والذي كانـت تسـمّيه بنات اليانسون ملك اليانسون، لاهتمامه بزراعة هذا المحصول من البذرة للبذرة، يهاجر إلى بلد أجنبيّ هرباً من إحساسه بظلم أحاق به.

يقول لي في رسالته الأخيرة لي:

"هربت من الدبّ إلى الجبّ. هنا أيضاً لا قيمة لي على الإطلاق، على الرغم من أنّني كأيّ مواطن منهم. أحترم القوانين، و ـ أسير الحيط الحيط، وأقول: يا ربّ السترة ـ أشعر أنّي شيء زائد عن الحاجة. فضلة. أُعامل كغريب. جاهل. تُعرض عليّ أعمال لا يمارسونها هم. الشغل ليس عيباً. لا تشعر أنّهم ينظرون إليك بمنظار دينيّ لطالما لم تتعرّض لقضيّة تحتمل تدخّل الدين فيها. فوراً كلّ أصابعهم تشير إلى أنّك عربيّ، أو مسلم، أو تدخل المسألة في التفاصيل أكثر. فلسطينيّ. لبنانيّ. سوريّ. يمنيّ. عراقيّ. وإلى تفاصيل أكثر: سنيّ. شيعيّ. مسيحيّ. درزيّ. وإلى أكثر وأكثر: شاميّ. بيروتيّ. بغداديّ، خليجيّ وإلى ما هو أكثر، وأكثر: أرمنيّ. كرديّ. شركسيّ. أرناؤوطيّ. بدويّ. حضريّ. لا تعرف ماذا في رؤوسهم إلاّ حين يحتضنون الأثرياء منّا، أو المتعلّمين، أو صغار السنّ، أو المعادين لبلادهم.

المشكلة يا صديقي شعورنا بحريّة نفتقدها، مع أنّ بعضنا كما عبيد القرون الوسطى (حريّة العبد تنتهي عند نهاية السلسلة المربوطة في عنقه!) لكلّ آثم هنا سلسلته. قد تنتهي عند بيت عبادة، أو دار بغاء، أو نادٍ ليليّ، أو رصيف تتسكّع عليه، أو حديقة عامة تشمّ فيها الهواء المحسوب عليك بكلّ ذرّة منه".

الرسالة طويلة. أتابع قراءة الرسالة. سأختصر ما أستطيع:

"أتساءل بيني وبيني: لماذا حكمت على نفسي أن أغادر البلد؟ كنت مكرهاً على ذلك.

حين تجد من يصغي إليك يريد ثمناً. أنا رجل، وأستطيع أن أتدبّر أمري بالحيلة، أو بأيّ أسلوب، ولو كان مندرجاً، حتى في الشبهات.

هنـاك مـن يسـاعد علـى التبريـر؛ لا تـزال مجتمعاتنـا حتـى الآن تفوّض العقـل التبريـريّ، بـإدارة عالمنا؛ فكيـف الأمر لو كانـت صاحبة الحاجة امـرأة، وليـس لديها مـا تقدّمه؟ وهي إلى الآن لم تتخـطّ أن تكون تابعاً للرجـل، ومهمّشـة، وليس لهـا أيّ دور؛ كما أنّها لم تتحـرّر اقتصاديّاً، ولم تأخذ حقّها، في أن تكون سيّدة نفسها، في إدارة شؤونها الماليّة، أو في التحكّم بما تنجب. كلّ الكلام الذي يُقال بشأن حريّتها، التي منحتها لها العقائد، والإيديولوجيّات، ومنظّمات حقوق الإنسـان حبراً على ورق. لا تزال في طوق العبوديّة، وهذا كلّ ما في الأمر.

عمر البشريّة حتّى الآن عشرات الآلاف من السنين، ولا يزال الإنسان، فـي العالـم الـذي لا يـرى وطنـه إلاّ هناك في السـماء، لا يعنيـه انتماءه لأرض، أو لمواطنة بين الإنسـان، وأخيه الإنسـان، الذي يحمل همّه، في الحياة، وفي الممات".

يأتـي حمـزة مسـاء حسـب موعدنـا لنذهب معاً، ونـزور صديقاً لنا لتهنئته بالخروج من السـجن. كانت رسـالة صديقي المهاجر لا تزال بين يـديّ. يسـألني أن يطّلـع عليها. أقدّمها له. يقـرأ مضمونها بعينيه. كانت ملامـح وجهـه تتغيّر وفق مـا يرد أمام عينيه، ممّا فيها من تسـاؤلات، أو تعجّب، أو دهشة. يرفع رأسه عنها أخيراً:

— إنّ لله وإنّ في خلقه شؤون! كان أحرى بصديقك ألاّ يهاجر. الهجرة ليسـت سـياحة. هي كمن يقتلع شـجرة محمّلة بالثمار، ليزرعها في مكان آخر. ردّ عليه: (الحجر لو بار مكانه قنطار) كما يقول المثل.

في طريقنا لزيارة بدر المفرج عنه نلتقي برمزي. يرافقنا لزيارة بدر. يقول لنا: (كان على بدر ألاّ يكون لسانه طويلاً. خسر من عمره سنتين).

— يريده رمزي دون مبدأ. (يقول حمزة).

— أعتقد أنّهم ضحكوا عليه، وجعلوه كبش فداء!؟ (أجابه رمزي).

— أنت تمسك القصّة من ذيلها يا رمزي. المسألة لها أبعاد، أعتقد أنّك تجهلها! لا يُراد لسواه أن يدخل لعبة ليست له؛ أو الأصح أنّه لا يجيدها. بات بدر فزّاعة غير مرئيّة لسواه، فبعد أن تتسرّب معاناته في السجن، ستكون درساً لك، ولسواك. ما لا يعرفه الصغار؛ (والسياسيّون يسكرون معاً، يكون الصغار يتقاتلون كالكلاب على عظمة. يهدأ قتالهم حين تُنتزع العظمة منهم، وفي الوقت، الذي يُراد لهم أن ينتظروا جولة أخرى. بدر صغير. صغير جداً في اللعبة. إنّه بحجم رأس دبّوس، إن لم يكن أقلّ!).

— يستقبلنا بدر بوجه ـ على الرغم من أنّه كان بشوشاً في استقبالنا ـ كان يبدو عليه شعور غريب سمّه الندم، أو الخيبة، أو فقد شيء ما. كانت ضيافته لنا باهتة. لم يتسرّب من تواجده سنتين في السجن إلّا جملة على الأرجح أنّها أُفلتت منه دون إرادته: (كنت أُعلّق من رجليّ ورأسي إلى أسفل لساعات، بين وقت وآخر).

يقول حمزة بعد أن ودّعناه:

— فعلتم خيراً، أنّكم لم تتناقشوا أمامه بشيء. عادة لا يُفرج عن هذا الشكل من السجناء، إلّا بعد أن يتعهّدوا بالتعاون مع سجّانيهم.

حكايات السجون كبصمة الأصابع، من المحال أن تتشابه، على الرغم من كثرتها، وتكرارها.

بعد عقد من الزمن، يختار القدر لي الصديق حسني. وجدت فيه كلّ معاني الصداقة: الاحترام. الوفاء. المحبّة. كان سجّاناً، وانتقل بناء على طلبه إلى مهمّة مغايرة.

لـم أجد فـي كلّ الحكايات التي رواها لي حكاية تشبه أخرى، على الرغم من تشابه أساليب انتزاع المعلومات من السجين إلى حدّ ما. من حكاياته ما يضع العقل في الكفّ. وما يجعلني لا أنام الليل من الخوف أحياناً.

كان حين تفـرض علينـا الظروف أن ننـام في مكان واحد يسهر بعض الليالي حتّى الصباح، وهو يدخّن، ويغلي الشـاي ويشرب، خوفاً مـن أن يغفو وتطـارده الكوابيـس. كان يحدّثني عـن تلك الكوابيس. مسكين صديقـي حسنـي. تألّمت جدّاً حين افترقت عنـه. إلى الآن لا أعرف عنه شيئاً.

كم مـن سجون في هـذا العالم لا نعرف عنها شيئاً. أقسـى هذه السـجون، هـي الزنازيـن، وأقسـى منهـا، الطائرة، وأقسـى منهـا جميعها، السـجن الكبيـر، الذي هو هـذا الكوكب. كم من البيـوت، وبما فيها من مكبّلين بواقـع تنعدم فيه الحريّة لدرجة الصفر. قد يكون المكبّل امرأة، أو طفلاً، أو حتّى ربّ أسـرة، أو خادماً، أو عبداً. كم من البيوت لا نوافذ لها. لا شمس تدخلها. لا هواء.

لا مجال لذكر اسمه قبل قرن قادم، بسـبب الحساسيّة، التي يمكن أن تؤدّي إلى ارتكاب جريمة. يعرفه كثيرون. أنا لم أستطع مشـاهدته. كان مقيّداً بسلاسل. مربوطاً إلى جسر سقف غرفة خشبيّ. يعيش بأدنى شـروط الحياة. يُعامل كمجنون ليس بالمستطاع السيطرة عليه؛ وهو في الحقيقة خير عاقل، كما يراهن بعضهم. لا بدّ من سبب جعل ابن قريتي هـذا علـى مـدار عقديـن من الزمـن بهذه الحـال. ظلّ السـبب مجهولاً. توفّـي هـذا الرجل، فقـط سـمعت المنـادي ذات صبـاح يصيـح بصوت خجول معلناً نبأ وفاته.

ثمّة آخر، كان سجنه مفتوحاً، لكن عليه أن يجلس من الصباح، وحتّى المساء، على حجر مزروع أمام بوّابة دار ذويه.

كان في عزّ فتوّته، حين غادر القرية، في سنة قحط، ليعمل في لبنان. ما شاهده في (سويسرا الشرق) كما كان يُطلق على لبنان، في أوائل الخمسينات من القرن العشرين، لم يكن يشاهده في قريتنا، التي تلبّستها القرون الوسطى شكلاً، ومضموناً.

حين عاد من بيروت أول مرّة زرته. حدّثني عن أشياء غير معقولة بالنسبة لي، حول حريّة النساء. حول احترام الرجل للمرأة. لم أكن أصدّق. لا شكّ كان يرى بعين واحدة. لبنان كأيّ بلد من بلادنا، فيه أبعد من التنوّع، الطوائف. المتفرنجين. الأصوليّين، من مختلف الفئات.

رأيت ذلك عام 1959م حين زرت أقارب لي في ذلك البلد، الذي لا يمكن إلاّ أن تحبّه، ولسبب لا تعرفه إذا كنت غرّا مثلي يومها. إذ لأوّل مرّة يتسنّى لي أن ترافقني فتاة كالوردة، ونتمشّى سويّة أمام عيون الناس. كم كانت تضحك لي الدنيا، ويدها الدافئة. الناعمة في يدي. كم كنت أذوب في ثيابي، حين تضع يدها على كتفي، ويكاد خدّها يلمس خدّي.

كان يجلس على الحجر ذاته أمام باب داره حين التقيت به لآخر مرّة قبل أن تشتّتنا عواصف لم نكن نحسب لها أيّ حساب. كان قد عاد من بيروت، وخسر كلّ ما ورثه عن أبيه بسبب جشع أخوته.

الأرض كانت ملكيّتها، مثل كثير من عقارات القرية ليس لها ما يثبت ملكيّتها سوى حجج قديمة، كانت بمثابة عقود بيع، أو مبادلة عقار بعقار. أو هبة من أحد الملاّكين الكبار، لمن نزحوا، أو هجّروا، أو وفدوا بقصد العمل كمرابعين، وأجراء، وعائلته كانت من آخر

العائلات التي استوطنت القرية. لم يكن قد فقد عقله نهائيّاً، واللوثة فيـه لمّا تزل في بدايتها.

راح يفنّد لـي الأماكـن التي عمل فيها بلبنان. شكّا. الشـوف، إلى أن استقرّ عمله في بيروت لدى أسرة أرمينيّة، ثم لدى أسرة البيك. قال لي: ما عرفته لدى هذه الأسرة لا يعرفه غيري. البيك رجل له شأنه بين رجال السياسـة الكبار. هو اليـد اليمنى للكبار. لا يسـتطيع أحد أن يعرف أين يكون. في البلد. في بيروت. في دمشق. في مكّة. في حيفا. في عمّان. في القدس؛ لكـن ما لمسـته أنّ سكناه هنا ليسـت لله. ليست لإقامة دائمة، فقد يأتي يوم لا ترى أسرته هنا. لقد ترك خلفه ما يجعل له ذكراً طيّباً. منح عقاراً هنا، أو هناك لوكلائه، أو مزارعيه، وأشاد مدرسة لأطفال القرية، وعمّر داراً، من أجمل دور القرية، وبالحجر ذاته، الذي أُشيدت بـه المدرسـة، لوكيل أعماله الزراعيّة، والمسـؤول عن العمّال الزراعيّين لديه، وعن حصّته من مياه نبع القرية.

بصراحة؛ كلّ مـا فعلته أياديه البيضاء للقرية، سـتجد أنّ خلف هذا الفعل ما سيقوله الزمن: "كانت هنا قرية اسمها الأشرفيّة، وذابت كقبضة ملح في محيط!"

∗ ∗ ∗

‑‑ 16 ‑‑

الريح التي تمرّ من مكان

لا تعود إليه إلاّ في زوبعة!

(...)

"الحنيـن إلـى الماضـي، قـد يدفعـك لأن تنـزع عـن الجـدار صـورة الجوكنـدا، وتسـتبدلها بصـورة لـك، وأنـت طفـل تصنـع سـيّارات مـن الوحـل". يهـلّ أيلـول، ومـا جنتـه المواسـم مـن الغـلال، غـدا فـي كوايـر، وكناديـش بيـوت المؤونـة. خلـت البيـادر تمامـاً إلاّ مـن بقايـا التبـن المتربـة، التـي تؤخـذ لتنشـيف لزرائـب الماعـز شـتاء. نفـرح كأطفـال باقتـراب عيـد الصليـب. نفـرح بـه أكثـر مـن الأعيـاد، التـي يبالـغ النـاس بطقوسـهم فيهـا: عيـد الأضحـى، وعيـد الأسـرار. عيـد الصليـب، علـى عكـس تلـك الأعيـاد، لا ثيـاب جديـدة. لا صنـادل. لا حلويّـات. لا زيـارات للأقـارب، والجيـران. لا يُقـال لأحـد حتـى للأب، أو للأمّ: كلّ عـام وأنتـم بخيـر. لا تقبيـل يـد أحـد. لا إكراميّـة عيـد.

مـع غـروب ليلـة عيـد الصليـب يتجمّـع الأطفـال حسـب أحيائهـم فـي سـاحات البيـادر: بيـدر الشـكارة. بيـدر مقـام الخضـر. بيـدر المحفـرة. تتجلّـى حريّـة الأطفـال بأسـمى معانيهـا، فـي اللعـب، والاسـتعداد لإشـعال النـار المقدّسـة بجمـع كلّ أشـكال الحطـب مـن جـذوع الشـجر اليابـس،

وقشّ اليانسون، والشوك، وعيدان السياج وغيرها، والبحث في كلّ مكان حتّى آخر البراري، عن دواليب الدرّاجات التالفة، أو أيّ شيء من كاوتشوك، حتى كعوب الأحذية البلاستيكيّة، والمطّاطيّة لأنّها تستمرّ مشتعلة لوقت أطول. تتوّج ليلة الصليب بالذهاب، إلى تلّة المصطبة القبليّة، وهناك نكوّم ما نستطيع من كلّ ما هو قابل للاشتعال لنعمل ما نسميه(قبّيلة)، وبظنّنا أنّ العالم. كلّ العالم يرى شعلة الصليب، الذي اخترنا لها أعلى قممنا ليراها.

كان فعل الطفولة هذا يحفّز الشباب لأن يشعلوا نارهم، فيقصدون مرتفعات أعلى، وكانوا يعنّفوننا، ويرفضون اصطحابنا معهم.

كانت تتكرّر طقوسنا هذه كأطفال لا نعرف ما معانيها. لا نعرف شيئاً عنها. كلّ ما كان بغيتنا منها أنّ النار تكتسح ظلام الليل بنورها. كنّا نرى إلى ما هو أبعد، كلّما كانت النار المشتعلة أضخم وقوداً، وأقوى اشتعالاً. كنّا نفرح حين يهبّ الهواء بها، فتزداد ضراماً، وعنفواناً. كنّا نتنافس في القفز من جهة إلى أخرى فوق شعلة النار. البطولة أن نفعل ذلك، حين يأتينا الشباب الكبار، ويقتحمون عالمنا.

ما الذي كان يؤلّف بين العيد، والصليب، والنار، وطقوس القفز فوق النار، مع تشكيلة اجتماعيّة تؤمن بالعقل، والتقمّص، والحكمة، والفلسفة اليونانيّة، وكلّ ما يمتّ بصلة للتوحيد منذ بدء الخلق، وإلى اليوم؟!

الصغار يكبرون. تكبر التساؤلات. أستعيد الكثير من الذكريات، حلوها، ومرّها. أمّا ما يؤلمني أكثر أنّي توقّفت عند قناعات لا تتغيّر لأن لا شيء طرأ عليها كي يجدّدها، أو يغيّرها. أخصّ هنا ما ابتُليت هذه البلاد به من تفرقة، وكراهية، وحقد، والسبب ـ لو

كنّـا نعيـه جميعـاً ـ لكنّا كما السـمن والعسـل مع بعضنـا، كما يُقال. كانـت هنـاك دائماً، وما تزال أيـدٍ خفيّة تلعـب لعبتها، حتّى تظلّ كلّ خيـوط اللعبة بيدها.

من الطفولة وأسرارها:

"بعد عيد الصليب زارنا ـ كما يزورنا كلّ عام ـ خميس الأسـرار. هـو فـي الحقيقـة عيـد للطفولة. يأتي من دمشـق، إلى سـاحة العيد باعـة الطيّـارات الورقيّـة، وغـزل البنـات، و(حلّـي سـنونك يـا ولـد)، والخـرز الملـوّن، وبلابـل اللعـب، والمفرقعـات البدائيّـة بالمقايضـة غالبـاً. نعطيـه فـي خميـس الأسـرار البيـض المسـلوق المرُاهـن عليه بالمكاسـرة سـابقاً ـ مقايضة ببضاعتهم.

أمّ تيسـير، هـي الوحيـدة التي تتاجر فـي العيد بحلويّـات من صنع يديهـا، وببعض مـا يكون قد جلبه لها زوجها الحارس الليليّ في المدينة استعداداً ليوم العيد.

بدافـع حـبّ الحيـاة، والتعلّق بما في الماضي مـن جماليّات، نحمل الطفولـة معنـا إلـى السـرير الأخير، كتميمـة تنقذنا من خيبـة، أو عثرة. كم نسـتنجد بها حتّى نؤجلّ اليأس، أو نطرد كوابيس الهرم، والشـيخوخة المبكّـرة. كمـا أفعلهـا الآن. لا تزال الطفلة التي ــ لا أدري من منّا تعلّق بالآخـر أوّلاً ــ ضيّعـت أختها الصغرى في زحمة العيد، وقيل لها سـرقها الغـول، وصدّقـت. تعبـر مخيّلتـي كلّما رأيـت طفلة مجروحة المشـاعر، ولا تقطـع طريقهـا فيهـا قبـل أن توقـظ ما كان قـد غفا منذ أسـرار ذاك الخميس، وللحقّ يجوز عليه اسـم عيد اليانسـون، لأنّه لولا موسـم هذا النبـات، ومـا يـدرّه من دخا ماديّ، لشـراء ثيـاب العيد، وحلوى سـيكون يومه مثل أيّ يوم آخر.

تتباعـد تلـك الأيّـام في الزمن، وتخلّـف في قلبينا حبّاً صامتاً اسـتمرّ حتّى تزوّجتْ، وطوينا معاً صفحة ليس لنا الحقّ بها.

طفلـة أخـرى انكسـرت كصفصافـة غضّـة. كانـت جدّتها تسـرقني، وتسرق ابن عمّتي أيوب، من بين الكلّ، لتعطينا بعض الشهد، والعسل يقطـر منـه. كم رأيت تلـك الطفلة تتفرّج عند جدّتهـا، على خلايا نحل صنعتهـا الجـدّة مـن الطيـن. شـاهدتها ذات مـرّة تبكي إثر لسـع نحلة لهـا. بكاؤهـا هـذا، كان صفراً أمـام بكائها في (جلوتهـا) كعروس بعمر عشـرة أعـوام. كنّا نلعـب في عرسـها بالطمّيمة بين النسـوّة، وهنّ في (الهوليّة)، ونتسـلّى بعقد الشـالات المتدليّة حتّى خصورهنّ، لتنحسـر عـن رؤوسـهنّ، ونضحـك. كانـت العـروس تبكي. لـن أسـمّيها؛ فحالتها تشـبهها حـالات كثيـرة، فـي قريـة ــ كل مـا يحـوم حولها من شـبهات دلالـة علـى أنّهـا سـتفقد هويّتهـا كقرية ـ تذهـب العـروس إلى بيت عريسـها، وهنـاك لـم يطـل بها الأمـر حتّى تغـرب شـمس طفولتها. لم تكن المهرة بحجم الحصان. بعد عشـرين عاماً تُشـحذ الألسن بسيرتها، وسـيرة موتها، وسيرة سواها.

سـيرة أقـرب المقرّبـات لنـا، وكيف أعادوهـا ليلة زُفّت لعريسـها. صرخـت حيـن دخلت بوابـة داره: " هذا بيت ابني. لـن أتزوّج ابني. تعالـوا أدلّكـم أيـن خبّأت له مصاغي ليرثـه. كلّ زاوية في هذه الدار لـي فيهـا ذكـرى". كمـا أتـوا بهـا أعادوهـا إلـى بيـت ذويهـا، لتنطفئ حكايتهـا، مـع حكايـة أكثـر مـن طفلة، وصبيّـة، وامرأة، عاشـت جيلاً مـن قبل كهذه العروس!

.. ويحـدث أن تُـرشّ البهارات، على بعضهـا. فلفل الكذب، أو حبّ هـال التباهي، أو كمّون الخـوف؛ وكما يتمّ تزوير أحداث التاريخ تُزور

الحكايـات، فتغـدو أبشـع، أو أجمـل. تكـون لهـا ديمومـة البقـاء، فـي الزمن، أو لا تكون، لا رهان عليه. السـيل جارف، وأنياب الزمن تطحن الحجارة. كلّ ما في الأمر، أنّ أحداً مهووساً بالدخول، من بوّابة التاريخ الخلفيّـة، أو مـن شـقوق أبوابـه التالفـة، أو يُغافـل حرّاسـه، ليـدوّن ما تقولـه النجـوم للقمـر، في ليلة صافية، ما يبقـى للذكرى، ولنايات رعاة لمّا يُولدوا بعد.

للأعراس أسـرارها. بعضها يسـهل البوح به، وبتجلياته، وبعض الأسرار لم تتقادم مع الأيّام، ليكون لك الحقّ بذكرها.

كـم كانـت الطريق إلى لبنان قصيرة عند خالي. سـيراً على قدميه ليـزور عروسـه أيّام خطوبتـه. إنّـه الحـبّ؛ الحـبّ وحـده مـا يجعـل للحياة معنى.

خالي الثاني، أحبّ قريبة عروس خالي الأوّل. إنّه الحبّ أيضاً. أعرف قصّة هذا الحبّ.

وكنـت فرحـاً بزواجه هذا. لم أكن أفهم ما معنى بيت الشـعر، الذي كان يـردّده:(لبنـان جنّات النعيم وما نُبّئت أنّ نعيم الخلد لبنان). عبث بشعري، وقال:

— غداً تأتي عروس خالك. الجنّة على الأرض يا خال أيضاً!".

ليس أجمل من حروب الحبّ الصغيرة في هذا الكوكب!

السـوناتا التـي لـم تكتمـل عنـد آخـر، كانـت ذلك الحـبّ الطارئ بيـن صديـق مهاجـر، ومـع فتـاة أتـت مـن لبنان، مـع ذويهـا لحضور عـرس لأحـد أقاربهم. لم تكتمل لأنّ (ما هو مقسـوم لسـواك لا يمكن أن يكـون لـك، أو العكس) القـدر هو الأقوى بلعبة وجودنا. لسـنا إلاّ مسـيّرات صغيرة بيده.

هكذا تقول الوصايا. والمرايا، والألواح، والنجوم؛ وعلينا ألاّ نسير خلف رغباتنا، أو نصدّق أحلامنا، وما تقوله لنا الفلسفة، والتكنولوجيا. علينا أن نكون كبغال النواعير، في لعبتنا مع أقدارنا!

أختم الحكايات التي بعدد حبّات الرمل، في صحاري الأرض بقريب لي. تمّت خطوبته لابنة عمّته من القرية. جمالها لا يضاهى. تقول للقمر:(اذهب إلى النوم لأجلس مكانك، وأنير هذا الليل).

يغادر قريبي القرية، ويقصد لبنان للعمل. تكون معه في العمل بفتاة بعلبكيّة تساعده، وتغدو عروسه، وتعيش معه في القرية كأبهى زوجين.

يخطئ من يقول أنّ العمل المشترك لا يصنع الحبّ.

الحبّ مثل الكيمياء بتفاعلاته.

أحسب أنّ أخلاقيّات العمل هي التي تفرض وجودها على حركة التاريخ.

* * *

— 17 —

أقدامك لا تبالي

بما تتركه على الدروب من أثر!

بين الحبّ، والمحبّة خيط رفيع يصل بينهما؛ لكنّه سرعان ما ينقطع، حيـن لا تعترف المحبّة، بأفعـال العشّـاق، وهم يسـيرون فـي طريـق غرائزهـم، كما أنّ العشّـاق يرون بالمحبّة فضـاء لأجنحتهم. يحلّقون في عوالم الفنون برومانسيّة يتيح لهم الحبّ، والذوبان في تجلّيات الجسد حتّى الجنون، ويأتي دور الطبيعة، لتُسرق حالتيّ المحبّة والحبّ لصالح ما تبدعه من جمال، في كلّ مفردات لغتها.

لا عجب بقرية تذهب إلى المدينـة لتعطيها نعناعهـا، وقمحهـا، ويانسونها، وحليـب ماعزهـا، وقشطتها، وشمندورهـا، بـدلاً مـن تأتي المدينة إليها. المدينة هي التي تحدّد أسعار منتجاتها. ضرائبها. تختار لهـا مـا تزرع، حتّى الخشـخاش، والقنّب (لتنويـم المواليـد الجدد حين يسـتبدّ بهـم البكاء) كان عمّي ــ وغير عمّي ــ يزرعون الخشـخاش بين نبـات اليانسـون، لأنّ زهـر النباتيـن متشـابه إلى حـدّ ما، حيـن يفتّح في الربيـع؛ فلا يلفت نظـر الوشـاة، أو يسـمح لأصحاب الألسـنة الطويلة، أن تفشـي مثل هذا السـر. الخشـخاش من الممنوعات؛ لكن هناك فئة في المدينة تطلبه بقـوّة، كما يطلب الفقراء أقراص الفلافـل. كذلك يُزرع

القنب في قرى أخرى من ريف دمشق، لتغطية الحاجة لصناعة الحبال، وأمراس شباك المحاصيل، وأرسان الدواب. مرخّص قانونياً لهذه الأغراض، أمّا وجهه الآخر، فهناك من يسوّقه لصناعة الأدوية المخدرة، أو لصناعة مخدّر يتعاطاه المدمنون سرّاً.

حدّثني مهنّد الذي يعمل في ملهى ليلي عن روّاد مدمنين، وأنّه ابتلي مثلهم، ولكنّه شفي بأعجوبة؛ اشترطت عليه بنت من القرية أحبّها بجنون أن يقلع عن الإدمان، فنجح مرّتين بالتخلّص من آفة الإدمان، وبالحبّ. لكنّه أدمن شراب اليانسون المغلي، وتلك ليست نقيصة.

بعد أن كبرنا قليلاً، وصرنا من روّاد المدينة للعمل فيها، واكتشافها، أنّ عمل مهنّد في ملهى كان عن رغبة للتعويض عمّا يكبته في داخله حيال النساء، وما فيه من مسرّات، أكثر من أيّ عمل آخر، بعد أن جرّب أكثر من عمل؛ ففيه ترى كلّ شيء مقطّراً، ومعتّقاً، ومخمّراً، من النساء، إلى يانسون القرى! ..

دمشق لم تكن حلم طفولتنا فحسب، بل حلم أهلنا، وأجدادنا، حتى وحلم الأعداء الغزاة.

بعقول فراشات ذهبنا إلى المدينة. مدينتنا الأثيريّة منذ نزح إليها جدود جدودنا إليها، فسكنوا القسم الجنوبيّ منها، وأطلقوا عليه اسم صنعاء الشام. لكنّ المدن كالأنهار، لا تظلّ على حالها. تأتي الشتاءات، وتحمل إليها ما راكمته الفصول من غبار. تتلوّث إلى حين، أو يداهمها سيل، أو طوفان، ويتغيّر الكثير من السائد، أو المستقرّ فيها. ويظلّ ما تغيّر علامة لأزمنة قادمة.

لا ندري عن الدماء التي اختلطت بدمائنا منذ امتدّت عروق جذورنا فيها ـــ ربّما كنّا مرغمين على ذلك ـ ليستقبل الإله حدد

أوائل القادمين إلى الشام في أزمنة غابرة ـ يفتح صدره. يمنح بركاته، والأرض لهم. ما يقوله الزمان عن دمشق، وما ابتُليت به عبر العصور، جعل منها القدّيسة الأبديّة لنا، ولو أنّ طفولتنا لم تدرج في أزقتّها، وحواريها، وشوارعها، وساحاتها. لم تقطف نارنج حدائقها. لم تعبث بماء بحيراتها. لم تشمّ وردها الجوريّ، وياسمينها المعرّش على جدرانها.

تدخل طفولتنا دمشق ببراءة. تعلق بخيوط رفيعة، لكنّها متينة. وتمتّد طويلاً كخيوط الذهب، ولا تنقطع.

أحد الداخلين أنا، الذي غدا حبّه لفتاة حيّ الورد فوبيا استوطنت رأسه، واحتلّت عقله، ولم تفارقه لا في النهار، ولا في الليل. آخر النتائج التي توصّل إليها، أنّ الحبّ دون وصال جنون ـ كما هو واقع الحال معي ـ وبوصال ليس حبّاً، فالمرأة التي يرسمها الحبّ لتسكن المخيّلة تختلف ألف درجة عنها في الواقع.

رسمت مخيّلتي لي بعدها صورة لمغنّية، وكأنّها حوريّة بحر. لم يكن أمامي للوصول إليها إلاّ أن أكتب لها أغنية، وأحصل على عنوانها بواسطة صحفي مهووس بالكتابة عن أخبار النجوم. لم يكلّفني الأمر إلاّ ثمن فنجان قهوة، في مقهى البرازيل بدمشق.

لم أُوفّق بهذا المسعى. (فرط الحبّ كما يقول أهل الشام. .!)، كانت سيّدتي ترقص ديسكو. أقرع جرس المبنى. تُفتح بوّابة قصر كالكهف البوهيميّ، وكلب خلف الباب يهرّ، وتظهر مطربتي ـ قنبلة الموسم ـ في عزّ الشغل، ولم أبصر شيئاً.

لا أدري سوى أنّ الديسكو يرجّ المبنى. الجدران. الشرفات. الطرقات. وفوقي. تحتي، وأمامي. خلفي ديسكو، وتخور قوايَ،

وأعصابي. أتشظّى كزجاج مكسور، في عرض الشارع. تُختتم اللعبة بالتوبة حتى آخر لحظات العمر، عن الحبّ المأمور، وعمّا تصنعه الأهواء بنا، في لحظة طيش، وغرور.

مع ذلك، فعلى القرويّ مثلي، أن يتوقّع الوقوع بالخطأ كلّ لحظة، وإلاّ فلن ينجو من عاقبة وخيمة. بعد أن تسلّطت عليّ محنة الكتابة، زرت صحيفة تنشر كلّ أسبوع قصّة العدد. سلّمت رئيس التحرير باليد قصّة، وبعدها أرسلت له بالبريد ثلاث قصص. انتظرت طويلاً، ولم تنشر أيّة قصّة لي، فرأيت أن أزور رئيس التحرير، للاستفسار عنها. سأقول له:

— "سلّمتك باليد قصّتي " بيتك يحترق يا جحا " منذ أكثر من عام، وأرسلت لكم بالبريد ثلاث قصص " العالم يسير إلى خلف " بنات اليانسون " و " أميرة أنا بلادها " ما مصير هذه القصص؟"

كان مكتبه يغصّ بالزوّار حين وصلت. جلست بعد السلام عليهم. من حسن طالعي أنّ الزوّار خرجوا بعد دخولي مباشرة. صورة طفلته تنظر إليّ ببراءة، من تحت بلّور طاولته. عيناه ترصدان خلسة تعبيرات وجهي. عرقي غزير على الجبين. بحثت عن منديل ورقيّ في جيبي، فلم أجد. سارع، ونسل منديلاً من علبة على يمينه. تشاغل بترتيب أوراق، وملفّات، وأنا أنتظر حتّى يبادر بالكلام. لم يفعل. سألته:

— ما مصير نصوصي يا رجل؟ لا أحد يعلم عنها شيئاً إلاّ أنت، وعقلك الباطن، ودرج طاولتك، أو خزانتك. أو سلّة مهملاتك!؟

يرنّ جس هاتفه. (يرفع السمّاعة، كما لو أُفلت من فخّ):

— ألو. أهلاً يا صديقي... لا. لا. لا أنا لا أنسى شيئاً. كلّ شيء مبرمج في ذاكرتي. أجل. انتظر مقالتك في العدد القادم. أكتب لنا دائماً.

إذا أخذ العالم برأيك، سيضع حدّاً لكلّ ما يجري من أخطاء، في هذا الكوكب! (نظرتُ من النافذة. كانت شمس أيلول صفراء باهتة.) ألو يا صديقي. لندن مصرّة على الخروج من الاتحاد الأوربيّ. أجل. العالم الثالث يبلع السكّين. هذه. لا، إنّك تبالغ قليلاً. ألو. ارفع صوتك قليلاً. يبدو أنه انقطع الخطّ.

يدخل المستخدم. يقف أمامه كما لو كان يحيّي العلم!

— أنا لم أطلبك!

ينظر المستخدم إليّ بانكسار، وينصرف بذلّ.

يرنّ جرس الهاتف. يسرق الوقت الذي يسبق الردّ:

— إنّني أنتظر نتاجك منذ مدّة يا صديقي (بدأت المكالمة. فهمت أنّ امرأة تحادثه، على الرغم من استبداله صيغة التأنيث بالتذكير. تعمّدت عدم المبالاة، وعدم الاكتراث. رفعت جريدة يوميّة كانت في يدي. فردتها، وأوحيت له أنّني أتصفّحها باهتمام) إنّ ذاك الرجل ليس مخيفاً إلى ذلك الحدّ.(يقصد زوجها).. الشاليهات تحلّ المشكلة في الصيف فقط! هل ستكتب الزاوية ليوم غد؟! (تجمّدت أصابعه على السمّاعة. امتقع لون وجهه. وضع السمّاعة بهدوء، وراح يقلّب أوراقاً بشكل لا إراديّ. نهض ودار حول الطاولة، ثم رشف من كوب ماء كان أمامه جرعة. حاول أن يرخي ربطة عنقه. أحسست به يختنق.)

يرنّ جرس الهاتف. ينظر إليه غاضباً، ولم يأبه للرنين:

— الهاتف مشكلة المشاكل. (قال موجّها الكلام لي). يجب أن يتفرّغ المرء للردّ على الهاتف يا أخي. ماذا يحدث لو لم يُخترع مثل هذا الجهاز المزعج؟!

يتوقّف الهاتـف عـن الرنيـن هنيهـة، ثـمّ يعـاود. يرفـع السـمّاعة علـى مضض، وقد بدا نزقاً بعض الشيء:

– ألـو. أهـلاً. أنـت أحسـن محاسـب. أنـت لا عليـك مـن حيثيّـات لجنـة المبايعـات. إنّي الآن مشغـول. اتّصل فـي وقت آخر. (يضـع السـمّاعة بنزق):

– أفّ ياه!

رفعت سبابتي كتلميذ:

– أتسمح لي يا أستاذ بالحديث إليك قليلاً؟ إنّ قصصي.

يقاطعني:

– قصصـك مهمّـة لدينا. لكن تزويدنا بهـا، يأتـي دائمـاً في الوقت غير المناسـب. محرّرونـا أكثـر مـن الهـمّ علـى القلـب. كمـا أنّ للإعلان الأفضليّة. أرجل الصحف هي الإعلانات، ولا تسـتطيع السـير دونها. المـادّة الوحيـدة التـي تفـرض نفسـها هـي الكلمـات المتقاطعـة. عشـرات الهواتـف تتّصل بنا، حين تغيب هذه الزاوية. محرّرها هو الأكثـر دلالاً. هـو الوحيـد الذي لا نسـتطيع أن نقرّعـه علـى الخطأ. إنّنا الآن على أبـواب الشـتاء، وحياكة الصوف. هذا يعنـي أنّ نصف المتابعيـن للكلمـات المتقاطعـة سـنفتقدهم! أنـت صديـق قديم. بصماتـك فـي الأدب والصحـف لا تخفـى علـى أحـد، وأنـت تدري بـأنّ زاوية "أبراج الحظّ" أخـذت تحتـلّ المكانة الأولى في الصحف والمجلّات. هي ليست للتسلية فقط، والمحرّر الذكيّ من يستطيع أن يبعـث الراحـة والطمأنينة، في نفوس القرّاء. المشـكلة، هي أنّ المحرّر المطلوب موجود لدينا؛ فكيف أسـتطيع أن أسـاعدك؟ فكّر معي قليلاً. أنا أقدّر حاجة كلّ منّا لدخل إضافيّ. وجدتها. وجدتها.

التوسّع بالأبراج قضيّة مهمّة. ماذا لو جعلت القارئ ينتظر أملاً كان مفقوداً، أو ضائعاً؟ حبّاً كان كامناً، أو خائباً؟ فكّر بذلك جيّداً. تناول برجاً ما كلّ أسبوع، ومرّة للرجل. مرّة للمرأة. مرّة عن الثروة. مرّة عن الحبّ. مرّة عن الجاه. مرّة عن المستقبل.

فإذا كنت موافقاً على ذلك. إنّنا الآن في أيلول. ابدأ بمواليد هذا الشهر.....

(انتبه إلى أنّني أنظر إليه باستهجان، وسخرية. تابع متلجلجاً): هـهْ تذكّرت. لك في هـذا لدرج الذي سيأكله الـدود. عفواً السـوس. قصّة: (بنات اليانسون) عفواً (فرس أنا خيّالها). أووه. لأ (أميرة أنا بلادها) يفتح الدرج مرتبكاً. يخرج من الدرج أوراقاً شتّى:

هـاك القصّة. ضع عنواناً آخر لهـا، وليكـن (بلاد أنا أميرها) ههْ، وهـذه قصّـة (بنات اليانسـون). ليكن عنوانها (نبات اليانسون) وعلى الرحب والسعة!!

* * *

"نحن مهدّدون بالمعاناة من ثلاثة اتّجاهات

من جسمنا المحكوم بالاضمحلال

ومن العالم الخارجيّ الذي قد يهاجمنا

بقوّة دمار ساحقة لا ترحم

وأخيراً من علاقة بعضنا ببعض

والمصدر الأخير

هو المصدر الأكثر إيلاماً من أي مصدر آخر".

(زيغموند فرويد)

- 18 -

إنّها عتمة آخر الليل

قريباً يبزغ الفجر

الخيبة ممّن لا تستطيع أن تعتمد عليهم لتحقيق دخل يحافظ على كرامتـك، تجعلك تعود إلى المحطّة التـي انطلقت منها لتكون أجنحتك قادرة أن تحملك لتطير.

عدت، وفي ظنّي أنّ كلّ العقول تشتغل دون أنانيّة، أو جشع؛ فيوم طردنـي صاحـب العمـل دون ذنـب. شـغّل سـواي بأجرة أقـلّ. هذه كلّ الحكاية. كان الوقت مسـاء ذلك اليوم، الذي لوّح يده بوجهي، ولم تعد لي أيّة قيمة بنظره. كلّ الجراح التي يسبّبها المال ـ بالنسبة له ـ يجب أن تندمل ببساطة، ودون أن تترك ندوباً. المال إذن، هو السبب!

.. ألفيت نفسي في مركز المدينة. أدور كبغل الناعورة في محاوره: الريح تعول. الرعد يزمجر خاطفاً الضجيج، والزعيق من الشوارع. وجدت نفسـي أمـام بـاب سـينما دنيا. دفء مشـبع برائحـة الناس يندفـع منه، ويلفـح وجهـي. يتزاحم الوافدون إذْ راق لهـم الفيلم، أو لتزجية الوقت!

" عصابـة كوبـوي روّعت المدينة بجرائمها؛ إلاّ أنّ البوليس كان أقوى ـ كما في كلّ الأفلام ـ فأجهز على أفرادها بمسدّسات لا تخطئ، ولا تنفد طلقاتها، وعاشت المدينة آمنة!".

لـو خُيّـرت في تلـك الليلة بين مشـاهدة الفيلم، وبين كسـرة خبز، لاخترت الكسرة. كانت معدتي تعلك نفسها. بطني تقرقر جوعاً، وبرداً.

أهـمّ شـيء فـي الدنيا ـ بالنسـبة لي ـــ أن أجد مكانـاً ألجأ إليه. أقضـي الليـل. جيوبـي فارغـة، لكنّهـا تحمي يديّ من لسع بـرد ينخر فيهـا، وفرائصـي ترتجـف. اختلـط علـى أعصابهـا البـرد، والخوف من المجهـول. تصـوّرت أنّ كلّ تيّارات الهواء، التي تعبـر المدينة، تتجمّع لتمـرق من رجلـيّ بنطالي. جيبه اليمنـى مثقوبة. كنت أمرّر أصابعي منهـا لأقيس حرارة جسـدي. مسـامات جلدي مفتوحـة للهواء المارق كالسـهم نحـو مضخّة القلب. كان صاحـب العمل قد أقفل الباب قبل أن آخـذ بلوزتـي الجلديّـة ـــ التي أخلعها عـادة، حين أبـدأ العمل ـ وفيها مـا تبقّى من أجرتي.

ما زلت في مركز المدينة.

العاصفة تشتدّ. حبّات البرَد تسقط. تتقافز. تلسع كشظايا الزجاج... لاح لـي صاحـب العمـل. لاح المـكان، الـذي كنـت أعمل فيـه عنكبوتيّاً بـارداً، بعـد أن كان ملاذاً دافئـاً، تكدّ فيه طفولتي من مشـرق الشـمس، حتّى آناء الليل. أتسـجّى معه.

أفـرد بطّانيّتـي، التي صبّ عليها صاحب العمـل كازاً، حين اعترضت علـى تخفيـض أجرتي، وأحرقها في عرض الشـارع، وما من مجير، سـوى امـرأة عجـوز تحسـبها من أزمنـة غابرة. كنـت أفرد البطّانيّـات في قلب طاولـة التفصيـل، وأنام. مذياع مشـغله خشـبيّ كبير، مـن ماركة (باي). يعمل ببطّاريّة مائعة. يمتدّ منه (أنتين) إلى السـطح. يُسـمعني الأغنية ثلاث مـرّات فـي اليوم، علـى الأقلّ. كنت أمتلك (سـحّارة) صغيرة، أدّخر فيها بعض المعلّبات، وما يتبقّى عنّي من طعام.

تحوّل الشارع إلى بحيرات صغيرة قذرة. صفعتني موجة هوائيّة، وطرشتني سيّارة، نظّفت وجهي ممّا التصق به.

البرد ينسلّ في عظامي. الجوع يفسح معدتي للهواء. الأشداق المربّعة الأكولة النهمة، على جانبيّ الشارع مقفلة بإحكام، على كنزات، ومعاطف، وفرو، ومدافئ، وكعك، وكنافة، وهرّاسات، ومثاقب، ومناشر، ومسامير. تفتحها أيدٍ ملساء كلّ صباح، لتزدرد بنهم فظيع، وتحوّل كلّ شيء، إلى رزم أوراق نقديّة. شيكّات. سبائك. معدتها متينة تمضغ حتّى الحجارة، والتراب... أحوووح. كوّرت كفيّ. تارة أنفخ فيهما. وطوراً أمسح ما يصبّه جسدي عبر الأنف. اللهاث. الركض. الأقدام. السواعد. الأدمغة. التأوّهات. التوسّلات. الدموع. الأعصاب المحترقة، كلّها مشدودة بجنازير غير مرئيّة، إلى ما في هذه الأشداق، من صناديق حديديّة، يمتد عصب الحياة، منها، وإليها؛ فغدت سيّدة، الرغيف، والطفولة، والوردة.

بات لي هدف واحد؛ مكان ألوذ فيه. لست في قرية لأطرق أيّ باب. هنا الأبواب كأبواب القلاع. النوافذ أيضاً. للنوافذ أربعة مصدّات: البلّور المحجّر. الستائر. المشبّكات الحديديّة. الأباجورات. لن ترى بصيص ضوء منها. حبّة ضوء لا تفلت إلى الشارع. رائحة إنسان لا تشمّ منها. أودّ أن أطرق أيّ باب، وأعرف أن ذلك كمن ينطح صخرة؛ أُحكمت حتّى لا تسمع ـ منها وإليها ـ صرخة، أو استغاثة.

ليس غير صديق الطفولة مهنّد ابن قريتي، الذي جرّته المدينة، من شعره ليعمل في أحد ملاهيها الليليّة، ويعود كلّ يوم جمعة مدوزناً بربطة عنق، وطقم ليقضيه مع أهله في القرية. هو أوّل من اصطدم بشيخها. قال له الشيخ، حين شمّ رائحة غير رائحة اليانسون،

بـل رائحـة نبيـذ مخالطـة لغيرهـا من روائح: كـفّ عن الخمـر، إنّه من رجس الشـيطان. خشـيت من غضب الشـيخ، فيما لو علم أنّي قضيت ليلتـي، فـي ملهـى مهنّد. قلت في سـرّي: ما زلت ابن أربعة عشـر. لن يحاسـبني أحد. سـأدخل الملهى. أطبّ وجهي على طاولة فيه، وأغفو. وقلـت: لكـن الوسـن لا يقتـرب مـن جائـع، أو بـردان. أو خائـف. لا . سـأنام! تأتـي مع الجـوع، والبرد، والخوف، ملائكة تسـتبدل الكوابيس، بالأحلام الجميلة!

مررت بباب سـينما أخرى. رجل تكساسـيّ من ورق في الواجهة. قدماه معلّقتان في فراغ. مسدّسـه مصوّب نحو الشـارع. قبّعته ترتفع عنـد الطابـق الأوّل. مـا زال كما رأيته في النهار. المطـر لم يؤثّر فيه، فهو مشـدود بشـدّة، إلى الجدار. محميّ من الأعلى برفراف إسـمنتيّ عريـض. توقّفـت قلـيلاً عنـد سـاقيه. انتبهـت إلـى أن جزمتـه تحاذي وجهـي، وسـوطه فـوق عنقـي، فتابعـت المسير، إلى مـكان لم يكن بحسباني.

يـكاد ينتصـف الليل. من يصدّق أنّ طفلاً يرتاد ملهى ليليّا؟! لا شـكّ أنّي سـأُطرد من قبل البوّاب!

— ماذا تريد يا ولد؟ سألني البوّاب. قال مستدركاً بلؤم: هه! أنت الذي سرق بطحات العرق أمس!

سـيطرت علـى أعصابي تمامـاً. قلت: لا وقت للمزاح الآن. أرشـدني إلـى مهنّد، الذي يعمل هنا!؟

— مهنّـد. هو في الداخل. (وبدا متخليّاً عن فكرته).

مهنّـد يقـف مع امرأة متبرّجـة، في مكان خافت الضـوء. أراهن أنّ زوجها لا يعرفها لو رآها... هذا هو الجوّ الرومانسـيّ، الذي أسـمع عنه

إذاً! مرّ رجل بدشداشة بيضاء. رائحة تشبه رائحة اليانسون تفوح منه. لا شكّ أنّه (العرق) الذي أسمع عنه أيضاً!

الدفء ينساب في ثيابي، وعظامي. فوجئ مهنّد بي. تصافحنا.

– يداك باردتان. أتريد شيئاً!؟ قالها بحنوّ بالغ. شممت رائحة عشب، وعلّيق، وبابونج برّي، ونعناع، وزيزفون. سطعت أقمار طفولة عذبة. تلجلجت:

– أريد أن أقضي ليلتي. لا مكان أبيت. (تصاعد صوت الموسيقى قليلاً. توتّر. بدأ الملهى يدور بي. يتشقلب. الزبائن يتصادمون كالبراميل. تذكّرت الطريق إلى الباب. كانت عيونهم تطارد النساء. قالها مهنّد. لم أكن أتوقّع ذلك:

– لكن هنا ملهى، وليس.... هنا رقص، وأرتيستات، وسكارى، و ...

سقطت ورقة التوت.

براغي رأسي تتساقط. رجلان بجلّابيّتين بيضاوين يجلسان، إلى طاولة قريبة. أحدهما يحدّق بي. الأخر يصفّق. جرى مهنّد نحوه كالأرنب. انحنى. صفّق آخر. انحنى نادل آخر. نادل ثالث ينحني. تتالى الانحناءات.

يمرّ مهنّد من أمامي، وعلى يديه صينيّة عليها بطحات عرق. يفتحها. تفوح رائحتها المختزنة في المكان. يفوح عبير اليانسون، في رأسي. والبنات يحملن أغماره الخضراء، إلى المسطاح لتجفّ تحت الشمس.

نسي مهنّد، أو تناسى ابن قريته. من أحدّث عن حالة الطقس في الخارج؟ عن ثيابي، التي لا تتيح لي أن أقضي ليلتي، في الشوارع!؟

الدفء يتوقّف عن السريان، في جسدي!

عجلات السيّارات تمحو آثار أقدامي. أتقافز كريشة. وجه مهنّد يهرب منّي. الأبنية تحاصرني. توقّفت عند إحدى الزوايا. صرخ أحدهم من مكان معتم:

— لصّ! ابقَ مكانك، أو أقوّصك!

يظهر. كان حارساً ليليّاً. يتمازج الارتجاف بوافد جديد، الخوف. ركبتاي لم تعودا تقويان على حمل جثّتي الصغيرة. يهرول نحوي بخفّة. يهزّني. تلاشيت بين يديه الغليظتين.

— أنا بعرضك...

سردت له الحكاية. صدّقني. كان طيّباً. لم يجد سبيلاً لمساعدتي، إلاّ أن يدلّني على حارس من قريتنا. أوردت اسمه في معرض التحقيق معي.

— أبو ذياب صديقي. رجل جدع. مكلّف بحراسة أحد محاور مركز المدينة. يعتمدون عليه. (لاح لي بستانه الصغير المهم، وحقول اليانسون التي كان يعنى به، وخيمة دقّ اليانسون، التي كانت مضرب مثل لجمالها. حقله المبوّر. كلّ الحقول البور).

أغرت أصحابها الواجهات الزجاجيّة. الفساتين الهفهافة، على ندرتها. رجال يفكّرون كالفراشات، فاستقطبتهم الأضواء السرابيّة.

يخلع أبو ذياب معطفه، ويدثّرني. يشعل أحطاباً كان قد ادّخرها. كانت مبلّلة. النار تشتعل بصعوبة. يسألني متألّماً:

— لماذا تركت أهلك!؟

تصفر أسلاك الهاتف. تعوي الريح في دمي. المطر كالميازيب.

الريح تطفئ النار. أرتجف من جديد. أبو ذياب ينفخ الجمرات، التي تنوس. النار تُبعث حيّة.

– وأنت لماذا تركت!؟

أمّ ذياب لا شكّ تحضن صغارها، في هذه الليلة العاصفة، وأبو ذياب يحضن هذه الأشداق المربّعة الشكل.

يقطع الشارع رجل مخمور. توقّف. تفوح منه رائحة عرق مطعّمة برائحة يانسون. حدّق بنا طويلاً. سأل الحارس:

– أمن هنا الطريق يا خال؟!

جاءت دوريّة، وحقّقت مع الحارس، عن فحوى وجودي معه ...!

– إنّه ولدي يا ناس! (شتم. لعن. لم يتخلّ عن موقفه):

– سيبقى هنا، ولو أطبقت السماء على الأرض!

توجّه نحو برميل النفايات. أفرغه. نظّفه. دحرجه نحوي. خلع المعطف المشمّع، وفرشه، على الجدار الداخليّ للبرميل، وجعل فوهة البرميل قريبة من موقد النار. لفّ قدميّ بلفحته الصوفيّة. نفخ في النار. عكس اللهب بريقاً حميماً.

حدثّني عن حكايات ليل المدينة. عن الأشقياء. عن اللصوص. عن السكارى.

طار النعاس من عينيّ.

نفد الحطب.

حرّك الرماد بإصبعه. شعّت بعض الجمرات.

راح يفتّش جيوبه. وجد بضع أوراق. حدّق بها مليّاً. أخرج محرمة قماشيّة بيضاء. ألقى الأوراق، والمحرمة إلى الجمرات. ارتفعت خيوط من الدخان؛ ثم حدث اشتعال لم يستمر إلاّ للحظات.

أخرج ورقة صغيرة (من الورق المقوّى) من جيبه الداخليّة. حدّق بي مبتسماً:

— هذه، لا!

عـدت أرتجف من جديـد. أخرجني من البرميل. كان حديد البرميل
لا يـزال دافئـاً (عرفـت فـي كبـري كيـف تخمـد البراكيـن!). وددت في
سـرّي، لو أدحرج البرميل، في الشـوارع، من أجل أن تسـتيقظ المدينة.
حـدّق الحارس في الأفق، وقال بلهجة واثقة:

— إنّهـا عتمة آخر الليل. قريباً يبزغ الفجر.

٭ ٭ ٭

⟋ 19 ⟍

القيامة، ونهاية العالم!

لأنّ مصير اليانسون، ورحلته تنتهي إلى أن يُقطّر فيصبح من عائلة الخمور، سيكون دون شكّ أحد الأسباب التي تقود الإنسان إلى آخرة غير محمودة. إلى جهنّم، في عرف الأصوليّين المتشدّدين بإيمانهم، وعى هذا الأساس يمكن لأيّ منهم أن يطلق حكمه على غيره حياله.

ودائماً هناك الخوف من الأخرة، الذي يترصّد الجميع.

فكم خذلتنا براءتنا، وعقول الفراشات الساكنة رؤوسنا صغاراً وكباراً، وكم من المقولات الأخرويّة تسيطر على ما يجب أن نقتنع به، وتكون له الطقوس حتّى الدنيويّة منها، وكم للحكم فعلها في رحلتنا الوجوديّة. (اعمل لدنياك كأنّك تعيش أبداً، واعمل لآخرتك كأنّك ستموت غداً). (ودائماً هناك من يرصد، ويحصي حتى الأنفاس التي تخرج من صدورنا لغايات تكون على الأرجح مضادّة لمستقبل يتمّ النظر إليه بعين القدر، والنبوءات مادّة دسمة لهم!) حينها لا تتوقّف النبوءات على العلماء وحدهم فحسب؛ فكم من نبوءات هؤلاء عن نهاية العالم خذلها العلم، وانتهى أمرها، على الرغم من استخدام العلم في محاولة لتأكيدها، أو لنفيها. يأتي الشعراء، والفلكيّون، والمنجّمون بعدهم، ويخذلهم عالم

الغيب. أمّا النبوءات التي تأتي من رجال الدين، من السهل تصديقها لسببين: الأوّل هو الجهل المقيم في رؤوس أناس ذوي بعد واحد، هو أنّ ما يقوله الدين، أو ما يقوله رجاله، هو الحقيقة، ولا حقيقة سواها، وما عداها من حقائق، حتى لو كانت قد مرّت من مصفاة، أو من مناظير الفيزياء، والكيمياء، والذرّة، وحتّى العلوم الإنسانيّة، كالفلسفة، والتاريخ، والاقتصاد، والسياسة، وغيرها.

لم أكن أنتبه لمن يزور بيتنا كثيراً. حدث وأن زارنا في أيّار من أوائل خمسينات القرن الماضي. رجل دين لبنانيّ. عرفت ذلك من لهجته المختلفة عن اللهجات السوريّة، التي أعرفها.

كان نهاراً مشمساً، وأبي، وزوج عمّتي، وخاله يجلسون على كراسٍ صغيرة بفيء جدار في ساحة الدار الترابيّة. طلب منهم أن يجلس هو الآخر حيث يجلسون، وليس من داع لاستضافته في غرفة. كنت أحوم حولهم، فقط لأسمع لهجته، التي أعجبتني بها موسيقاها، وليس كلهجة قريتنا الممطوطة أفقيّاً، بينما لهجته فيها تلك التموّجات العذبة حسبما راقت لي. بدأ الرجل الكلام، وأنا أصغي إليه. قال:

— " أنا آت من قبل شيخ الطائفة في لبنان.

(يخرج رسالة من عبّه، ويسلّمها لزوج عمّتي. يقول له): تفضل اقرأها. (يحدّقون به خجلاً، ويناوبون النظر إلى بعضهم بعضاً بخذلان. يعيده له قائلاً له:

— تفضّل اقرأها لنا؟!

— (لا أتبدّى على حضراتكم. واحد منكم يقراها).

— (من سوء حظّنا يا شيخ. ما حدا فينا بيقرا. ممكن خيّي ـ يقصد والدي ـ يفكّ فيها كم حرف. اقراها أنت، وتوكّل على الله!).

يفرد الشيخ الزائر الرسالة. كانت مكتوبة بخطّ نسخيّ، كالذي تُكتب به المخطوطات الدينيّة باليد. يتنحنح، ويشرع بالقراءة دون أن ينظر بالرسالة: تقول الرسالة أنّ القيامة ستقوم بإذن الله ربّ العالمين في ستّة آب من هذه السنة (يطوي الرسالة، ويعيدها إلى المغلّف، ويعيدها إلى زوج عمّتي، ويتابع كلامه): عليكم أن تُعلموا أخوتنا أنّ القيامة ستقوم، وعلى الجميع أن يحافظوا على يقينهم. وأن يستعدوا ليوم القيامة بقلوب طاهرة، وضمائر نقيّة، لهذا اليوم العظيم!

لاحظت أنّه يلتفت نحو غرفة يخزّن بها أبي اليانسون ريثما يبيعه لأحد التجّار. قال الرجل لأبي:

— أشمّ رائحة منكرة. رائحة يانسون العرق!؟

— نعم. هذه من محاصيلنا الرئيسيّة التي تسترنا يا شيخ!

— لا يجوز أن يأتي اليوم الآخر، وهي في دار أحد. إنّها تنبئ بالخراب، وبجهنّم، وسوء المصير!

— كان أبي حائراً بما سيجيبه. اكتفى بأن قال له:

— (يفرجها ألله!).

كان منّي أن نشرت خبر القيامة بين أقراني الأولاد، والذين بدورهم نقلوا الخبر، وتناقلته القرية، قبل أن ينتقل رسميّاً من قبل مستلمي الرسالة.

كان أحد الأعياد التي تحتفل به الطوائف المسيحيّة قد اقترب؛ وصدّقوا حكاية القيامة لأنّ الثقة متبادلة بأيّ كلام يقوله رجل دين منّا، أو منهم؛ فقد امتنع الناس عن الإعداد للعيد، بل ليوم السادس من آب. يوم القيامة.

خالي هـو الوحيد ـ على حدّ علمي ـ الذي لم يصدّق. سـمعته ذات يـوم قريـب من حكاية يـوم القيامة يقول لأبيه، الذي كان وكيلاً للأعمـال الزراعيّـة لدى البيك هامسـاً، دون أن أعـرف معنى، وخلفيّة ما يقول:

" البيك كان في القدس، ولم يأتِ فوراً إلى هنا. سافر من القدس إلى مكّة. لم يمرّ في طريقه إلى الشام هذه المرّة".

كانت قضيّة منح فلسطين لليهود الشغل الشاغل للإنكليز.

لا بدّ من عرّابين لها. بعد سنين عرفت أنّ البيك كان أحد العرّابين، وأن أعلى مرتبـة منه بكثير كان فـي رأس القائمة، وأن حسـني الزعيم، وغيره هذا الزعيم ممّن كانوا يلتقون، مع قادة إسرائيليّين.

حسـني الزعيـم يلتقـي وزيـر الدفاع الإسرائيلـي، في فنـدق بلـودان الكبير.

* * *

- 20 -

المحبّة المشروطة

لا تساعد المرء على أن يكون إنساناً فاعلاً!

لـم يمـرّ عيـد لم نلبس فيـه الثياب الجديدة، ولـم نقبّل يد أب، أو أمّ، بسـبب القيامـة التـي لـم تقـم إلاّ هناك حيث ولد السيّد المسـيح عليه السلام.

لا يعدّل كفّة ميزان الإحباطات، أو الخسـارات أيّ شـيء في الوجود سوى الحبّ، الذي كان بانتظاري ليبدّد كلّ ما يلقي بثقله عليّ من حزن، وفقـد، وإحبـاط. وكان النابـض الذي يشـدّني إليه كلّمـا حاولت الإفلات منه. إنّه ـ دون لفّ ودوران ـ الحبّ، وعلى المراهق أن يكون مستعدّاً للقلـق، والسـهر، والتفكير المجـدي، وغير المجدي للسير مكمّماً، نحو قضيـب الدبـق. ذلك الفخّ البدائيّ، الـذي ينصبه الحـبّ للمراهق، وقد ينصبه للكبار أيضاً.

أن تقع في شراك الحبّ، ذلك يعني أنّك سلّمت عنقك، لمن يطوقه بالزهـر، أو بالشـوك. عليك أن تحمل صليبـك، وتصعد إلى جلجلته دون أن تنظر خلفك؛ لأنّ ذلك ستكون له صفة الديمومة.

أن تقـع فـي تلك الشـراك، يعنـي أنّك سـتهب روحك للطيـران، في فضـاء لـم تختـره. ذلـك ما قالتـه أجنحتي منـذ اليـوم الأول، الذي رفّت

فيه دون إرادتها نحو شكل آدميّ مختلف عنّي بتضاريسه. بالسرّ الذي شعّ منه كضوء منفلت من شمس باذخة الضياء. عليك أن تنسى أنّك أنت، أو أغمض عينيك، وقلبك عمّا ترى؛ لكنّك لا تستطيع. كان عليك أن تكون قد خلقت أعمى، وأصمّ، وكسيح، ودون أيّ فاعليّة لحواسّك الخمس، حتّى تُكتب لك النجاة غير المستحبّة.

كانت رائحة اليانسون الأخضر تعبق من ثيابها حين احتضنتها أوّل مرّة. عرفت متأخّراً، لماذا تُستجرّ محاصيل اليانسون، إلى بلاد بعيدة، وهنا البلاد تستطيع أن تزرع حلالاً، لما يغدو فيما بعد حراماً. عرفت كيف يدور العاشق ويدوخ، مع دوران كوكب الأرض، دون أن يسقط.

رائحة اليانسون لم تكن كلّ شيء. تحمل فتاتي رائحة الأرض أكثر حين استلقت في أرضيّة ساقية ماء جافّة، لم تعرف طعم الماء، منذ تمّ فطام اليانسون، في هذه المرحلة الأخيرة من نضجه. ليست وحدها سها من كانت تعشّب اليانسون مع أمّي. كم كانت أمّي تحبّ سها، ربّما كانت في سرّها تضمر أن تكون كنّة لها. كانت أمّي تتأوّه أحياناً. عرفت فيما بعد، أنّ سها مطلوبة لواحد من أبناء عمومتها. مع أنّ ذلك تمنيّات، وكلام بكلام؛ ولطالما يستطيع المرء أن يتحدّى أيّ شيء، في قريتنا، إلاّ الحبّ؛ فالذين تحدّوا كان الثمن دمهم. سها تطير من يدي، ولم يبقَ منها سوى ما يتركه اليانسون، من نشوة، في كلّ خليّة من الجسد. نشوة لها قدرة اللهب. تحرق الكثير من الأوراق، التي تكتبها الأيّام مصادفة، في سجلّ الحياة.

من الصعب أن يخرج المراهق من طور المراهقة، في بيئة مغلقة كقرية لا تزال في بنية القرون الوسطى، إلاّ إذا حُكم عليه بالزواج،

وحصره ضمن دائرة ضيّقة، لا تتعدّى داره المغلقة بدورها على كلّ أفراد الأسرة: الأب، والأمّ والإخوة، وزوجات الإخوة، وأولادهنّ، وحقل مكشوف، وزريبة الماعز، أو الغنم، وإسطبل الدواب؛ مع كلّ هذا الحصار يبحث عن دواء روحه بالبحث، عن الجنس الآخر كمتنفّس له بأوقات مستقطعة، نسّجها الكذب، والبحث عن ثغرة للهرب من كلّ أسلاك مجتمعه الشائكة.

الجنس الآخر ليس أحسن حظّاً، بل أسوأ بكثير لأنّ السكّين في الطريق. عقل سها لم يكن مع زوجها، والعقل الذي يتبع العاطفة هنا، يسير في حقل ألغام، أو حقل أشواك، في الأحوال العاديّة. تصلني رسالة منها مع امرأة عجوز، لها باع طويل بشقّ الطرقات للأحبّة، كي يلتقوا بسلام. عرفت فيما بعد أنّ الثمن، الذي تلقّته من سها لقاء توصيل الرسالة كان باهظاً (فوطة، ومملوك، وسروال مزهّر).

كانت الرسالة على ورقة مقطوعة من دفتر مدرسيّ. بخطّ بنت تركت المدرسة من الصفّ الثالث الابتدائي. تقول فيها بكلمات غير مترابطة، وخط مثل (خرابيش) الدجاج:

" لا أنسى أيّام كنّا نلتقي بين اليانسون. كنت أتمنّى لو أكون زوجة لك. لا أنسى كيف عصرتني، وأحسست أنّي أُغمي عليّ. لم تنتبه أنت لمّا شهقت، وأنا أذوب بين يديك."

الرسالة قصيرة، ومكتوبة بيد ترتجف. بيد لا تزال فيها رائحة اليانسون، في حقول يجتاحها القحط، وهناك من يمهّد لتآكلها، وقضمها.

أقول اليانسون، لأنّه المحصول الوحيد، في القرية، الذي تعتمد عليه، لتكون في جيوب الناس نقود يستطيعون بواسطتها ارتياد المدينة، وشراء الألبسة، والأحذية للعيد، وعدّة الزراعة، والمؤونة من

السكّر، والقهوة، والرزّ. الفلاّحون، والتجّار ـ مع زراعة اليانسون، وغيره ـ كما القطّ، والفأر. تنقضي سهرات كاملة للمزارعين أحياناً، بمناقشة موضوع (ماذا سنزرع هذا العام؟) اليانسون زراعة دائمة، لكن ما يحدث غالباً، أنّ التجّار عند نهاية موسم الشراء، يرفعون سقف السعر، لعدد معيّن. لفلاّح، أو اثنين، كفخّ للفلاّحين حتّى يزرعوا مساحات أكبر، في موسم قادم. يكون الإنتاج وفيراً، فيتناقص السعر، إلى أقلّ بكثير، من عام مضى.

جرت أمام طفولتي مثل هذه التمثيليّة، ولم أستطع تفسيرها، حتّى كبرت، وصرت واحداً ممّن يتضرّرون.

كانت غلطتي، بسبب سذاجتي ذات موسم أنّني أقنعت أبي بنصيحة التاجر لي، بزيادة مساحة زراعة البامياء، والفاصولياء، وبعض الخضراوات الأخرى، على حساب مساحة اليانسون، فكانت النتيجة، أنّ ثلاثة فلاّحين فقط زرعوا مساحات كبيرة باليانسون، وحصدوا أعلى سعر في ذاك العام.

للتوضيح أكثر. كان سعر الرطل قبل عام، من ذلك العام خمس ليرات سوريّة، ليرتفع بعد عام إلى ثماني ليرات. الأنكى من ذلك أنّ القرية جميعها زرعت مساحات كبيرة نسبيّاً من البامياء، وغيرها، فهبطت أسعارها إلى الحضيض، وحدث ذات مرّة معي، أن قطفت حمولة سيّارة صغيرة، من الباذنجان، وقصدت بها سوق الهال؛ وفي السوق بقيت حتّى آخر النهار، ولم أجد من يشتريها. خفّضت سعر الكيلو غرام إلى عشرة قروش سوريّة، ثمّ قلت بصوت عالٍ: من يفرغ هذه الحمولة، ويأخذها مجّاناً! قال أحد التجّار: أنا آخذها بشرط أن تعطيني إيّاها كما هي معبأة بأكياسها، وتساعدني على تنزيلها!

لا شكّ تلك نكبة لفلاّح يستدين كلّ شيء حتّى الموسم، عدا ما يحصل الناطور، والنجّار، والحلاّق، عليه، وغيرهم من حبوب حين تتمّ تذرية القمح، والشعير في البيدر.

مع تلك الحكايات المؤلمة لم يوافق أبي معي حين تعلّمت الخياطة، أن يفتح لي محلاً، في المدينة. كان حدسي يقول لي: إنّه يريدك قريباً منه حتّى تظلّ تساعده بالعمل الزراعيّ، في أوقات فراغك، أو في الأوقات، التي تفرضها طبيعة المواسم.

كان يغريني كولد غير مكتمل النضج، والنظر إلى المستقبل؛ وأكثر من كلّ ذلك رؤية بنات اليانسون، وقت التعشيب لخدمتهنّ، ووقت الحصاد وأكون بينهنّ، ووقت الدقّ لأجلب لهن الأغمار من (المسطاح). المسطاح، هو الوحيد، الذي يستمر طويلاً، بعد جني الموسم. لا تمحوه إلاّ سكّة الفلاحة، عند موسم الزرع؛ لكنّه يستمرّ في الذاكرة، التي تنقش صورته، في خلاياها، مع بنات كنّ ذات يوم يقلبن الأغمار فيه، إلى أعلى لتعطيها الشمس حصّة من أشعّتها، وحرارتها، كي تهبها للريح، ونسائم الفصول.

أعود ذات يوم شتائيّ، من العمل، لأجد تاجر اليانسون، واقفاً قبالة أبي، في أطرف حالة مساومة بين بائع، وشارٍ:

ـ أنا أولى من غيري بيانسونكم. أنا ابن هذه القرية؟!

ـ لكنّك لم تدفع السعر الذي دُفع لي؟!

ـ التاجر المستورد، لم يدفع أكثر من ذلك!

ـ هذا ليس ذنبي!

ـ هو يعرف أنّ فلاّحي القرية كرماء! يعطون يانسونهم كرماً منهم لي، باعتباري أقرضهم دون فائدة، مدّة عام كامل؟!

— أنا لم أقترض منك؛ لقد اقترضت من الأغراب بالفائدة، حتّى لا أكسر نفسي، وأستدين من أحد!؟

كنتُ متعباً. تركتهما على هذه الحال.

في العـام التالـي، وكان يوم عطلتي رأيت هـذا التاجر، وهو يحمل قبّان الكتف أبو بيضة نحاسيّة، وينادي أبي:

— أنا جئت!

التفاصيـل، عرفتهـا بعـد عـام. كان ذاك التاجـر قد أقرض أبي، وكان موسمنا من اليانسون هزيلاً، وبالكاد غطّى المبلغ المُقترض.

ألـف مـرّة كان أبـي كالمكـوك، في خروجـه وعودتـه إلى الـدار. لم أستطع أن أقف في طريقه لأسأله عمّا يشغله. كان حزيناً. متوتّراً. غاضباً. قدّرتُ أنه يقاتل الكون كلّه يومها، إذا وقف بوجهه. مساءً قال لي:

— تعال معي. (لحقته. دخل غرفة المضيف. حدّق بي مليّاً. وضع يده على كتفي. قال لي بهدوء): كلّ حياتنا هنا شقاء بشقاء. انتبه إلى مهنتـك، وعملـك، وعـد إلى الكتاب يا ولدي. هنا لا نـزال كما نحن. نعمل كالدواب. نأكل ما يتبقى لنا من الموسم. نأكل فضلاته. الكلّ ينهش بنا. حتّى رأس الماعز، والكوّة التي نشـمّ منها الهواء، ندفع عليها (ميري) (الاستحصلدار) مثل الكابوس يأتي في نومنا. (يسكت طويلاً، وكما سكون العاصفة). يتابع بعد أن يتنهّد بسؤال مرّ لي: كم أجرتك في الأسبوع؟

أجيبه دون تردّد، لأنّه لم يكن يحاسبني على أجرتي في العمل: 280 قرشاً سوريّاً.

— أريد أن تستغني لي عن 250 قرشاً منها. لا تزعل. سأعوّض عليك كلّ شيء. حين أزوّجك. أمّك بحاجة لطبيب ودواء. مرضها صعب. البيك

دلّنا على طبيب شاطر. اسمه (مرسيل) حفظت اسمه من أوّل مرّة. عيادته ـ نسيت اسم التياترو القريب منها (تذكّرت أنّي قرأت هذا الاسم ذات يوم إنّما نسيت أين).

دسست يدي في جيب بنطالي، وأخرجت كامل أجرتي. اقتربت منه. قبّلته في جبينه. ووضعت أجرتي في جيب سترته. لأوّل مرّة أشاهد التماعة في عينه. إنّها النبع لدموع سالت غزيرة، وكان يمسحها بباطن كفّه، وهو يدعو لي بأن تكون حياتي كما أتمنّى، وأن أمسك التراب يصبح ذهباً. قال لي بعد أن هدأت أعصابه:

— أتمنّى لو أتعرّف إلى صاحب المعمل، الذي تشتغل فيه. على أيّ حال. قل له: أبي يسلّم عليك!

يخرج أبي، وأظلّ في المكان، بعد أن طلب منّي ألاّ أغادر. يطرق سمعي هدير بابور الكاز القادم من غرفة المؤونة، التي نستعملها ـ كما يستعملها الجميع هنا كمطبخ ـ بعد قليل يعود أبي حاملاً إبريق الشاي، وكوبين كان البخار المتسرّب من الإبريق يمنعه من الانفجار.

ابتسامة أبي يومها، كانت صفراء، وفيها من الذبول ما يصنع خريفاً تسقط فيه كلّ أوراق الشجر.

* * *

- 21 -

سنوات الجمر

ليس أجمل من الورود التي تُزرع في رمادها

(...)

كان عليّ أن أعود قبل الغروب إلى الدار.

قطعت الطريق، التي تقع الدار في نهايتها. راحت التداعيات تتزاحم في ذاكرتي، لترخي خيوطها عند السنوات الأولى من العمر، وتبتعد في الزمـن، وفـي عمر القريـة. تتوقّف عند الفترة، التـي كان آخر الدنيا فيه قاسيون، وهو يشتبك بالغيـوم، والبروق، وسـاقية موحلة تمرّ بعتبات الدور. فترة لم يهزّ الدنيا فيها غير دويّ الرعد، وزمجرة الأب.

الدروب كلّها، في حقول يشـقّها محراث بابليّ. انطلقت منها لأسير، فـي طريـق طويلـة قادتني، إلى قلـب المدينة كأعمى، والأصحّ مكمّماً. لا يصـدّق الأشياء إلاّ بلمسـها، أو بعـكازه. ألقتنـي إلـى ماكينـة خياطة. لا زلـت أحملهـا على الظهـر، وتحملني. أحمل تبعاتهـا، وتحمل تبعاتي. خيطانهـا لا تزال تشـدّ أعصابـي كوتر، في قوس محـارب بدائيّ. مكّوكها يذهـب بـي، إلى صخرة سـيزيف، أو إلى صخرة تطـلّ على بحر متأهب دائمـاً لاسـتقبال المسـتعدّين دومـاً، أن يكونـوا طعاماً لأسـماكه الملوّنة الصغيـرة، أو إلـى قيثـارة أورفيـوس، فـي حقـول كانت تزهر باليانسـون

بنـات اليانسـون \ 177

ذات يوم، وبنات اليانسون يرقصن على أنغامه الحزينة. أزيزها يأخذني بعيداً عن بشر يتراكمون كأعواد كبريت، في علبة ذات أبعاد محدّدة، وبشر يسبحون كالفلّين في مياه ضحلة. يقلّني قطار الزمن. أتوقّف في محطّته الأولى. ألملم خيبتي عن سكّة انقطعت خلف التاريخ. أتسمّر حائراً. تائهاً. ضلّيلاً. بائراً. رمال رخوة تحت قدميّ. تحرّكها أيدٍ تجيد اللعب، والتخفّي، وأمام عيوني سراب سديم. عواصف. هزّات. هزّات ارتداديّة؛ وهي الأصعب!

يـبـدأ عمـل نهـار جديد. أعود إلى ماكينتي. (أتفشّش) بها. مفرغاً على لونها الرماديّ، الـذي يحول، مع تقادم الزمن، سخط إنسان من مواليـد خريف قاسٍ. مـن أحلام رجل، وامرأة لا يعرفان ما يدور تحت الطـاولات، وخلـف الستائر المخمليّة، وما يُصنع لكلّ الحالمين — أمثالهمـا — مـن قيود، وما يطبخ لهم من سموم، أو من علقم يظلّ في أفواههم مدى الدهر.

يستيقظ كوكب الأرض كلّ فترة، على وقع أقدام همجيّة، وهي تسحق، في طريقها كلّ شيء. تزرع الشـوك، بين بيوت الإخوة، وبين حقولهم. تـزرع العداء. الأحقـاد. التفرقـة. الكراهية. البغضاء. المآرب. الخلافات المذهبيّة. الطائفيّة. مـا أقسى أن تـرى كلّ مـا أمامك بلون السخام، وكلّ من حولك يعادي الهواء الطلق.

في بدايـة ذاك النهـار، أحسسـت كمـا لـو أنّي في حالـة حرب. لا هدنـة فيهـا، ولا فـكّ اشتباك، ودون نهايـة لهذه الحـرب، مـع كلّ شـيء حولي. يضيق بي المكـان. الأمكنـة. الدنيا. أخرج مـن المحلّ قبل أن أتقصّف، وليس أمامي سوى الشارع ذاته، الذي أتسلّى فيه بعدّ العربات، أو قـراءة أرقـام لوحاتها، او مـا كُتب على أقفيتها،

مـن عبـارات تمجّد كلّ ما هـو مقدّس، أو تخاطب المعشـوقة القمر، والغزالـة، والـوردة، أو الحبيبـة الأمـل، أو بنـت الجيـران الخائفـة، أو مغنيـة مـن مغنّيات هذا الزمان.

أطقطـق أصابـع كفـيّ، ليكون بمقدوري إزاحة الهـواء الثقيل، الذي يضرب أجنحة الروح. أجنحة لم تكن من شمع، وإلاّ لذابت في المكان، أو فـي سـواه، بعـد أن تعبـت مـن حمـل ما هـو معطّل، ولا سـبيل إلى الاسـتغناء عنـه، فـي زمـن يـزداد فقـراً فيه كلّ شـيء. تعبـت من حمل مـؤجّلات مـن مطامح، وآمال علـى الظهر. في الرأس. القلـب. العينين. تسـرّبت إلى قدميّ لزجة. دبقة؛ ثمّ قبل أن تكتمل فتوّتي صارت كتلة من رصاص.

الصغار يكبرون، وكان الكتاب قد تمكّن منّي.

تعبـت، وأنـا أحمل الماضي البعيد البعيـد، والحاضر الثقيل بتابوت، إلـى المسـتقبل، كي يدفنهما، مع أوهامهمـا معاً، دون أن يذرف عليهما الدمـوع. تعبت، وأنا أحمـل الانتظارات. الأحلام. الآمال. الخيبات. طيوفاً لأحبـة لا يأتـون. لأصدقـاء ينامـون تحـت حـرارة الرمـل، أو تحـت ثلوج الجبال، أو في صقيع المدن، أو في مراكب السفر، والهجرة.

تعبت من اللحظات، التي تحمل فرادتها في النكوص. التعثّر. التخثّر على دغل، وصديد.

تعبت من حمل المطلق. اليوتوبيات. المدن الفاضلة. الخالدة، ومن ملاك الحـبّ، الـذي لا يأتـي، والمهـديّ، الـذي لا يأتـي. لا أرى إلاّ أنبيـاء يحرثـون البحـر. لا أرى إلاّ بحـراً هائجاً صمته. سـمكه الصغير يُعلب، أو يُحال إلى قرش لا تقربه شبكات الصيد. لا ترفع ألويتها فيه غير المراكب المتخمة بالأسلحة، والنفط، والقراصنة.

يشاركني أزيز ماكينتي الأسى. يذهب معي في عزلتي، أو إلى ليل طويل تقاسمني الكوابيس فيه النجوم.

كم في أزمنتها تغيّرت الأشياء، وأنا أدور كبغل الناعورة، على محوري، في زمن فراغيّ، كبدائيّ يرى العالم من بوّابة كهفه. يسيل الزمن بسرعة الضوء بعيداً عنه، بفلسفاته، بعلومه، بهدير آلاته، بأقماره الاصطناعيّة، بفضائيّاته، بحواسيبه، بسطوة ما فيه من قوّة، وقوى مرئيّة، وغير مرئيّة. لم أشهد عن كثب غير رصاصه، وغير القتل، والدماء، وغير ميزان العدالة المثقل بقيود العبيد، والملوّث بالعداء، والاستعداء، والقهر.

أتيت ماكينتي ذات يوم يتباعد في الزمن، بطفولتي المسربلة، بعطر يتبدّد في فضاء الله، ليتحوّل إلى شراب طارد للحزن. للآمال الكاذبة. لخداع الذات بأنّها على ما يرام، ويجعل الرأس أقرب لأن يكون خزّاناً مغلقاً على كلّ ما يُراد تأجيله، من هموم، وقرارات غير صائبة، ورهينة لمدينة لم تكتمل إلاّ بجمع الأضداد، التي لا تلتقي إلاّ على السلطة، والمال، والنساء.

يوم أتيت ماكينتي، لم أكن أعرف أنّها ستحاول أن تخطف منّي رائحة براري خضراء، وشجر وارف، وتغسلني من عطرها المسكر، وعطر بناتها، ويانسونها، الذي لا يبيد.

ما أعرفه، أنّي أتيتها من بطن زمن سلحفيّ. فراغه سحيق. متاهاته خانقة. دروبه موصدة. حملتها فيه معي، ومع أزيزها الأجشّ الحزين، وعوائي الجريح. تتزايد أعطالها، وأعطالي، مع تقادمها، وتقادمي.

لم يُتح لي تعلّم الرماية إلاّ على دريئة كظلّي، والسباحة إلاّ في الخوف، وركوب الخيل إلاّ في الحلم. لم يكن أمامي إلاّ القفز إلاّ الهاوية، أو أكون شاخصة تشير إلى الأماكن المنخفضة، أو المشبوهة، أو إلى

سديم لا نهاية له، فأتسمّر ـ حيثما أتواجد ـ إذْ لا باب يفضي إلاّ على عدوّ الحياة لأدخل، ولا أدخل قبل أن يمتلئ بالبصاق، .... أو قبل أن يمتلئ بالدماء!

بين هذا السديم، وبين الكبت تنمو فتوّتي. تحتلّ بنات البراري. المقمّرات تحت الشمس. المعطّرات بما كلّ ما يجنيه النحل من زهور. احتلالهنّ للمخيّلة لم يكن عبثاً. البنت منهنّ كأنّما خلقت لتبتسم منذ لحظة بكائها في الولادة، إلى إدراجها في كفن. حمامة تعشق بياضها المغبّر. تذهب كضوء الشمس منذ الشروق، لتأوي إلى عشّها كلّ مساء. ككلّ النساء. "تحت تنّورتها حفنة ضوء مملّح". لقلعتها سبعة أبواب. ما أقسى أن يدخل عاشقها باب المتاهة منها. مع كلّ هذا انخطفت في المدينة لأنظر إلى العالم في مراياها المكسّرة. حضورها بعد عودتي بقميص مكويّ، وربطة عنق يغلق الأبواب بوجهي. لم يترك لي سوى باب المتاهة مشرّعاً. حضورها يغطّي وجه الأشياء. الجهات. تمرّ التغيّرات متسارعة، وأنا واقف في الزمن مشدوهاً كأبله!

تمرّ بنقابها طول النهار، في شارع عريض ترتفع فوقه الأنوار. أخال الشمس لمّا تشرق بعد، ولن تشرق أبداً!

أو بصليب في عنقها، فأتأرجح على حافّة شفق بعيد!

أو بحقيبتها، فأسافر في زينتها وخيلائها!

وأحتفل بالنادر منها، حين تأتي بتنّورتها، فأيّ " ولد أزعر من هواء" يرفعها، لأرى كيف يمشي الحور على الطرقات، أو ما تنشره على حبل الغسيل، من أشيائها الصغيرة الملوّنة. تنبت لي أجنحة نهاريّة، أستطيع بها الطيران ليلاً. أدخل غرفتها حيث تغفو.

أمرّر عيوني، وأصابعي على جسدها، من ألفه إلى يائه. ثم أوقظها، ثم أخلع ثوب الحياء. أصحو؛ فتبتعد..... وتتلاشى!

.. ثم تتشكّل المرأة الحلم محلّقة، في سماواتها البعيدة. هناك تعيش، في عزلتها. تخاتلني استحالتها. تبلغها اللغة وحدها. ليست أيّ لغة. كم رأيت ظلّي طويلاً طويلا. كم خلت قامتي شاهقة. كم خنت استحالتها. خنتها مراراً، وخنت براريها، وأنهارها، وتينها، وزيتونها، وبابونج سطوحها، ويانسون حقولها، وثيابها. ومنجلها الصغير، وواقية جبينها، وكشكش سروالها المغبّر.

حول الرغبات، والمثل تشتبك الأسئلة. العشق الـذي يتوهّج على الأرض لا يلد ولادات مشوّهة. يترك أثراً. تشعّ نجمته. تغمر ليل الأراضي البـور بنـور لا يُضاهـى. لا تُفلح برسمه غير لغة ماكرة، ولا ينقشـه على جـدار الزمـن غير إزميل لمّا تصدئه الأيّام بعد، في كهف كان ذات يوم لرجل بدائيّ عاشق يتحدّى الفناء، والعدم.

ألـوذ بالكتاب من خيباتـي، التي تتكـرّر دون توبـة. الكتاب لا يخدع صغيراً مثلي، ولو أنّ في بعضه من سمـوم ما تكفي لقتل شـعب. يكون أمامك وجهاً لوجه. بكلّ حالاته لا يمدّ لك لساناً. تطلّ منه امرأة مغتسلة بضياء شـمس. حولها هالـة من بنـات يحملـن مناجلهنّ الصغيرة، في دروب تفوح منها رائحة التراب البكر أوّل كلّ شتاء، يمحوها الإسفلت، والرغبات التي تقتل الحنين، إلى ماضٍ لا يعود.

كـم وددت لهـذه المرأة أن تختـزل كلّ ما أحبّته، في رحلة حياتها، بشخص واحد أحبّها حتّى الجنون. لا تسـتطيع أن تقول من هي، ولا أن تعلـن اسمها، وأنت على قيد الحياة، حتّى ولو كنت عنتـرة، أو "زورو أبـو الفـرديـن" أو حتّى "الاسـكندر ذو القرنين". تأتيك غضّة كبرتقالة. لا

تُعصر، ولا تُقشّر. جميلة كوردة، لا تُشمّ، ولا تُداس. أيضاً فيها شيء من أمّي، وجارتنا. وأختي، وصديقتها، ومن غجريّة ترقص في المواسم، ومن إلهة أسطوريّة، لنظرتها التماعة برق. لساعدها ظلّ سيف. لصوتها هديل حمام، في سماء صافية. لابتسامتها سنونوات تنخطف فوق مياه جدول. لخطوها غزالات تتبختر، في حقل خصيب. أتخيّلها أجمل من إلهة. أتخيّلها تتكرّر باثنتين. بثلاث. بأربع. بمائة. بألف. بكلّ النساء منذ حوّاء، وحتّى آخر أنثى تلد من رحم أمازونيّة، يعكّر الرجل موجه، ليصاد ما يريده حقّاً له، أو من رحم غجريّة يبدأ العالم من خيمتها، ورقصها، وينتهي عندها.

أمّا في هذه اللحظة بالذات، فليس لي سوى أسمائها، التي كتبتها الريح، ذات مواسم، وفصول مشبعة بحبّات عرق شقائها، لتنتج حبّ اليانسون. تسافر بعيداً، في بواخر كانت ذات يوم تنقل العبيد. هناك تتحوّل كلّ نقطة عرق، وكلّ حبّة يانسون، إلى نقطة خمر، وتصير لكلّ عروس من هذه الأرض، فاتنة تجيد السير، في شوارع مضاءة، وفاتنة في حفلة راقصة، وفاتنة ربّما تكون في حالة تأهّب، للتحليق، في مركبة فضائيّة، وفاتنة قد يقودها شغفها بالحياة، أن تعشق الحريّة بكلّ تجلّياتها.

أصحو على أزيز ماكينتي، التي من قبيلة الحديد. حبيبتي، التي تتركني كلّ ليل، مع هواجسي المدمّاة. مع مواجع الندم، والغياب، والفقد. تحضرني وجوه لا أعرفها. وجوه طوتها القسوة. لا تلتفت إلاّ إلى جنونها، أو طيشها، او لامبالاتها. لم نذهب معها إلى النبع. لم نتلمّس معها نهاية الطريق. لم نذهب معها في الحزن، أو في الهمّ. لم نرافقها إلى التعب. إلى الجوع. لم نصمت معها. لم نصرخ!

... حبيبتي التي من قبيلة الحديد، كم مرّت من تحت أسنانها خيوط ملوّنة. ومـن تحـت رجلهـا، كم مرّت معاطـف أكثر اهتراء من معطف غوغـول. كـم تقاطعت هـذه المعاطف، مع مـا مـرّ مـن تحت رجلها من فـراء الثعالـب، ومـع مـا يعبر رأسـي، من عـواء ذئاب. كـم تقاطعت مع حبال تجرّني كحمار، في شوارع هذا الزمن!

دخلت حبيبتي تلك، حقل الروح ملاكاً، وخرجت مستحاثّة. أصبحت ككلّ الأشياء، التي نستهلك. لم نستطع أن نبدع الشبيه لها على الأقلّ، أو البديل. مأساتنا أنّ حبّات عرقنا تزهر هناك بعيداً، وأنّنا سنظلّ نحلم بإبرة من صنع يدينا، أو قلماً نتباهى بشكّه في أعالي صدورنا!

... أحبّها الطفـل الـذي كنته ذات يـوم، وعلّمته لعبـة الحرب، والكرّ والفرّ، مع المال، والرجال، والنساء، وكان في كلّ معاركه خاسراً. لم ينجُ من مستقبل يكذب، وفردوس أرضي تسطو عليه الأبالسة. وأمل ينوس بين حاضر كثير الوعود الزائفة، ومستقبل خلّبيّ. كلّ العمر تفسّخ خلف آلة تتآكل، في عالم يعادي البهجة. الأدب، والفنّ، لم يستطيعا أن يكونا مدرسة لعلم الأخلاق. السياسة تفشل بأن تجعل المكان جميلا.

تنحلّ اللحظة بالزمن.

تنحلّ الرغبة بالكبت.

تنحلّ الآمال بالموت.

تنحلّ المخيّلة، عن كلّ ما هو سرابيّ، وكاذب، وعن غوايات المخيّلة، لتظهر الأشياء، على حقيقتها. الزمن ـ لا شـكّ ـ سيطحنها؛ إمّا يبذرها لتتكاثر، أو يعيد تشكيلها من جديد.

يكرّ شريط الزمـن إلى الخلف. مذياع ببطّاريّة قريب من يد تشبه يد عفيفة. المغنية تصدح " عيد وحدتنا ملا سكّتنا، وفرش بيتنا..." عبد

الناصر يهزّ النقابات، ليوقظها. ذكور النحل كانت أكثر. نشتعل حماسة. نجتمع في منزل أحدنا. أحدنا يشي بنا!! نُطرد من العمل. هدّدنا؛ أو الأصحّ ذكّرْنا ربّ العمل بالخطاب. عيناه احمرّتا. نفرت عروق رقبته غيظاً. احتقنت دماء الشرّ في وجهه:

ــ اعملوا عند عبد الناصر!

بأوّل ورقة بيضاء، وأوّل طابع لصقته، وأوّل توقيع (سوريالي) لي تحت اسمي، وأوّل باب حكوميّ أدخل، أقف وجهاً لوجه، مع آلات متخلّفة عن آلات ربّ العمل. لماذا لا تُجدّد الآلات؟ المعمل كبير. متقدّمون لمسابقة القبول لم أستطع أن أحصيهم. أنجزت خياطة بنطلون وقميص بأربعين دقيقة. الفائز الأوّل بمسابقة القبول كان أنا ــ من فرحي ــ لم أصدّق!

دوامنا يبدأ الساعة السادسة صباحاً. عليّ أن أنهض، في الربعة والنصف مع جهجهة الضوء، لآتي إلى العمل من أبعد ضواحي المدينة، على درّاجتي الهوائيّة، قبل الموظّفين بثلاث ساعات. صباحات باردة. درّاجات باردة. لهاث عند الباب. تتّكئ درّاجاتنا على الجدار المقابل للمشغل.... نسيت: أحد المتسابقين قصّر في السباق. تقدّم في المسؤوليّة. بدأ صوته كالهديل. حين صار ينبح تركت العمل.

أوّل فرح لي لم يستمرّ. أتشاءم من أوّل الأشياء. أوّل رجل وشى بنا في المشغل الخاص. أوّل رجل ينتفخ في المعمل الحكوميّ. أوّل وحدة بين شعبين، لم تستمرّ. كلّها كانت وهماً. مثل عرسي مع عفيفة.

أعود إلى المقصّات، والمسنّنات الخاصّة من جديد. تتقاطع شفرات تلك، وأنياب تلك، وعنقي بينهما.

عفيفـة تعيـش فـي البـال بأقسـى حالـة حـزن. دمية عفيفـة (أختي الصغيرة) يسلقها التيفوئيد. أنينها المكتوم يقطع حبال الصمت، والحزن، ونياط القلب.

لا تزال كالفوبيا صورة (أمّ عقيّل البدويّة) وهي تعالج أختي بكمّادات الخلّ. رجفان. اصفرار. ذبول. تُغمض عينان عسـليّتان على ربيع يموت. خاتمة أقحوانة على شـكل إنسان. غابة صفصاف تتقصّف. نخلة تسقط قبل أوّل الإثمار.

.. أوّل دمعـة تسـقط مـن عيـن أب قـاسٍ، علـى إنسـان. أوّل دموعه كانـت علـى فرس، لا على حبيبة. عفيفة، حلفت بالخضر، وبرحمة أبيها، أنّهـا شـاهدت أبـي يبكـي. كان مثل صخرة صوّان، في أرضيّة نهر سـريع الجريـان. تسـتدير مـن تلقـاء ذاتها. تعكّر مـاء النهر حتّـى لا يراها أحد. تحمـل منديلهـا، وتبكـي. المنديل من بقايـا زوجة لها مزايا القدّيسـين، انطفأت قبل عام من انطفاء ابنتها.

دميـة عفيفـة، شـعرها طويـل. تزرع فيـه ورودها. تعقد شـرائطها. تطيّر فراشاتها.

عفيفة تنتفخ بطنها. يشـرق وجه زوجها. يفقد وجهها رونقه. ينتشـر فيـه كلف، ونمش بلون الحنّاء. أسـقطت عفيفـة مولودها الأوّل قبل أن يكتمل. عدم نضجها قالت عمّتي هو السـبب. لا أعرف مغزى الكلمات، التي كانت تنصح جارتنا ذهبيّة الحلبي، حتّى يكون لعفيفة ولد.

عفيفـة تصغـي بألـف أذن. انتفخت ثانية، ثمّ ثالثة. رابعة. خامسـة. سادسة. سابعة. ثامنة. تاسعة. قمر يكرج خلف قمر. الأقمار تملأ البيت. الحارة. الأزقّة. لم يكن لعفيفة وقت تعرف فيه كيف، وأين، ولماذا تأتي الأقمار، أو كيف ينتفخ ما حولها من أشياء، وحالات، وأفراد، وجماعات،

وأوطـان. أقمار عفيفة تكبر. ناخت عفيفة مرغمة، وبرضاها ناخت لكلّ ما يجري، ويعبر، ويطير، ويسـبح، ويزحف، ويسـتطيل، ويمتدّ، ويسيل، وينسـاب، وينسـلّ. كنّا نملأ بالليرة سـلّة كبيرة. الآن كلّ شـيء يحسـب بالدولار. الدولار صار مثل دوامة. أضحك ... وجرّافة، وشـفّاطة، وفرّامة. يعـرّي امـرأة لرجـل. يخلـع بندقيّـة عن كتف. يشـمط علماً عن سـارية. عقالاً عن رأس. كفى!

عفيفة حمامة بيضاء. عشّ، وهديل. منقار يُحتّ. جناحاها الشمعيّان تبتعـد بهمـا عـن كلّ مـا يذيب. لا تسـتطيع أن تحلّق بعيـداً عن العشّ، أو عالياً. عالياً نحـو قـرص الشـمس. لـن تبلغ الشـمس أبداً. لـن يذوب جناحاها. لن تسقط عفيفة. غدت سيّدة مكان واحد. محدّد فضفاض. لا مجال لانفجار. طريق واحدة، ولو أنّها كثيرة الالتواءات، لا مجال لخطر. سـطر واحد لها من طقوس الحياة. تردّده كببّغاء. لا مجال لإبداع. سـطر واحد نُقش على جبينها، تراه على الورق. الصخر. الرمال. الماء... عفيفة صورة ملتقطة بعكس الشمس. صورة (شابلينيّة): حذاء، وقبّعة، وعصا... (غواريّة): قبقاب، وشروال، وطربوش.

يُصـوّر لهـا ما حولها من أشـياء، بأشـدّ ممّـا صُوّرت به إثـارة، وإغراء، مارليـن مونرو، وغريتـا غاربو، وبريجيت بادو، وصوفيا لورين، لمراهقي العالم. أقصى أمنياتها تجمّد عند صندوق عرس فيه بقايا حذاء للذكرى. فيه جلباب، وطرحة، وشـال. كُفّت ـ يقول الأقربون لها ـ: لا حاجة لكِ للضوء! سألتني:

— وأنت؟!

— يضيق عليّ حتّى جلدي يا عفيفة. روحي قلق، وأنا. قلبي قلق، وأنا. أنا قلق، وأنا.

عور الأشياء يملأ رئتي.

وزّعتني الحياة على ألف صليب، وصليب... حسبت أنّ مسامير أوّل الصلبان أشدّ ألماً. كنت مخطئاً يا عفيفة: اشتعلت بي أوائل الأشياء. أوّل اشتعال أنتِ. ثمة احتراقات لم يتصاعد منها دخان. أوّلها الحبّ، وثانيها الحبّ، وثالثها الحبّ. لا أقصد حبّ المرأة فحسب يا عفيفة.

أحببت أميرة، فسرقها الخوف. أحببت ملكة، فسرقها التاج. أحببت بدويّة، فسرقتها القبيلة. أحببت غجريّة، فسرقها الترحال. أحببت قدّيسة، فسرقها الإيمان. أحببت فقيرة، فسرقها الجوع. لم تستطع أن تشدّ الحزام، على معدتها الخاوية طويلاً. أحببت وطناً، ..... آخ يا عفيفة! لست يائساً يا عفيفة. الينابيع تشقّ الصخر، وتتفجّر!

* * *

22

هناك لا يمنعك شيء

عن أيّ شيء!

.. نُفاجأ بجدّي مصطفى، وقد عاد من الأرجنتين، ووصل دار (خالي) ابنه ليلاً، دون أن يبلغ أحداً أنّه آت...!

يسأله أبي عن أخيه حامد، الذي سافر معه منذ البداية، وكان قد قال له، في زيارته الأولى، أنّه بخير، ولا يفكّر بالعودة، حتّى لا يعيش غربة ثانية هنا. أبي لا يعرف أخاه إلاّ بصورة صغيرة بليت في محفظة نقوده، من تكرار لثمها، وذرف الدموع عليها. أبي كان بعمر سنة حين سافر أخوه.

ذهب، ولم يعد!

أمّي أيضاً لم تكن تعرف والدها؛ إذ كانت بعمر شهرين، حين سافر، وتعرّفت إليه، في زيارته الأولى.

حدّق جدّي بأبي طويلاً. سالت دموع على خدّيه. مسحها بأصابعه. تنهّد تنهيدة طويلة تختصر الإجابة، التي كان يقرّر أن يقولها: أخوك مات!

اكتفى جدّي بأن قال لأبي بصوت مختنق:

— العمر لك. الله يرحمه!

حين زارنا في اليوم التالي، ليشاهد ابنته (أمّي) رأى زوجة جديدة لأبي. استقبلته، وعرّفته عن نفسها. اكتفى بأن تمشّى، في جنبات دارنا، وهي الدار الكبيرة، التي ولد، وتربّى، وتزوّج فيها.... يشيح وجهه عنّا. يخرج محرمة قماشيّة بيضاء، من جيب بنطاله، ويمسح دموعه. (كان الوحيد، الذي يرتدي بنطالاً، ويخرج حاسر الرأس، بين كلّ رجال القرية).

ليس أحرق من دموع (الأب الضالّ) حين يكتم الندم، أو يتجاهل الذنب، أو يخنق الغصّات، التي يسبّبها فقد من يحبّ!

كانت أمّي في زيارته الأولى، هي الوحيدة، التي جعلته يحسّ بما لقرابة الدمّ، وصلة الرحم، من قوّة. فجّر في وجهها كلّ حبّه الأبويّ، الذي حرمها من حنانه، وشوقه للبلاد التي غادرها ذات يوم. لكن؛ ماذا سيفعل اليوم!؟

.. في غيابه وافت المنيّة أمّي مبكرة. رأى الدار خالية، من ابنة وحيدة له. من صلبه، في أرض وُلد بها، وخالية من أختي الصغيرة، التي حملت اسم جدّتها فيدا، وقد قضت نحبها قبل شهرين من زيارته هذه، وهي الأنثى الوحيدة، التي تحمل رائحة ابنته الراحلة. كان ذلك كافياً لأن يعدّل الإجابة، عن سؤال الجميع له:

— هل ستبقى هنا هذه المرّة؛ أم أنّك ستعود إلى الأرجنتين، كما في زيارتك السابقة؟

بعد أن كان يقول: ربّما أبقى، أو قد أبقى... كان يلوذ بالصمت. ولمّا كنت الوحيد مستودعاً لأسراره، كان يسترسل في حديثه عن الذكريات، التي شكّلت منعطفاً حادّاً في حياته، بعد أن خلخلت روحه، وجعلته قلقاً، لا يستقر على حال منذ يفاعته.

كنت أستدرجه بخبث، وبما لا يجرحه، ليتحدّث عن فترة شبابه الأوّل في القرية. عن عواطفه حيال المرأة. تنهض الذكريات الغافية زمناً في صدره. يبصّ جمرها، في الرماد الساكن فيه. لم يطق صبراً. كان بوحه لا كتفريغ شحنة كامنة، أو مكبوتة، أو مكتومة، بل كانت كالنبع، الذي يتفجّر في الربيع، إثر شتاء غزير المطر يصيب الأرض بعد سنوات، لم يثر فيها ما يمطره عابر السحاب، من طلّ خفيف يجعل نبعاً يفور، بعد حالة امتلاء وفيض.

بناء على طلبه، رافقته، وقصدنا البريّة معاً. سرنا دروباً لم يسجّل عليها وقع خطاه، منذ زمن بعيد. كان حاضر الذهن. لم تخنه الذاكرة أبداً. كان يسمّي لي الأماكن بأسمائها، حتى لو كان قد طرأ عليها ما طرأ من تغيّر. كأنّه لم يغب عنها بتاتاً. ما من موقع إلاّ وكان يقول لي حين نقبل عليه:

— كم لي هنا من الذكريات، أنا وفلان في هذا المكان، أو عملت هنا، أو حدث معي، كذا وكذا. كان متوقّد الذهن، والذاكرة. كنت أذهب، وإيّاه بمشاوير يوميّة، إلى أماكن لا نكرّر الذهاب إلاّ إليها.

مررنا ذات مشوار صباحيّ بجانب مقبرة القرية، ونحن في طريقنا، إلى البريّة، نقطع جسراً، فوق قناة ماء تفصل المقبرة إلى قسمين. الجزء الشماليّ منها يستودع رفات أموات عائلتنا، وأقاربنا. يتوقّف عنده فجأة. أشار إلى أحد قبورها:

— فيه واريت جدّك. لقد مات بالريح الأصفر. بالطاعون(الكوليرا).

يتوقّف جدّي فجأة.

انتبه إليه فيما كان ينظر نحو أحد القبور. تغرورق عيناه بالدموع. يمسحها بباطن كفّه. كنت أهمّ بسؤاله عمّا أثار شجونه؛ لكنه كان أسبق

بالبوح عمّا في داخله. أشار بسبابته إلى القبر، الذي كان يحدّق فيه:

— في ذلك القبر يا ولدي دفنت الوردة، التي كانت حلماً مستحيلاً... (ثمّ سرقت الغصّات بقيّة بوحه، وخنقها في صدره. توقّف عن الكلام. تنهمر الدموع بغزارة أكثر. تسيل على خدّيه، وعنقه. يفطن لها. يمسحها بكفّه من جديد).

نتابع السير. نقطع جسراً آخر، ونسير على طريق زراعيّة شقّتها الأقدام بمحاذاة القناة، من جهتها الجنوبيّة، حتّى نصل نفقاً تسيل عبره مياه القناة، ويتشكّل فوقه جسر يقطعه المارّة إلى أعمالهم، وغاياتهم، وعليه ما زالت تمرّ ذاكرة القرية، لتستكمل نسج حكايتها الأبديّة. منه تستطيع أن ترى مكاناً سكنه ذات فترة من زمن، رجل ربّما كان أحد أعمدة ثورة الزنج، التي خسرت رهاناتها ككلّ الثورات، التي يسرق عسلها، وخلاياها ذكور النحل... وتؤول عدّتها، وعتادها، إلى أدوات تستعمل حسب الحاجة لها.

كادت تختفي قصّة الحبّ، التي عاشها جدّي، ويمسحها الزمن مع آثار دموعه، وهو يشمّ عبق وردته، الذي فاح في الذاكرة، عند قبرها، الذي لم يكن أكثر من طلليّة زرعها الحبّ، في زمن يتباعد في الزمن. تنمو بها نباتات ضعيفة قدرها أن تلقي بذورها عليها، لتنمو فترة كلّ عام، ثم تنطفئ بعد إثبات وجودها ككائن لم يخلق للفناء. أتجرّأ، وألقي بثوب الخجل، والحياء، وأقول له محاذراً:

— لا شكّ أنّ صاحبة هذا المكان، كان لها شأن لديك. ربّما كانت استحالتها، أو رحيلها السبب، الذي دفعك لأن تهاجر؛ وإلاّ لما رأيت دموعك تنزف حزناً على فقدها!؟

تنهّد قائلاً:

— الـذي أبكانـي يـا ولدي، هـو أنّها قُتلت بسـبب وشـاية كاذبـة، من أحدهم لأخيها الأكبر.

كانـت القريـة لا تزيـد عـن خمسـمائة شـخص قبـل أن نسـافر إلـى الأرجنتيـن. أيّ مـن أهلهـا يعـرف صغيرهـا، وكبيرهـا، رغم وجود العصبيّة العائليّـة التي تشـطرها، وتمـزّق نسـيجها عند الخلافـات الكبيرة، والصغيرة؛ وأكثر حدوثها بسبب مشـيخة، أو زعامة، أو عند تعيين مختار، أو ناطور، أو انتهاك حرمات؛ والأخيرة نادراً ما تحدث...

عائلتنـا الصغيـرة تلـوذ بوجـه القريـة الشـماليّ، بحكم السـكن، والمصاهـرة، مـع أكبـر عائلاتهـا، إذ كانـت أحيانـاً تتزعّـم ــ فـي غلب الأحيـان ــ القريـة برمّتها. الصبيّة التي قُتلت تعلّقت بها، قبل أن يخطّ شـاربي فـي وجهـي. لم أسـتطع ــ علـى مدار سـنتين ــ أن أنفـرد بها، وأفضـي لهـا بمـا كان يؤرّقنـي نحوها. فشـلت كلّ محاولاتـي للّقاء بها بسـبب وجودهـا، في الوجه الآخر من القرية، وبذويهـا من الشراسـة ما كان يمنعنـي مـن ذلـك خوفـاً عليها. عدا عن أنّها كانت نادراً ما تذهب وحدهـا إلـى البريّـة، أو إلى ورد المـاء مـن القناة. كنت دائم الحسـرة لأراهـا دون جدوى. فوجئت بأبي يقول لي:

— سنزوّجك عند قلع البيدر!؟

تمّ هذا الزواج من ابنة عمّي فعلاً، والموقوفة لي مذ كنّا صغيرين. تزوّجـتُ، وظلّ عقلي هائمـاً، مع تلك الصبيّة.

يتوقّف جدّي عن الكلام، وبدا شـارداً كأنّما يسـتعيد شريط ذكريات أيّام الخوالي. قال، وهو يضرب على صدره بقبضة يده:

— انظـر إلـى هـذا العجوز، الذي أمامك. انظـر إليّ جيّداً. كلّ شـيء فيّ الآن يلهج باسـمها. يبكي عليها (يصمت للحظات). صورتها العالقة،

في رأسي، لم تفارقني لحظة واحدة، منذ تلك الأيّام، وحتّى هذه اللحظة. رافقتني في كلّ خطوة، وإلى كلّ مكان أكون فيه. كانت معي في بواخر السفر. في السهر، وستبقى معي حتّى تنقطع أنفاسي. كنت أكتم هذا الشيء، حتّى لا أعكّر مجرى نهر حياتي، وحياة من أعيش بينهم.

كانت جدّتك تسألني، حتّى في الأيّام الأولى من زواجنا:

— لماذا أنت دائم الشرود؟

أقول لها:

— إنّي عاشق! وأظلّ ساكتاً. حتّى وأنا في الأرجنتين كنت على هذه الحال. تزوّجت هناك ثلاث نساء، وبقيت هكذا؛ لقد ظلموا تلك الصبيّة، التي لن أبوح باسمها لأحد!

قلت له على استحياء، وأنا أهدّئ روعه، محاولاً مواساته:

— كثيرات مثلها قُتلن ظلماً، وجهنّم ستمتلئ بمثل هؤلاء المجرمين!؟

انتفض فجأة ليقول لي:

— سأكون أسبقهم إلى جهنّم. أتعتقد أن الجبان سيدخل الجنّة؟! لا. وألف لا. كان عليّ أن أفعل شيئاً ما لأجلها، ولو ارتكبت جريمة! إنّ من لا يستطيع أن يقاتل، من أجل ما يحبّ، ومن يحبّ، لن يكون مؤهّلاً لدخول الجنّة. عدا عن خساراته المحقّقة على الأرض. إنّ الله لا يحبّ الجبناء، وكذا الحياة؛ فإذا كانت هناك جهنّم وآخرة، سيكون الجبناء في الحبّ وقوداً لنيرانها! (يتابع بعد لحظات من صمت):

— مرّة واحدة لم أكن هكذا. (قال، وعيناه تزوغان في البعيد. وسكت) سألته: متى؟

ـ حين بعد كلّ هذا العمر وجدت نفسي فارغ اليدين من كلّ شيء!

ـ لكنّك عدت ممتلئاً بما رأيت من هذا العالم، وخبرت، وعاينت، وعانيت!

ـ لو كنت أعرف أنّي سأسافر مرغماً، إلى بلاد سأعيش فيها مرغماً، على كلّ شيء: التفاهم بلغة غير لغتي مع الآخرين. التواصل بغير ما تربّيت عليه من عادات. الخضوع لأعراف ليست من طبائعنا ـ ولو أنّ طبائعنا، وكلّ ما نحن فيه لا نُحسد عليه ـ وخسارة أهل، وجيران، وأحباب، وأصحاب هنا، لما غادرت، إلى تلك البلاد، التي لمّا تستيقظ جيّداً بعد من النوم! حتّى الآن، لا يستطيع المهاجر، إلى الأرجنتين بخاصّة، العودة إلى بلده؛ فكلّ تحويشة عمره لا تكفيه أن يدفع أجرة السفر. آلاف المهاجرين لا يستطيعون العودة، إلى ديارهم. هناك لا يقفلون فمك، ولا يخصونك كما كانوا يخصون العبيد. هناك تستطيع أن تقول الكلمة التي تشاء، في وجه السلطات جميعها. أن تنام مع المرأة التي توافق رغباتك. هناك لا يمنعك شيء، عن أيّ شيء!

* * *

الفنّ..
كدورة القمر
إمّا يمسي بدراً مكتملاً
أو سيدخل المحاق إلى الأبد
وحين تتحدّث كصديق محبّ إلى العالم
تجد كلّ شيء يصغي إليك.
(...)

23

سيسرقك اثنان

الخوف والزمن

ذلك النهار، الذي لم أكن فيه على ما يُرام: الموسم الزراعي هزيل، فاليانسون لم ينتج حتّى بما يغطّي أتعابه؛ الأنكى من كلّ ذلك أنّ التجّار، لعبوا لعبة انطلت على جميع الفلاّحين. نُشرت إشاعة حول رداءة المنتج منه، بسبب مرض أصابه، وصدّقوا، فحصلوا على الموسم بسعر زهيد جدّاً. (والمعروف عن اليانسون أنّ لديه مناعة ضدّ جميع الأمراض التي تصيب النبات، وأنّ ألذّ الغذاء للنحل أزهاره، وغبار طلعه).

كثير من الأعراس تمّ تأجيلها، إلى عام قادم، أو فكاك الخطوبة.

قصدت المكان الذي أعمل فيه بدمشق. رأيت العاملين يتأهّبون للخروج. أدخل غرفة المدير. يطلب منّي أن يكون دوامي مسائيّاً. عليّ إذن أن أبحث عن غرفة أسكنها، لتعذّر المواصلات إلى القرية، بعد منتصف الليل.

أقصد رجلاً عجوزاً، غربيّ حيّ الورد، يعمل في مهنتي ذاتها. أسأله عن غرفة للإيجار. يطمئنني أنّ طلبي متحقّق. يدعوني للجلوس قبالته، فيما كان يدرز على آلة الخياطة. يحدّق بي كأنّه لا يعرفني، ولا أعرفه. يفصح عن شروط لاستئجار الغرفة، ظننتها مزاحاً منه. قال:

"الغرفة في قبو لامرأة أرملة لها ثلاث بنات، إحداهما متزوّجة، و(حردانة) عندها. والاثنتان في عزّ صباهما، وتخاف عليهما، حتّى من نسمة الهواء. ــ أنا أعرفك ــ والمرأة ترغب بتأجير غرفة من غرف الشقّة(القبو) لتشعر هي وبناتها أنّ بينهنّ رجلاً يحميهنّ.

أنا أثق بك ـ هنا تأتي الشروط: عليك حين تأتي من دوامك أن تقرع الجرس الخارجي مرّتين، وتنتظر فترة لا تقلّ عن دقيقتين، ريثما يدخلن إلى غرفهنّ؛ ولمّا كان لا يوجد في الشقّة سوى مطبخ واحد، وهو في هذه الحال مشترك بينك، وبينهنّ. أيضاً يوجد في غرفتك زر جرس، وعليك أن تقرعه، وتنتظر المدّة ذاتها. الشرط الثالث: يُمنع عليك أن يزورك أحد، أو أن يعرف أحد من أقاربك، أو أصدقائك أنّك تسكن في هذا المكان. أمّا الأجرة الشهريّة، فهي خمسة عشر ليرة، تُعطي لي عند بداية كلّ شهر، وأنا بدوري أقدّمها للمرأة. فإذا وافقتك مثل هذه الغرفة، وشروط صاحبتها. هيّا الآن لتتعرّف إليها".

وافقت قبل أن أرى الغرفة، لأسباب عدّة. أوّلاً وجودها قرب حيّ الورد. أيضاً قريبة من عملي. والأهمّ تُتاح لي فرصة القراءة، والكتابة، دون إيّ إزعاج من أحد.

قصدنا المكان.

قرع العجوز الجرس. انتظرنا المدّة المطلوبة. فُتح الباب، واختفى ظلّ الشخص الذي فتحه. دخلنا مباشرة إلى الغرفة المحدّدة. غرفة مُنارة جيّداً، ونظيفة. وكلّ ما فيها يشرح الصدر. لها نافذة مغلقة، ويبدو أنّها لا تُفتح مطلقاً. وعلّة النافذة أنّها مغطّاة بمشمّع كتيم، ومن الشروط ألاّ تُفتح. دخلنا، وخرجنا، ولم أسمع أيّ صوت.

عدنـا إلـى محـلّ الرجـل الوسـيط. نقدتـه الأجرة حسـب الشـروط. وغادرت. لم أستغرب ما جرى في مدينة رزحت تحت ظلاميّات متعدّدة قروناً مـن الزمـن، ومـا مـرّ عليها، لـم يمـرّ إلاّ على مدن قلائـل في هذا الكون. المسألة لم تكن كلّها بإيمانهنّ، وبما يعتقدن.

إنّه رعب تاريخيّ ـ والرعب التاريخيّ من انتهاك للكرامة الإنسانيّة، وأقصد هنا اجتياح تيمورلنك لبلاد الشـام، وسـبي النساء، في بلاد الشام؛ لا يمكـن أن يـزول بالسـرعة ذاتها، التي يزول بها الخوف الذي يتشـكّل، في أكثر من مرحلة: حكم السلاجقة، والمماليك، والترك، والفرنسيين.

علـى مـدار عـام كامـل لم أخالف الشـروط بشـيء. لـم أر وجهاً. لم أسـمع صوتـاً. كأنّنـي في زنزانـة، دون حـارس. تركتهم دون أسـف. لكنّ عزائـي خلال ذاك العـام، كان معرفة كلّ شـيء عن بنـت حيّ الورد، من رسّـام عجـوز يعـرف كلّ أهل الحـيّ. كن لصورة صغيرة لهـا، وجهها فيها أصغر من حبّة العدس، وغائمة قليلاً. هي للفتاة ذاتها، وكنت قد قدّمت لهـذا الرسّـام صـورة لها من قبـل بحجّة تكبيرها لي. رفـع زجاجة مقعّرة بحجم الكفّ يرى بواسطتها ما يريده مكبّراً. سألني بخبث:

– لمن هذه الصورة؟!

– لصبيّة أحبّها!

– هي حبيبتك إذن!؟

لم أكن زبونه الأخير، في ذاك النهار.

هيّأنـي للتفـرّج، على رسـوماته، وهو يردّد عبـارات أعتقد أنّه ردّدها كثيـراً: هنالـك من يرسـم الحبيبة لا بالفحم، أو بالزيـت، أو على الزجاج المعشّـق فحسـب؛ بـل يرسـمها بنـاي، أو بكمنجـة، أو عـود، أو بإزميل، أو بالشـعر، أو حتّـى بالصفير؛ لكن ليس حبيبة سـواه، بل حبيبته هو...

أنـا أسـتطيع أن أجسّـد حبّ الآخريـن، لا يعني أنّني أسـمّر امرأة أمامي لأرسـمها، كمـا يفعـل المتسـلّقون على الـكار. أنا رسّـام بالفطـرة، ومثل الصـورة التـي تريد تكبيرها، حتّى ولو كانت أصغر من رأس دبّوس. ذلك من أسهل الأمور عليّ.

أطفـأ أنـوار المحـلّ فجـأة. داخلنـي توجّـس، أعقبه خـوف من هذا الرجل... تابع ما يريد أن يقول:

"أستطيع أن أرى أفكار غيري مثلما أرى أفكاري. يكفي أن تنظر إليّ، وكأنّك تنظر إلى الشـخص المراد تكبير صورة له، رجلاً، أم امرأة. المهمّ أن تجمع المحبّة بينكما."

كانـت بعض اللوحات مجلّلة. كشـف الغطاء عـن لوحة قريبة. هذه المـرأة تظنّ أنّها موناليزا عصرها. شـمطاء قـوّادة. طلب رجل من خارج المدينـة أن أرسـم المـرأة التـي فـي خاطـره. فكانت هذه الصـورة. كان سـخيّاً. دفـع المبلغ الـذي طلبته دون مماطلة، أو مسـاومة، وغادر على أمـل أن يعـود، ويأخـذ الصـورة، ولكنّه ذهب، ولم يعـد! أعتقد أنّ خاف من شيء ما لا أدركه!

أنـا الآخـر بدأ الخوف يتسـلّل إلـيّ. أتمالك أعصابي. اتّجه نحو سـلّم سقيفة الصالة، وصعد قائلاً لي بلهجة الأمر:

— اتبعني إلى البرج. سـقيفتي اسـمها البرج. أصدّق نفسي أحياناً أنّني فـي بـرج، لكـن سـرعان ما يتبـدّد هـذا الوهـم، بخاصّة حيـن أكون شارداً، ويضرب رأسي جسرها. حسنة هذا الجسر، ليس حمل سقف الدكّان، بل إيقاظي من شرودي. دائماً أنا في حالة شرود، حتّى وأنا في السـوق. لا شـغل لي في السـوق إلاّ الاعتذارات ممّن أصدمهم: عفواً يا أخ. عفواً يا سيّد. عبارتان دائماً على لساني.

في السقيفة سيبة رسم، وألوان. وضبع محنّط عيناه مخيفتان فعلاً. قال لي: ـ لا تحاول أن تلمّسه. فقد يشبّ بوجهك!

هنا بلغ خوفي أشدّه، وحاولت أن أكون شجاعاً، فلا أحاول الانسحاب ممّا اعتبرته حينها مغامرة.

— في السقيفة أيضاً لوحات مجلّلة بأغطية حسب مقاماتها، بالحرير. بالقماش القطنيّ. بالدانتيلاّ المخرّمة. بالخيش القذر ـ حسبما قال لي ـ كشف غطاء حريرياً عن لوحة، وقال:

— انظر. انظر جيّداً. إنّها (كارمن) هذه المدينة. (صورة أخرى مغطّاة بخيش تالف). إنّه تنبل هذه المدينة. (صورة ثالثة) هذه رسمتها بخطوط سريّة، تعود إلى حقيقتها بمجرّد لمسها. إنّها صورة طرطور حكم هذه المدينة، في زمن ما (قرع أحدهم باب واجهة الدكّان، فقال): سأريك غيرها، بعد أن أصرف الزبون، الذي قرع. اتبعني!

نزل من السقيفة قبلي. كان القارع شابّاً. وقع بصري على ندوب جراح عميقة، في وجهه، وعنقه؛ كأنّما هي آثار طعن بسكّين. دون أن يطلب الشابّ شيئاً، سارع الرسّام، وقدّم له صورة ملوّنة مدهشة لا أثر للندوب فيها. امتقع وجه الشابّ، حين دقّق باللوحة، وخاطب الرسّام بلهجة غاضبة؟!

— أهذا أنا؟!

حدّق الرسّام نحوي متودّداً، كأنّما يريد أن يسأل: أيّهما أجمل: الصورة، أم الأصل؟ لا أدري لحظتئذٍ ماذا أقول، ولمن أنحاز: الشابّ يريد الصورة بندوبها، والرسّام أزال التشوّهات، بمعنى أنّه فعل خيراً. دفع إليّ الصورة الأصل، ولم تكن أكبر من صورة البطاقة الشخصيّة، وبالأبيض، والأسود. الشابّ يبدو فيها كمجرم!

رفض الشابّ استلام الصورة، وخبط بيده على الطاولة. تساقطت أقلام ملوّنة كانت في كأس. قفزت الكأس لتتحطّم على أرضيّة الصالة. ذعر الرسّام. قال الشابّ:

ـ الندوب ندوبي، ولا أخجل بها!

ـ لكنّني جمّلتها! (قال الرسّام).

أجابه الشاب لائماً:

ـ جئت إليك لأكبّر صورتي، لا لأجري لديك عمليّة تجميل! (وبدا عليه الانفعال، فقال بنزق):

ـ أريدها جاهزة في الغدّ!؟

هزّ الرسّام رأسه منصاعاً، وأجابه ببرود:

سأحاول!

ـ لا تقل: سأحاول. قلت غداً؛ وغداً صباحاً. ليس كلّ الوقت لي. غداً سأغادر إلى بلدتي البعيدة. (قال ذلك بنزق، وغادر دون أن يلتفت إلينا).

لم أفصح للرسّام بشيء، عن ردود أفعال حيال هذا الموقف؛ كما لم أستطع لدخول إلى عالم ذلك الشابّ، الذي أثار فضولي، لمعرفة مصدر اعتزازه بتشوّهات وجهه، وعنقه. لن أحاول وصفها؛ باختصار: بدت لي مقزّزة للنفس. قال الرسّام:

دنيا. عجايب!

وكأنّما فطن الرسّام لشيء ما. خرج مسرعاً خلف الشابّ، وعاد بوجه زالت منه معالم

دهشته، واستغرابه، من موقف الشابّ. قال:

ـ يظنّ بأنّني أستطيع أن أرسم تشوّهاته دون لمسها، والنظر إلى

ندوبه بتمعّن. غداً ستكون صورته معه. أنا أثق بنفسي. حين أقف خلف سيبة الرسم أشعر أنّني مثل (بو جاسم). حرّف الغرب اسمه إلى بيكاسو! (يسكت، وهو ينظر إليّ ليرى ردود الفعل، التي ترتسم على وجهي. (يستطرد) عندنا آلاف الأحداث، التي هي أهمّ من الحدث، الذي أوحى له لوحة (الجورنيكا)، التي خلّدته. أنا أحاول، لكنّ لا تقدير للفنّ في هذه البلاد؛ أضف إلى أنّ رسّامينا كسالى؛ لكنّ الزمن يعرف كيف يضع حدّاً للكسول. يطويه دون أن يدري.

تحسّست صورة فتاتي. تأكّدت من أنّها لا تزال في جيبي. تذكّرت أنّها قالت لي ذات يوم؛ سيسرقك اثنان: الخوف، والزمن!

(قال لي الرسّام بلهجة الأمر):

— عد غداً. لا أريد أن أرى وجهك عندي! (قال ذلك بانفعال. لاحظت ذلك حين نظر إلى الصورة وأعادها إليّ).

خرجت من صالة الرسّام، وغيمة حزن تتلبّد في رأسي. اتّجهت نحو مدخل حيّ الورد لأتابع طريقي منه. كن لا بدّ لي من أن أمرّ أمام باب منزل فتاتي. الباب مغلق. لا وجه. لا وردة. لا أحد. اسودّت الدنيا، في عينيّ.

ما إن وضعت رأسي على الوسادة حين لجأت إلى النوم، حتّى امتثل هذا الرسّام في مخيّلتي كساحر. خفت منه لأوّل وهلة. بلغ التوجّس بي أشدّه، وفكّرت ألاّ أعود إليه في الغد، وأقنعت نفسي أن أذهب إليه، لأرى ما يمارسه من السحر في فنّه الغريب العجيب.

حضرت في اليوم التالي. ابتسم لي، ولم يردّ على تحيّتي له. قال دون مقدّمات:

— أعجب لمن يفصفص الزمن، كما لو كان حفنة بزر مملّح، أو كما

يقسمه كما لو كان رغيفاً. قادني من يدي، وصعدنا السقيفة. وقف أمام لوحة بيضاء. سألني: أترى شيئاً؟

— لا أرى شيئاً!

ضحك ضحكة طويلة، بينما راحت خطوط، وألوان تتشكّل فيها. قال:

— سترى ما لن تتوقّع!

كانت بيده ريشة تشبه خيطاً من الضوء. تتنقّل على سطح اللوحة. ما يجري يتجاوز حدود الدهشة. هل أنا في حلم؟! ضغطت جبيني بباطن كفّي. بدا الرسّام متوتّراً، وهو يمسك بأصابعه خيط الضوء. نظر إليّ، وتابع التحديق مع مجريات أصابعه. راح يتكلّم بما لم يخطر على بال:

— الزمن لا يتفكّك كما الآلة. ليس هناك زمن رديء، وزمن غير رديء. الرديء هم أناس تركوا للزمن فرصة التشفّي بهم! (طلب منّي أن أنظر إلى لوحة خلفي. التفتت كما طلب منّي. رأيت صورة فتاتي بنت حيّ الورد، بطولها الكامل، تدير ظهرها لنا. قال):

— لا أمل منها!

كانت في اللوحة من المهابة ما يجعلني أتسمّر من الخوف والترقّب. قال:

— حدّق بعينيّ جيّداً. (كنت كما المسحور أنظر إليه. شعرت بشيء غريب يتملّك أحاسيسي. ينقذني من هذا الموقف المريب، والمخيف، مجيء الشابّ، الذي وعده أن يحضر مثلي في ذاك النهار. يصعد الشابّ السقيفة. يجلس على كرسيّ خشبيّ صغير، ويتّكئ على طاولة قربها. يقول له الرسّام:

— لا صورة لك قبل أن تروي لنا حكاية ندوب جراحك!؟

قبل أن بدأ الكلام رغب بمعرفتي، فحدّثته عن الجانب الهامشيّ من حياتي. ابتسم الرسّام معلّقاً على ما قلت:

— لا هامش في حياة إنسان! سترى اليوم ما تعتبره هامشيّاً، أنّه كان (الدينامو) المحرّك لعقلك، وغرائزك، وعواطفك. لندع الشابّ يروي لنا، قصّة ندوب جراحه. انتبه له جيّداً. سيكون صادقاً بكلّ كلمة يقولها.

يتنحنح الشابّ. يسند خدّه على راحة يده. يقول:

— "إنّني من جيل قفز من بطن أمّه إلى واقع لا يحسد عليه. تماماً كالأجيال التي سبقتنا، وجاءت من بطون أمّهاتها، وبأيديها العصي، والفؤوس ليتقاتل الناس مع بعضهم، حتّى ولو كانوا إخوة. بلدتنا تبعد عن المدنيّة بعد الأرض عن المرّيخ، وبعيدة عن المدينة. لا يستطيع أحد أن يسمع منها استغاثة. تنام مع الغروب قبل الدجاج. يشدّ المالك المحراث، على من يشاء، رجلاً كان أم امرأة ليفلح. كلّ الناس تعمل لحسابه. ذات يوم شدّ الصمد على والدي، وقال له: تفلح مثل الحمار. كنت يومها في الطفولة التي لم أعشها. بعدها بأيّام كنت قد جمعت عدداً من الأطفال، وانتظرناه حتّى يفلح على إنسان آخر. لمّا بدأ (كرنفال) الحراثة شننا هجوماً بالحجارة على أهل الكرنفال. أمر المالك ذوينا بتسليمنا له، وهذا ما حدث. حملني وكيله. أشبعني لكماً، وأنا أفرفر كعصفور بين يديه. استلّ سكّينه ذات الطقّات. وضع النصل في عنقي. آخر صوت سمعته قبل أن أغيب عن الوعي، كانت صرخة فاجعة من أمّي: ولدي ي ي، وغاب منذ تلك اللحظة صوتها، ووجهها، وحنانها، وحرارة يديها، ونكهة خبزها، لأنّها حاولت إنقاذي منهم.

نالت جزاءها!! حسبما قال المالك، في ذلك النهار الأسود؛ وإمعاناً في التنكيل هجّر عائلتنا من البلدة. جئنا إلى هذه المدينة، وعشنا فيها لسنوات. تعلّمت فيها مهنة الميكانيك، ثم عدنا إليها، لأدير فيها عنفات للريّ، بعد أن جاء من قصّ أجنحته.

أتشرّف بأنّ هذه المدينة قبلت بي صهراً لها. قال له الرسّام:

– يكفي إلـى هنا. (ثمّ اتّجه إلى لوحة مغطّاة بوشاح حريريّ أخضر. بعد ذلك طلب منّا عدم الاقتراب منها. رفع يده إلى أعلاها، وأزاح الوشاح عنها بيد مرتعشة. تفجّرت جراح الشابّ فيها من جديد، عن دم أرجوانيّ. بدا وجه الشابّ متورّماً. مليئاً بالكدمات. عيناه في الصورة تتّقدان غضباً. صرخ الشاب لهول ما نرى:

– هذا هو أنا...!

حاول الاقتراب من اللوحة. زجره الرسّام:

– ابتعـد....! ليـس قبـل أن تشفى جراحـك. (والتفـت إلـيّ طالبـاً منّي الصورة التي أبغي تكبيرها. دسست يدي في جيب سترتي. تملّكتني قشعريرة ناجمة عن خوف. سحبت الصورة بيد ترتجف، وظلّت في يـدي. نقل الرسّـام بصره إلـيّ، وتأمّل قامتي. شـيء ما هزّني من الداخل، حين قال:

– لـن تغادر هذا المكان، قبـل أن تراها جاهزة. (ذهب باتّجاه الجدار المقابل. رفع غطاء حريريّاً أسود اللون، عن لوحة بطول قامة إنسان. كانت اللوحـة بيضـاء. طلب منّـا أن نغمض عيوننا قليـلاً؛ كما لو كنّا طفلين صغيرين، فلم نفعل. قال:

لا بأس!

جحظت عيناي حين راحت الخطوط، والألوان، والتعابير، تتحرّك في

اللوحة، لتستقرّ على. إنّها هي ...! بنت حيّ الورد. (تمتمتُ).

تململت الفتاة ضمن إطار اللوحة.

حدّقت بي بنظرة إشفاق، ورثاء.

أخفضتُ رأسي خجلاً.

تقدّمت منّي.

تراجعتُ إلى الخلف.

اصطدمت بالجدار.

تمنّيت أن أتبخّر.

كنت هزيلاً أمام عنفوانها.

انتبهت الفتاة إلى الدماء المتدفّقة من جراح الشابّ، فأسرعت نحو صورته، وهي تمزّق قماش فستانها، ثمّ انكفأت نحونا، والدم يحنّي يديها. مرّت أمامي دون أن تلتفت إليّ. وقفت أمام الشابّ خافضة بصرها حياء. مسحت الدم، عن يديها بأطراف فستانها؛ ثمّ عادت لتطمئنّ على الجراح. نزعت الضماد، الذي تبقّع بالدم، ومسحت به جبينها، وراحت تتلمّس جراح الشابّ بحنوّ، حتّى اندملت تماماً؛ ثمّ استغرقت بالتحديق في صورته، حتّى اندغمت في خطوطها، وألوانها، وذابت فيها.

*

KHAYAT®
PUBLISHING HOUSE